4,95

Elisabeth Dreisbach, ... und keiner sah den Engel

ELISABETH DREISBACH

# ...und keiner sah den Engel

CHRISTLICHES VERLAGSHAUS GMBH
STUTTGART

1973

16.–30. Tausend

Den Umschlag gestaltete Gotthold Ripp, Stuttgart

Gesamtherstellung: Druckhaus West GmbH, Stuttgart

ISBN 3-7675-0033-7 (Lw)
ISBN 3-7675-0252-6 (TB)

Und keiner sah den Engel. — Welch seltsamer Titel. Wie kann man dann über ihn schreiben, wenn niemand ihn gesehen hat? Gibt es überhaupt Engel? Was hat ein Buch für Erwachsene mit solchen längst überholten Begriffen zu tun? Engel? Die gehören doch in den Bereich der Märchengestalten, Kindern kann man von ihnen erzählen. —

Eben dies ist ein großer Irrtum, denn es gibt wirklich Engel. Woher man das weiß? Die Bibel berichtet von ihnen. Sie sind ehrfurchtgebietende Boten Gottes — unabhängig davon, ob wir an sie glauben oder nicht. Sie existieren und haben Aufträge Gottes zu erfüllen. Mehr darüber sagt die Bibel.

Wie es dazu kam, daß ich meinem neuen Buch diesen Titel gab „Und keiner sah den Engel", will ich jetzt berichten:

Ich habe ihn gesehen — wirklich gesehen. Es war kein Engel, wie er vielfach auf Bildern dargestellt ist: mit lieblichem Lächeln und einem Goldreifen um die Stirn, dazu ein wallendes weißes Gewand und flaumfederartige Flügel. Vor Jahren gab es solche Bilder von Schutzengeln. Heute würde man sie kitschig nennen. Auf den Bildern beschützen diese Wesen gewöhnlich ein kleines Kind, das in Gefahr steht, einen Felsen hinabzustürzen, oder das über eine schmale Brücke geht, unter der wildwogendes Wasser schäumt.

Was ich sah, war auch kein Engelchen, wie man es zur Weihnachtszeit vielfach in den Schaufenstern sieht, im Rauschgoldkleid und mit dauergewelltem Flachshaar über rosigen Pausbäckchen.

Nein, der Engel war ganz anders, keineswegs lieblich, eher erschreckend, Ehrfurcht gebietend, majestätisch. Ich sah seine überdimensionale Erscheinung plötzlich aus den Wolken treten. Dabei erschrak ich bis tief ins Herz hinein und wußte, als ich in seiner rechten Hand ein Schwert und in der linken eine Waage sah, daß er zum Gericht kam. Unwillkürlich drückte ich beide Hände auf mein Herz und rief aus: „Mein Gott!" Das war wahrlich kein Mißbrauch des heiligen Namens, sondern ein Hilfeschrei.

Unbeweglich, in erschütterndem Ernst stand der Engel da. Mir aber war es, als müßte ich vor ihm zu Boden sinken.

Neben mir standen eine Anzahl Männer und Frauen. Sie nahmen keinerlei Notiz von dieser überirdischen Erscheinung. Sie sprachen aufeinander ein, sie lachten und blickten dabei überall hin, nur nicht auf den Engel. Angst und Sorge überfielen mich. In großer Erregung, jedoch in Ehrfurcht verharrend, bemühte ich mich, sie auf dieses außergewöhnliche und überirdische Ereignis hinzuweisen. Eindringlich sprach ich auf sie ein. Ich versuchte sogar, einige zurückzuhalten, die teilnahmslos und uninteressiert weitergingen. Vor Kummer fast weinend, deutete ich schließlich zum Himmel hinauf, weil sie nicht auf mich hörten.

Aber keiner sah den Engel. Oder wollten sie ihn nicht sehen? All mein Bemühen schien umsonst. Mir war klar, daß diese großartige Engelserscheinung mit der Waage und dem Schwert etwas Besonderes zu bedeuten habe. Doch plötzlich verschwand sie in den Wolken, unbeachtet von denen, die bei mir standen.

Ich aber erwachte. Alles war nur ein Traum gewesen.

Nur ein Traum? Mir wurde sofort klar, daß es mehr zu bedeuten habe. Von dem Geschauten noch ganz erfüllt, erzählte ich meiner langjährigen Mitarbeiterin, was ich erlebt hatte. Ich schloß meinen Bericht mit den Worten: „Und keiner sah den Engel".

Da sagte sie, die seit zwanzig Jahren das Entstehen meiner Bücher miterlebt: „Das ist der Titel deines nächsten Buches: Und keiner sah den Engel."

Über diesen Traum sind inzwischen drei bis vier Monate vergangen. Ich konnte mich nicht sogleich entschließen, darüber zu schreiben. Sonderbarer Weise ließ mich der Traum nicht mehr los, und gedanklich formte sich in mir die neue Aufgabe. Ich glaube, ich darf ihr nicht ausweichen. Mir ist's, als werde es — zwar in anderer Art — eine Fortsetzung meines Buches „Als flögen wir davon", in dem ich aus meinem Leben erzählt habe.

„Schreiben Sie aber kein erbauliches Buch", hat man mir gesagt. „Davon gibt es so viele. Ihre Gabe ist das Erzählen, das plastisch Schildernde." Ich habe nicht vor, ein erbauliches Buch zu schreiben. Vielmehr soll es wachrufen, zum Nachdenken anregen und helfen, will's Gott, Entscheidungen herbeizuführen.

Steht nicht in der Tat über unserer Zeit der Engel mit dem Schwert und der Waage in seinen Händen? Mit großer Besorgnis erkennen manche, wie die deutlichen Zeichen unserer Zeit von der Menge der Menschen, ja auch von vielen Christen, übersehen werden. Eine ganze Reihe von Büchern sind darüber in letzter Zeit von verantwortungsbewußten Christen geschrieben worden, die sich aufgerufen fühlten, zu warnen, hinzuweisen auf den Engel mit dem Schwert und der Waage. Jeder tut es in seiner Art und nach seinem Auftrag. Ich denke da an Billy Graham, an Basilea Schlink und an andere. Sie dürfen nicht überhört werden, zumal es bei ihnen nicht um schwärmerische Meinungen geht, sondern um eine sachliche Beurteilung der Begebenheiten unserer Tage.

Mein Auftrag ist ein anderer als der ihre, aber auch ich hoffe gehört zu werden. Und wenn es mir gelänge, nur den einen oder andern zum Nachdenken zu bringen, dann wäre mein Tun nicht umsonst.

Vor einigen Jahren habe ich Erinnerungen aus meinem Leben niedergeschrieben. Von verschiedenen Seiten war ich darum gebeten worden. Das Buch erschien unter dem Titel: „Als flögen wir davon". Ich habe nie erwartet, daß darauf ein solch starkes Echo folgen würde. Seit dem Erscheinen des Buches vergeht wohl kaum eine Woche, in der nicht einige Zuschriften aus dem Leserkreis zu mir gelangen. Immer wieder bittet man mich: „Schreiben Sie doch eine Fortsetzung." Ich hatte das nicht vor. „Als flögen wir davon" betrachtete ich als einen gewissen Abschluß.

Damit hatte ich den größten Teil der Erfahrungen meines damals sechzigjährigen Lebens niedergeschrieben. Was könnte ich dem noch hinzufügen? Doch jetzt sehe ich plötzlich noch eine ganze Reihe von Erlebnissen und Einsichten vor mir, die nicht nur die Seiten eines Buches füllen, sondern meine Leser gewiß auch interessieren und ihnen etwas zu sagen haben. Dabei wird es zum großen Teil um Menschen gehen, die in den Jahren der Arbeit in unserem christlichen Erholungsheim unsern Weg kreuzten. Aber auch von anderen will ich berichten, denen ich früher begegnete. Es sind Menschen, die entweder den Engel sahen und durch ihn zum Nachdenken oder gar zu Entscheidungen geführt wurden oder solche, die ihn nicht sahen, vielleicht auch nicht sehen wollten.

Eines Tages überschritt eine Dame die Schwelle unseres Hauses mit den Worten: „Ich weiß gar nicht, wie ich mich in einem christlichen Erholungsheim benehmen muß. In meinem ganzen Leben bin ich noch nie in einem solchen Haus gewesen." Sie tat, als sei es ihr fast peinlich, sich zu den Frommen zu gesellen. Und doch war sie freiwillig zu uns gekommen. Irgendwie hatte sie von unserem Haus auf der Schwäbischen Alb gehört. Sie war eine kluge Frau, hatte die ganze Welt bereist, ihren Doktor in Volkswirtschaft gemacht, gab eine Zeitschrift heraus und war äußerst redebegabt. Es gab wohl kaum ein Lebensgebiet, auf dem sie nicht bewandert war. Sie schrieb während ihres Aufenthaltes bei uns an einem Buch, in dem sie nachweisen wollte, daß der Mensch an und für sich gut, ja sündlos ist. Natürlich nannte sie sich auch eine Christin.

Es dauerte nicht lange, und wir kamen mit ihr ins Gespräch. „Der Gott, an den ich glaube", sagte sie, „hat es nicht nötig, ein so blutrünstiges Opfer zu fordern, um der Menschheit, die ja seine Schöpfung ist, wieder zurechtzuhelfen. Der Mensch braucht keinen Erlöser. Er ist in sich selbst gut."

„Dann glauben Sie also nicht, Frau Doktor, daß Jesus Christus auch für Ihre Sünden gestorben ist?" fragte meine Mitarbeiterin.

Daraufhin sprang sie empört auf und schrie sie an: „Wer gibt Ihnen ein Recht, mir solche Fragen zu stellen?"

„Aber Sie nennen sich doch eine Christin?" wagte ich einzuwenden. „Gleichzeitig lehnen Sie das Kreuz ab, das ja das Fundament unseres Glaubens ist. Und ebenso weisen Sie die Auferstehung Jesu von den Toten und seine Himmelfahrt zurück. Ist es dann nicht sinnlos, sich noch Christ zu nennen, Frau Doktor?"

Sie überflutete mich darauf mit einem Redeschwall eigener Ansichten und Argumente. Merkwürdig war jedoch, daß sie trotzdem jeden Morgen zur Hausandacht kam. Ich hätte keine aufmerksamere Zuhörerin haben können. Am Anfang schöpfte ich Hoffnung, sie wäre vielleicht zugänglicher, als ich vermutete. Aber dann geschah es, daß sie jedesmal nach der Andacht um sich eine Gruppe von Gästen unseres Hauses sammelte und versuchte, denen alles von mir Gesagte zu widerlegen und es als unglaubwürdig hinzustellen. Diejenigen, die einen klaren biblischen Standpunkt vertraten, ließen sich durch diese Frau nicht beirren. Doch waren unter unseren Gästen auch einige, die nicht zu den überzeugten Christen zählten und denen die redegewandte Frau einfach imponierte. Mit Besorgnis beobachtete ich die Entwicklung der Dinge.

Schließlich sehen wir in der Wortverkündung die wichtigste Aufgabe unseres Hauses. Durfte ich zulassen, daß gerade diejenigen, die innerlich noch unsicher waren, in größere Zweifel gestürzt wurden? Durfte ich dazu schweigen?

Längere Zeit sagte ich nichts. Ich wollte die Frau nicht vor den Kopf stoßen. Aber als sich ihr Verhalten in unserem Hause bereits atmosphärisch auszuwirken begann, sprach ich sie nach reiflicher Überlegung daraufhin an.

„Frau Doktor, die Teilnahme an der Andacht ist freiwillig. Niemand wird dazu gezwungen. Ist es nicht besser, Sie bleiben fern, wenn Sie das, was Sie hören, doch nicht bejahen wollen und davor nicht zurückschrecken, anderen das zu zerstören, was sich in deren Innern an Glaubensgut regt."

Daraufhin gab sie mir eine Antwort, die mir doppelsinnig schien. „Meinen Sie, ich will draußen sein, wenn alle andern drinnen sind?"

Draußen oder drinnen, darum geht es. Ich weiß, viele wollen das nicht wahrhaben. Dieses entweder — oder der persönlichen Entscheidung wollen sie nicht gelten lassen. Als ob die Bibel nicht klar und eindeutig davon redet: „Wer nicht für mich ist, der ist wider mich; und wer nicht mit mir sammelt, der zerstreut." Man ist entweder im Reiche des Lichts oder aber im Reiche der Finsternis.

Daß ich mich in der Frau nicht getäuscht hatte, wurde mir an jenem Abend klar, als ich sie in ihrem Zimmer weinen hörte. Ich klopfte an, trat bei ihr ein und fragte, ob sie sich nicht wohlfühle, ob ich etwas für sie tun könne. Da saß nun diese kluge, weitgereiste Frau an ihrem Tisch, auf dem die Blätter ihres Manuskriptes lagen. Das Gesicht hatte sie in die Hände gelegt, und Tränen rannen zwischen ihren Fingern hindurch.

„Was kann ich für Sie tun, Frau Doktor?" wiederholte ich meine Frage.

Ohne den Kopf zu heben, antwortete sie: „Ich bin der unglücklichste Mensch in Ihrem Hause!"

Wie tat sie mir leid. Was nützen Reichtum, viele Kenntnisse, scharfes, logisches Denken in einem solchen Augenblick? Sie hörte zu, ohne mir wie sonst ins Wort zu fallen, als ich versuchte, von der Sicht der Bibel ihr die Ursache ihres Unglücklichseins zu zeigen.

Aber weder in jener späten Abendstunde noch während der anderen Zeit, die sie in unserem Hause zubrachte, hätte ich mit Sicherheit sagen können, daß sie gläubig geworden war. Vielleicht ist ihr gerade das viele Wissen im Wege gewesen.

„Wenn ihr nicht werdet wie die Kinder, so werdet ihr nicht ins Himmelreich kommen."

Eines Tages erhielten wir einen Brief von einem Lehrerehepaar aus Norddeutschland. „Wir möchten gerne die Schwäbische Alb kennenlernen", schrieben sie. „Ihr Haus ist uns empfohlen worden. Da Sie sich christliches Erholungsheim nennen, möchten wir Sie jedoch nicht im unklaren darüber lassen, daß wir aus der Kirche ausgetreten sind. Sollte dies für Sie ein Hinderungsgrund sein, uns aufzunehmen, müssen wir uns damit abfinden und nach einem anderen Haus Ausschau halten. Jedenfalls wollten wir Ihnen das nicht verheimlichen."

Wir schrieben zurück: „Kommen Sie getrost. Sie sind uns herzlich willkommen. Wir halten es nicht für das Wichtigste, einer Kirche anzugehören. Zu Gott müssen wir gehören, wobei wir uns natürlich über die Notwendigkeit der Gemeinschaft der Gläubigen klar sind."

Die Leute kamen. Ein liebenswertes, gebildetes Ehepaar mit guten Umgangsformen. Besonders der Lehrer hatte sofort mit allen Kontakt. Er war sehr musikalisch, musizierte und sang mit den Gästen. Mit seiner reizenden jungen Frau fügte er sich völlig in die Art unseres Hauses ein. Einmal besuchte er unsere Hausandacht. Es schien eine Höflichkeitsform zu sein. Danach blieb er wieder fern.

Eines Tages ergab sich folgendes Gespräch zwischen uns: „Denken Sie bitte nicht, wir seien gottlos, weil wir Ihre Andachten nicht besuchen."

„Die Teilnahme daran ist jedem freigestellt", sagte ich. „Jedoch wird jeder Gast dazu herzlich eingeladen, und wir freuen uns über alle, die dieser Einladung folgen. Aber drängen tun wir nicht."

„Wir sind auch Christen", antwortete der Mann. „In unserem Bücherschrank befinden sich neben vielen anderen Büchern auch solche religiösen Inhalts. Außer der Bibel haben wir Bücher über andere Glaubenslehren, wie den Buddhismus oder den Hinduismus. Wir verehren Christus, aber wir anerkennen ihn nicht als notwendig zu unserer Seligkeit. Uns genügt der Glaube an Gott."

„Dann müssen Sie aber eine andere Bibel haben als wir."

„Wieso? Nein, es ist die Lutherbibel, die ja auch hier in jedem Gästezimmer aufliegt."

„Aber gerade in dieser Bibel ist doch klar und deutlich zum Ausdruck gebracht, daß in keinem andern Heil und kein anderer Name den Menschen zur Seligkeit gegeben ist, als allein der Name Jesus Christus."

„Wir sind davon nicht überzeugt!" anwortete der Lehrer.

„Glauben Sie, sich dann noch Christen nennen zu dürfen?" fragte ich.

„Wir nennen uns gottgläubig", gab die Frau zur Antwort.

„Selbst dann haben Sie einen anderen Gott als den der Bibel. Denn diese lehrt, daß Gott die Welt so geliebt hat, daß er seinen eingeborenen Sohn gab, auf daß alle, die an ihn glauben, nicht verloren werden, sondern das ewige Leben haben", sagte ich ihnen.

Nachdenklich verabschiedete sich das junge Ehepaar nach diesem Gespräch. Zwei junge Menschen, die nicht gottlos sein wollten und doch mit Blindheit geschlagen waren. Auch sie sahen nicht den Engel.

Noch mehr bewegte uns, als ein Inder mehrere Tage der Erholung bei uns zubrachte. Jemand hatte ihn eingeladen, Weihnachten im Berghaus zu verbringen. Er hatte so viel von der deutschen Weihnacht gehört und war nun voller Erwartung zu uns gekommen. Sein Benehmen konnte man als vorbildlich bezeichnen. Bescheiden und wohlerzogen bewegte er sich unter unseren Gästen. Er war Volkswirt und aus zweierlei Gründen nach Deutschland gekommen: Einmal wollte er die deutsche Arbeitsweise kennenlernen, von der man in Indien — wie er sagte — viel hält. Ein ebenso wichtiges Anliegen war es ihm, das Christentum zu studieren; nicht, weil er selbst Christ werden wollte —

er gehörte einer hohen Kaste an —, sondern um zu erfahren, was die Missionare bewegt, die Inder zum christlichen Glauben zu bekehren.

„Ich lebe aus der ‚Gitta', der klassischen Heiligen Schrift der Inder", sagte er. „Sie ist meine Bibel, mein Koran. Was auch an Schwerem über mich kommt, in ihr suche ich Trost, Kraft und Hilfe. Ich weiß, daß die Heilige Schrift der Christen die Bibel ist. Um gerecht urteilen zu können, habe ich mir vorgenommen, sie wie auch die Christen kennenzulernen, die aus der Bibel ihre Lebensweisheit schöpfen.

Ich arbeite in Stuttgart in einem Laboratorium, um mein berufliches Wissen zu erweitern. Außer mir sind dort vier junge Leute tätig. Ich fragte sie: ‚Sind Sie Christen?'

Sie bejahten es. Zwei von ihnen nennen sich evangelisch, die beiden anderen gehören der katholischen Kirche an.

Hier würde ich bestimmt mehr vom Christentum erfahren können, dachte ich. So fragte ich sie: ‚Was halten Sie von der Bibel?'

Sie blickten erst mich und dann sich gegenseitig verlegen an. Schließlich antwortete einer von ihnen: ‚Ich kann Ihnen darüber nichts sagen; ich habe aufgehört in der Bibel zu lesen.'

‚Und Sie?' fragte ich den andern.

‚Seit Jahren besitze ich keine Bibel mehr.'

‚Ich habe noch eine Bibel, verspüre aber kein Verlangen nach ihr', sagte der dritte.

‚Moderne Menschen wissen mit der Bibel nichts anzufangen', fügte der letzte hinzu.

‚Und doch nennen Sie sich Christen?' fragte ich erstaunt.

‚Nun ja', war die verlegene Antwort des ersten. ‚So ohne weiteres kann man ja nicht mit der Tradition brechen und alles über den Haufen werfen. Deswegen muß man ja nicht gleich gottlos sein. Die Bibel ist nicht mehr zeitgemäß.'

Es war keiner unter ihnen, der mir hätte helfen können, dem Christentum näher zu kommen", fuhr unser indischer Gast fort. „Ich machte mich selbst ans Lesen der Bibel, in der Mittagspause täglich eine Viertelstunde, und ich lud dazu die vier Christen ein: die beiden Evangelischen und die zwei Katholiken. Wenn ich zurück nach Stuttgart komme, machen wir weiter. Ich glaube nicht, daß sie mir nur aus Höflichkeit zuhören, meine vier Arbeitskollegen. Manches in der Bibel scheint ihnen völlig fremd zu sein, und der eine oder andere hat schon geäußert: ‚Das habe ich nicht gewußt!' Wir werden noch öfter miteinander ins Gespräch kommen über das Gelesene, und ich werde ihnen Aussprüche aus der Bhagavagitta vorlesen, dem Gesang des Erhabenen, unserem bedeutendsten Schriftwerk. Ich bin überzeugt, daß sie Ehrfurcht haben werden vor Krischna, dem Erhabenen. Dieses Buch ist übrigens auch in Deutsch veröffentlicht worden."

Ich war über die Ausführungen des Inders tief betroffen. Mit welcher Ehrfurcht und Überzeugung sprach er zu mir von seiner religiösen Auffassung. Seine Religion verbot ihm zum Beispiel jeden Genuß von Alkohol und Fleisch und noch anderer Nahrungsmittel. Er hätte lieber gehungert, als etwas zu sich zu nehmen, was gegen seine Überzeugung ging. Was aber tun wir Christen?

In einer Stadt Süddeutschlands kommt bereits regelmäßig ein Kreis deutscher Menschen zusammen, um sich von einem Inder, der die deutsche Sprache beherrscht und mit der abendländischen Mentalität vertraut ist, in die klassische heilige Schrift seines Volkes, die Bhagavagitta, einführen zu lassen. Es sind keineswegs gleichgültige oder oberflächliche Menschen, die sich dort treffen. Warum aber wenden sie sich vom Christentum ab? Sind sie nicht alle getauft und bisher auch Glieder einer christlichen Kirche gewesen? Wer hat hier versagt? Die Kirche? Unsere Gesellschaft? Wir selbst, die wir uns Christen nennen?

Vor mir liegt jenes besagte Buch. Kein Zweifel, edle und erhabene Gedanken kommen dem Leser daraus entgegen. Vom Weg der unterscheidenden Erkenntnis ist die Rede. Vom Weg des selbstlosen Dienstes. Der Weg der Selbstkontrolle wird beschrieben und ebenso der Weg der allumfassenden Liebe und Hingabe. Großen Wert legt das Buch auf innere Versenkung, auf Meditation. Aber benötigen wir derartige Hinweise von den Heiden? Spricht die Bibel nicht ganz eindeutig darüber? Sagt sie nicht von selbstlosem Dienen, von allumfassender Liebe und Hingabe? Gibt es ein Buch, das klarer darauf hinweist? Ich behaupte, daß die Heilige Schrift Antwort gibt auf alle Fragen und Probleme unseres Lebens.

Es liegt mir fern, solche Menschen zu schelten oder gar zu verurteilen, die sich mit dem Studium der Bhagavagitta befassen. Gut, ich kann von ihr Kenntnis nehmen, so wie ich mich auch studienhalber mit den verschiedenen anderen Religionslehren befasse, mit dem Buddhismus oder dem Hinduismus. Aber solche Lehren annehmen, nachdem ich mich vorher Christ nannte, wie kann das möglich sein?

Hier liegt wahrscheinlich die Ursache eines fehlgeleiteten Glaubens. Sich Christ nennen heißt noch längst nicht Christ sein. Und weil ein formales Christentum nie befriedigen kann, sucht der Mensch etwas anderes. Sein Herz bleibt unruhig, bis es Ruhe findet in Gott. Es könnte sein, daß mir jemand entgegnet: „Wir suchen Gott in den anderen Religionen, weil wir ihn weder in unserer Kirche noch bei den Christen gefunden haben." Zugegeben, die Kirche hat versagt. Die Christen haben versagt. Ich selbst habe versagt. Aber Christus?

Ich möchte solche Menschen fragen, aber auch solche, die behaupten, nicht glauben zu können: Habt ihr eigentlich ernstlich gesucht und die Bedingungen erfüllt, die notwendig sind, um glauben zu können? Wenn man Arzt werden will, muß man Medizin studieren. Will man auf dem Boden der Rechtswissenschaft tätig sein, muß man Jura studieren. Ist es einem wirklich damit ernst, ein Christ zu werden, muß man den Weg einschlagen, der zu Gott führt. Dieser Weg heißt Jesus Christus.

Warum weigern sich so viele Menschen, an Jesus Christus zu glauben? Gott, ja! Aber Christus, nein! Man will sich nicht als erlösungsbedürftig bekennen. In den anderen Religionen ist der Mensch bemüht, durch seine Frömmigkeit, durch Bußübungen, Verzicht und Opferbereitschaft, Gott ähnlich zu werden, zu ihm zu gelangen. Nur in der christlichen Lehre wird uns gesagt, daß Gott in Jesus Christus selbst zu uns Menschen kam, um uns zu sich zu ziehen. Gott wird Mensch, damit wir ihm ähnlich werden können. Es stimmt, was Le Seur sagt: „Alle anderen Weltreligionen sind bange Fragen der Menschheit an Gott. Jesus Christus ist die befreiende Antwort."

Bevor man jedoch seine Sündhaftigkeit und Erlösungsbedürftigkeit nicht erkennt, kann man überhaupt keine Verbindung mit Jesus Christus haben. Gegen diese Erkenntnis sträubt sich der Mensch.

Es stimmt allerdings, daß es heute nicht mehr ohne weiteres der Erfahrung eines jeden Menschen entspricht, was Paulus zu Timotheus sagt: „Weil du von Kind auf die Heilige Schrift weißt, kann dich diese unterweisen zur Seligkeit durch den Glauben an Jesus Christus." Tausende von Kindern wachsen in unseren Tagen heran, ohne daß ein Mensch mit ihnen betet, ohne daß sie je einen Gottesdienst besuchen oder daß ihnen irgend jemand Ehrfurcht vor Gott nahebringt.

Ich denke an jenen kleinen Jungen aus Berlin, der durch die Kinderlandverschickung in eines der christlichen Erholungsheime Süddeutschlands kam, das von Diakonissen geleitet wird. Eine Schwester erzählte den Kindern biblische Geschichten, in denen auch von Jesus die Rede war.

„Jesus", fragte der kleine Berliner, „wer is det schon wieder? Von dem hab ik noch ja nich jehört." Er wußte, wer Chrustschow, wer Kennedy war. Er kannte fast sämtliche Autotypen. Er sprach über Düsenjäger und

Hubschrauber. Aber Jesus war ihm ein unbekannter Begriff.

Ein ähnliches Erleben hatten wir, als wir während der großen Ferien ebenfalls Berliner Kinder aufnahmen. Ich bat eine Mitarbeiterin, vor dem Schlafengehen mit ihnen zu beten, weil ich selbst um diese Zeit den Gästen unseres Erholungsheimes verpflichtet bin. Sie berichtete später, daß auf ihre Frage, ob sie gewöhnt seien, am Abend zu beten, beide antworteten: „Nee". Nachdem sie mit ihnen ein schlichtes Kindergebet gesprochen hatte, fragte einer der Jungen: „War det nun en katholisches oder en evanjelisches Jebet?"

Welch ein Versäumnis der Eltern! Aber vielleicht war auch in deren Kindheit niemand, der über ihren Betten die Hände gefaltet hat.

„Mit wem hast du denn jetzt gesprochen?" fragte ein kleiner Junge, der kürzlich in unser Kinderheim gebracht worden war, nachdem die Erzieherin am Abend mit den Kindern gebetet hatte. Suchend sah er sich im Zimmer um, als müsse er den entdecken, der soeben angeredet worden war.

Haben wir wirklich noch ein Recht, uns ein christliches Volk zu nennen? Dürfen wir uns überhaupt wundern über Entgleisungen unserer Jugendlichen bis hin zu einem erschütternden und unfaßlichen Verbrechertum? Wo ein Mensch ohne Ehrfurcht vor Gott aufwächst, wo er nie gelehrt wird, auf die Stimme seines Gewissens zu achten, wo es ihm nicht klargemacht wird, daß man das Böse meiden muß und in der Kraft Gottes überwinden kann, da braucht man sich nicht zu wundern, wenn solch ein Mensch der

Dämonie verfällt. Gäbe es mehr bewußte, frohe Christen, erlöste, in Ordnung gebrachte Menschen, unsere Welt sähe anders aus.

Was die Kinder betrifft, so heißt es in der Heiligen Schrift, Matthäus 18, 10: „Sehet zu, daß ihr nicht jemand von diesen Kleinen verachtet. Denn ich sage euch: Ihre Engel im Himmel sehen allezeit das Angesicht meines Vaters im Himmel."

Also doch Schutzengel? Ja, die Rede von den Schutzengeln ist kein Kindermärchen. Sie beruht auf Wahrheit. Glauben wir daran? Wehe denen, die sich zwischen diese Wahrheit und die Kinder stellen!

Mein Leben lang verspürte ich einen starken Zug zu Kindern. Selbst noch ein kleines Kind sprach ich oft davon, daß ich nichts anderes als Mutter werden will. Gott hat diesen kindlichen Wunsch erfüllt, wenn auch in anderer Weise, als ich es mir damals dachte, und in späteren Jahren, als ich die Zusammenhänge begriff, vorstellen konnte.

Genesen von schwerer Krankheit, die fünf Jahre dauerte, besuchte ich das Kindergärtnerinnenseminar in Königsberg/Pr. und freute mich, zu der natürlichen Gabe, mit Kindern umzugehen, nun auch Kenntnisse auf pädagogischem und psychologischem Gebiet zu gewinnen. Sie sollten mir in späteren Jahren helfen, für die vielen Kinder, die mir anvertraut wurden, Verständnis zu haben. Wie beglückend und segensreich Seelsorge an Kindern sein kann, erlebte ich in den Jahren, als ich Erwachsenen und Kindern dienen durfte.

Ganz persönlichen Kontakt fand ich zu drei Buben

und drei Mädchen, die ich in mein Haus aufnahm, und denen ich Mutter wurde. Das war die notwendige Vorschule für die große Aufgabe, die nach dem Zweiten Weltkrieg an mich herantrat. Damals gründete und leitete ich ein Heim für Flüchtlingskinder, durch das während meiner Zeit eintausendfünfhundert Kinder hindurchgingen. Sie alle nannten mich Mutter.

Bereits als Zwölfjährige hatte ich in einem Aufsatz unter dem Thema „Wie ich mir meine Zukunft vorstelle" geschrieben: „Ich möchte einmal Schriftstellerin und Mutter vieler heimatloser Kinder werden."

Nun war es tatsächlich so geworden. Über diese Erlebnisse in meinem Kinderheim „Lindenhof" in Geislingen habe ich ausführlich in meinem Buch „Als flögen wir davon" berichtet. Dabei erwähnte ich auch die neue Aufgabe, die mir Gott gab, als er meine langjährige Mitarbeiterin und Freundin und mich in die Müttererholungsarbeit und ebenso auch in die Vortragstätigkeit unserer evangelischen Kirche rief. Über mehrere Erlebnisse in dieser Arbeit werde ich an anderer Stelle dieses Buches erzählen.

Hier will ich nur von der wunderbaren Führung berichten, die uns den Weg in die jetzige Arbeit bahnte: Ich hatte mir in der Nähe Stuttgarts auf der Obereichner Höhe ein Häuschen bauen lassen, in dem ich mit meiner Mutter, meiner jüngsten Pflegetochter und meiner Mitarbeiterin lebte. Wir beide wurden immer wieder von der evangelischen Frauenhilfe gerufen, Freizeiten zu leiten oder auch Vorträge zu halten. In jener Zeit fand ich wieder mehr Gelegenheit Bücher zu schreiben, was ich sehr begrüßte. Mein großes

Kinderheim und auch der Dienst im Müttererholungsheim hatten mich sehr beansprucht. Deshalb genossen wir unser schönes Einfamilienhaus am Waldesrand, und ich fand keineswegs gleich ein Ja, als von verschiedenen Seiten die Frage an mich herangetragen wurde, ob wir nicht gewillt seien, ein kleines Erholungsheim zu eröffnen. Schließlich hatte ich mir mein Häuschen mühevoll erspart, und ich meinte auch, daß es jetzt etwas ruhiger um mich werden könnte. Weil ich aber doch irgendwie empfand, hinter diesen Fragen könne ein Auftrag Gottes stehen, dem ich mich nicht bewußt widersetzen wollte, sagte ich: „Gut, wenn Gott uns ein Haus an den Weg stellt, dann will ich dazu bereit sein."

Und nun muß ich etwas gestehen, was ich in meinem Buch „Als flögen wir davon" verschwiegen habe. Ich dachte nämlich: Das tut Gott ja doch nicht. Einen solchen Gedanken bewegte ich, weil ich nicht unbedingt bereit war, diesen Auftrag anzunehmen. Die Vorstellung, mein kleines hübsches Haus verlassen zu müssen, fiel mir sehr schwer. Heute schäme ich mich dieses Ausspruches. Wie konnte ich es nur wagen, mich so zu äußern, obwohl ich von Eva von Tiele-Winckler wußte, daß Gott ihr nicht nur eins sondern eine ganze Anzahl Häuser an den Weg gestellt hatte, die sie für ihre heimatlosen Kinder benötigte. Und hatte ich nicht selbst in überwältigender Weise unzählige Male erlebt, wie Gott meine Gebete über Bitten und Verstehen erhörte? War mir nicht auch der Lindenhof von Gott an den Weg gestellt worden? Hatte ich damals nicht buchstäblich von Wundern gelebt?

Gott nahm mich beim Wort! Ein Landwirt und Kunstmaler, den ich mit seiner Familie vom Lindenhof aus kennengelernt hatte, fragte meine Mitarbeiterin, ob sie seine Frau und die Mutter seiner Kinder werden will. Die erste Frau war bei der Geburt des vierten Kindes gestorben. Als meine Mitarbeiterin sich dazu entschloß, stand buchstäblich das Haus am Wege. Das Erholungsheim wurde Wirklichkeit. Inzwischen sind dreizehneinhalb Jahre vergangen, seit wir unser christliches Erholungsheim auf der Schwäbischen Alb eröffnet haben. Über 4000 Gäste verlebten hier bisher Tage und Wochen der Erholung und Besinnung, und immer wieder hat Gott uns einen neuen Arbeitsauftrag zugewiesen.

So konnten wir jeden Sommer viele Frauenkreise zu Tagesausflügen bei uns aufnehmen, sie bewirten und mit ihnen Gemeinschaft unter dem Wort haben. Jugendkreise kommen zu Wochenendfreizeiten. In den Wintermonaten führen wir sechstägige Bibelfreizeiten für Frauen, Männer oder Jugendliche durch. Eine große und segensreiche Aufgabe hat Gott uns damit gegeben. Wehe uns, wenn wir uns um meines Hauses willen geweigert hätten, diesen Auftrag zu übernehmen. Ich glaube, keine Stunde mehr wäre darin glücklich gewesen. Auftrag ist mehr als Besitz. Manchmal verschließt Gott eine Tür, um dafür ein Tor zu öffnen. So war es in der Tat bei uns.

Übrigens: mein kleines Haus am Waldrand habe ich verkauft und hier in einer weitaus schöneren Landschaft ein neues erstellen können. Familie Lang und ich, die wir in gemeinsamer Arbeit stehen, wohnen darin.

Somit haben wir neben der vielen Arbeit, die unsere ganze Kraft in Anspruch nimmt, doch auch hin und wieder Raum und Zeit für etwas Familienleben. Die beiden Kinder meiner Mitarbeiterin sind darin geboren. Ich durfte an ihrem Wachstum und an ihrer Entwicklung teilnehmen und sie zu meiner großen Freude oft betreuen. Auch meine liebe Mutter, meinen Lesern aus dem Buch „Als flögen wir davon" als mein „goldener Anhänger" bekannt, hat noch fünf Jahre hier oben auf der Alb leben dürfen, ehe sie uns verließ, um in die andere Welt zu gehen.

Die Kinder meiner Mitarbeiterin wuchsen fröhlich heran. Wenn wir beobachteten, wie sie auf den weiten Wiesen, die zu unserem Haus gehören, froh herumtollten oder auf ihrem kleinen Pony die ersten, unbeholfenen Reitversuche machten, wie sie in unserem Schwimmbecken, an dem sich auch die erwachsenen Gäste unseres Hauses erfreuen, schwimmen lernten, stieg in uns der Gedanke auf: Ist es eigentlich nicht schade, daß nicht noch anderen Kindern, die in der Enge und Unruhe unserer übervölkerten Städte wohnen, dieses Kindheitsparadies erschlossen wird?

Dieser Gedanke ließ uns nicht mehr los. Wenn man daran glaubt, daß der Mensch nicht einem blinden Schicksal unterworfen ist, sondern von Gott geführt wird, kann man sich solchen inneren Hinweisen gegenüber einfach nicht verschließen. Oft ist es in der Tat eine Mitteilung aus der anderen Welt. Auch da heißt es, den Engel nicht einfach zu übersehen. Der Gedanke an ein kleines Kinderheim ließ uns ebensowenig los wie damals der Auftrag, ein Erholungsheim zu eröffnen.

Doch konnten und wollten wir nichts überstürzen. Schließlich war es auch eine Geldfrage; denn für ein Kinderheim besaßen wir nicht die nötige Einrichtung. Eins aber war mir klar: Wenn die Verwirklichung dieses Planes im Willen Gottes lag, war es ihm ein Kleines, uns zu geben, was wir brauchten. Und dann erlebten wir eines Tages, was uns wie eine Bestätigung unseres Vorhabens schien.

Unter unseren Gästen war eine Schwester, die einem Diakonieverband angehört. Es ergab sich, daß ich ihr aus den Erfahrungen unserer Arbeit erzählte und dabei auch unser Vorhaben erwähnte, ein kleines Kinderheim zu eröffnen.

„Haben Sie denn schon Kinderbetten und alles andere, was man in einem Kinderheim benötigt?" fragte sie.

„Nein", konnte ich nur antworten. „Aber ich bin fest davon überzeugt, daß Gott zur rechten Zeit das nötige bereitstellen wird, wenn die Eröffnung eines Kinderheimes in seinem Plan liegt."

Ist es nun törichte Schwärmerei, so zu glauben? Ich bin je länger desto mehr der Auffassung, daß Gott unsere Interessen zu den seinen macht, wenn wir die seinen zu den unseren machen.

Die Schwester erzählte mir nun, daß sie seit Jahren in einem Krankenhaus tätig ist, zu dem bis vor kurzem noch ein Kinderheim gehört hat. Da man diese Räume aber auch für das Krankenhaus benötigte, war man gezwungen, das Kinderheim aufzulösen.

„Das Mobilar steht noch immer unbenutzt herum. Hätten Sie Interesse daran?" fuhr die Schwester fort.

„Interesse schon. Es wird darauf ankommen, was die Sachen kosten", antwortete ich.

Kurzum, es wurden zwei, drei Briefe gewechselt, eine Sitzung anberaumt, und dann kam die überraschende Nachricht, daß uns fünfzehn Kinderbetten mit Matratzen, Wolldecken, Kopfkissen, dreifacher vollständiger Wäschegarnitur für jedes der Betten, Tische und Bänke geschenkt wurden zur Eröffnung unseres kleinen Kinderheimes. Konnten wir eine deutlichere Bestätigung erwarten?

So entstand neben unserem christlichen Erholungsheim das kleine Kinderheim. Zwanzig Mädchen und Jungen werden hier von zwei ausgebildeten Kräften betreut. Oft fragen die Gäste unseres Hauses erstaunt: „Was sagen Sie? Die Kinder sind nicht zur Erholung hier? Haben sie denn kein Elternhaus mehr? Sind es Waisenkinder?"

Ja, zum größten Teil sind es Scheidungswaisen, Kinder aus geschiedenen Ehen. Als ich das Flüchtlingskinderheim, den Lindenhof, gründete, handelte es sich dabei um Kinder, die durch die Kriegs- und Nachkriegs-Erscheinungen ohne Elternhaus aufwachsen mußten. Entweder hatten sie die Eltern auf der Flucht verloren oder sie waren bei Bombenangriffen ums Leben gekommen. Bei einigen lebten die Väter noch in Gefangenenlagern, und die Mütter waren krank oder konnten ihre Kinder nicht versorgen, weil sie selbst arbeiten mußten.

Wenn heute Kinder durch die Jugendämter in ein Heim gebracht werden, dann ist meistens irgendein Versagen oder Schuld der Eltern die Ursache dafür.

Immer aber sind die Kinder die Leidtragenden. Sehen solche Eltern nicht den Engel mit dem Schwert und der Waage? Oder liegt es an uns, den Christen, daß wir nicht deutlich genug auf die Verantwortung hinweisen und an das Gewissen unserer Mitmenschen appelieren?

Viele ahnen nicht, welche Not es oft bei Kindern gibt. Darum möchte ich von einigen unserer Kinder erzählen. Ihre Namen ändere ich bewußt, damit keiner sie wiedererkennt.

Das ist der zwölfjährige Joachim. Die Fürsorgerin, die ihn uns brachte, erzählte, daß sie in ihrer langjährigen Praxis keinen Fall kennt, wo ein Kind so leichten Herzens, ja geradezu froh das Elternhaus verlassen hat. Joachim war das schwarze Schaf in seiner Familie. Geschah irgend etwas Ungutes, so wurde nicht erst untersucht, wer der Täter gewesen sein könnte. Es bedurfte keiner Erwägung, niemand anders kam in Frage als Joachim. Natürlich wurde der Junge aufsässig und verbittert. „Wenn man mir doch bloß Böses zutraut, dann will ich auch böse sein." Er log, er stahl, er schwänzte die Schule; es wurde ihm geradezu eine Lust, die Erwachsenen zu ärgern und ihnen einen Schabernack zu spielen. Er heckte allerlei böse Streiche aus. Ja, man konnte schon vom Beginn einer Verbrecherlaufbahn sprechen. Joachim wurde für die Familie untragbar. So kam er zu uns.

In den ersten Tagen hatte er Gelegenheit, ein paar Mark zu stehlen. Wir fühlten uns schuldig, denn wir hatten das Geld liegengelassen. Ich rief ihn zu mir.

„Joachim, du hast es doch wirklich nicht nötig, bei uns zu stehlen. Du bekommst, was du brauchst. Hast du einmal einen besonderen Wunsch, dann darfst du ihn uns sagen. Wenn wir ihn für gut halten und ihn dir erfüllen können, soll es geschehen. Außerdem sollst du ab sofort monatlich fünf Mark Taschengeld bekommen. Dafür kannst du dir schon manchen kleinen Wunsch erfüllen. Höre auf zu stehlen und zu lügen! Wir wollen dir glauben und vertrauen können!"

Joachim hat nie mehr bei uns gestohlen. Wir haben auch nicht den Eindruck, daß er lügt. Mit Ausnahme seiner großen Klappe, die manchmal noch in Erscheinung tritt und die früher daheim seine einzige Waffe und Verteidigungsmöglichkeit gewesen war, fügt er sich ohne Schwierigkeit in die Ordnung unseres Hauses ein. Ja, er gehört zu denen, die äußerst praktisch veranlagt sind. Mit seinen Bastelarbeiten hat er schon manchem eine Freude bereitet. Nun ist er über ein Jahr bei uns. Nie hatte er Besuch von seinen Angehörigen. Er bekam weder zu Weihnachten noch an seinem Geburtstag einen Brief oder gar ein Paket von zu Hause.

Eines Tages erklärte er mir: „Omi, von jetzt an sage ich nicht mehr Mama Lang oder Papa Lang." Ich erschrak. Was hatte sein Vertrauen gestört? Doch da fuhr er schon fort: „Ich sage ab jetzt nur noch Mama und Papa, denn das Kinderheim ist jetzt mein wirkliches Zuhause."

Das war ja ein noch weit größeres Vertrauen als bisher und bewies mir, daß der Junge von nun an ganz und gar zu uns gehören wollte.

Öfter fragte er mich mit strahlendem Gesicht: „Stimmt's Omi? Ik habe mir doch schon sehr jebessert", und er ist glücklich, wenn ich dies bejahe.

Weiter ist da Anneliese, ein achtjähriges Mädchen, das von seiner Mutter selbst zu uns gebracht wurde, weil diese mit dem Kind nicht mehr fertig wird. Sie sagte: „Es tobt und schreit, wirft sich auf die Erde und geht mit den Fäusten auf mich los. Ich weiß nicht mehr, was ich mit ihm anfangen soll."

Die Lehrerin hatte über Anneliese einen Bericht geschrieben: „Das Mädchen ist untragbar für die Klasse. Es sprengt mit seiner Unruhe und Aufsässigkeit alle Ordnung. Wie eine Furie geht Anneliese auf die Kinder los, schlägt ihnen mit Fäusten ins Gesicht, auf den Kopf oder sonst irgendwohin. Dabei ist das Mädchen äußerst liebebedürftig und anhänglich. Ich gebe es nur ungern aus der Hand, aber es bringt mir die ganze Klasse durcheinander."

Als wir jedoch näheres über die Umgebung erfuhren, in der das Kind bisher gelebt hatte, bedurfte es keiner weiteren Erklärung. Uns war klar, daß das Mädchen gar nicht anders sein konnte. Und als wir hörten, was ein verantwortungsloser Wüstling dem Kind angetan hatte, erfüllte nur Entsetzen und Mitleid unser Herz.

In der ersten Zeit kam es auch bei uns vor, daß Anneliese, von einer nicht zu bändigenden Wut erfüllt, mitten aus einem friedlichen Spiel sich unter den Tisch fallen ließ, mit Händen und Füßen um sich schlug und dabei wie ein Tier brüllte. Nach mehreren nutzlosen Ermahnungen folgte Strafe. Anneliese merkte nach und nach, daß es auch anders geht und viel schöner ist, sich zu fügen. In der Schule wurde es ebenfalls besser.

Wir sind uns darüber klar, daß es großer Geduld

und Weisheit bedarf, dieses gewalttätige Kind zu bändigen. Jedoch gibt es Augenblicke, die uns beweisen, daß in dem aufsässigen Herzen des Kindes auch weiche Regungen sind. So kann Anneliese strahlend kommen, beide Hände voller Blumen, und sagen: „Die habe ich für dich auf der Heide gepflückt." Oder sie fragt: „Hast du etwas für mich zu tun, Omi? Ich möchte dir so gerne helfen."

Kürzlich brachte sie mir eine Schnecke. „Schau, genau wie deine!" Liebevoll streichelte ihr Zeigefinger das feingemaserte Schneckenhäuschen. Ich hatte den Kindern einmal eine Schnecke gebracht, auf ein grünes Blatt gesetzt und zu erklären versucht, wie wunderbar Gott alles eingerichtet hat, indem diese Schnecke ihr Haus auf dem Rücken trägt. Ehrfürchtig und mäuschenstill hatten die Kleinen zugehört, denen es bisher gar nichts ausmachte, ein Tier zu quälen. Dabei hatten sie den Atem angehalten und sich nicht gerührt, nur um beobachten zu können, wie die Schnecke sich unter ihrem Haus hervorwagte und vorsichtig die Fühler ausstreckte.

Nach einem solchen Anschauungsunterricht ist es nicht schwer, den Kindern klarzumachen, daß ein Tier nicht gequält werden darf. Fand man von nun an beim Spaziergang eine Schnecke, dann kam es vor, daß die Kleinen sie behutsam zu der Kindergärtnerin trugen: „Sieh nur, die sieht genauso aus wie die Omi!" Sie meinten natürlich wie die Schnecke, die die Omi ihnen ins Kinderheim gebracht hatte.

Schon lange kümmert Annelieses Mutter sich gar nicht mehr um ihr Kind. Heimlich wünschen wir, sie käme überhaupt nicht wieder; denn hoffnungslos würde das Mädchen in seine alten, üblen Gewohnheiten zurückfallen, wenn es wieder in sein früheres häusliches Milieu käme. Ob es uns allerdings gelingen wird, die sittlichen Schäden des Kindes zu heilen und es von seinen bedenklichen Neigungen auf sexuellem Gebiet zu befreien, ist eine andere Frage. Wüßte man nicht von der umgestaltenden Kraft Gottes, man könnte manchmal an seinem Amt verzweifeln.

Hier liegt überhaupt eine Not, in die ein großer Teil unserer Kinder bereits geraten ist. Wie kann es auch anders sein, wenn sie Zeuge waren von Entwürdigungen, die ihre Mütter durch ihre total betrunkenen Väter über sich ergehen lassen mußten. Oder wenn sie immer wieder erlebten, daß der Freund der Mutter bei Abwesenheit des Vaters die Nächte zu Hause zubrachte.

Rosmarie und Walter waren Zeugen, wie der Geliebte der Mutter sich aus dem dritten Stock des Hauses zum Fenster hinausstürzte und unten tot liegenblieb. Die kleine fünfjährige Lotte erzählt wichtig von dem körperlichen Vergehen, das der Vater an ihr vollzog. Noch versteht sie nicht, daß gerade dies die Ursache ist, warum sie von zu Hause fort mußte und zu uns gebracht wurde.

Der kleine Fritz ist im Gefängnis geboren. Seine Mutter wurde straffällig. Später mißhandelte der Vater das Kind derartig, daß allein sein Anblick genügte, und der arme kleine Kerl verkroch sich wie ein getretenes Tier in den hintersten Winkel der Wohnung.

Alex hat ebenfalls einen seelischen Schaden. Er stand

zwischen den Eltern, die geschieden worden waren, weil die Mutter ihren Freund, einen Ausländer, heiraten wollte. Er mußte sich folgendes mit anhören: „Nimm du doch den Jungen, was soll ich mit ihm!"

„Ich denke gar nicht daran. Er ist genauso dein Kind wie meins. Ich habe keinen Platz für ihn. Mein Freund will ihn nicht, und ich kann ihn nicht brauchen!"

Mit schweren Komplexen lebt der Junge jetzt bei uns. Daß er Bettnässer ist, scheint uns noch das geringste. Bettnässen ist meistens auf seelische Schäden zurückzuführen. Aber in der Gedankenwelt des noch nicht Zehnjährigen hat sich eine vollkommen verkrampfte Lebensauffassung aufgebaut. Eine Neigung zum Bösen, zum Gemeinen tritt bei ihm hervor. Dabei ist das Kind so liebebedürftig und sucht Anlehnung. Doch auch hier besteht die Gefahr, daß das ungestillte Liebesbedürfnis zu sexuellen Entgleisungen führt.

Monatelang wartete der Junge vergeblich auf Post von Vater oder Mutter. Eines Tages erhielt er einen Brief. Auf seinem Gesicht wechselten Freude und Traurigkeit. Mit zitternden Händen öffnete er den Umschlag und entnahm ihm einen Krankenschein, um den wir den Vater gebeten hatten, weil der Junge in ärztlicher Behandlung war. Kein einziges geschriebenes Wort, kein Gruß war dabei. Alex brach in verzweifeltes Weinen aus.

Vor mir steht Sonja, ein Mädchen von zwölfeinhalb Jahren. Ihr Gesicht ist alt und wissend, ihr Körper der einer sieben- bis achtjährigen. Rührend sind die Briefe, die sie ihrer Mutter schreibt, die die Mißhandlungen des stets betrunkenen Mannes nicht mehr ertrug. Ihre drei Kinder übergab sie dem Jugendamt, damit sie in ein Heim gebracht würden und sie selbst sich Arbeit suchen konnte: „Daß ich wenigstens meinen Kindern erhalten bleibe", sagte sie, „bevor mein Mann sie und mich zugrunde gerichtet hat."

Die Frau versucht tapfer, mit ihrem Schicksal fertig zu werden, schreibt auch regelmäßig an ihre Kinder und ist bemüht, diesen mit ihrer Hände Arbeit eine neue Zukunft aufzubauen. Ob es ihr gelingen wird bei ihrer schwachen körperlichen Verfassung und nach all dem Furchtbaren, das sie in ihrer Ehe erlebt hat? Noch keinmal hat der Vater nach seinen Kindern gesehen. Er lebt sein eigenes Leben und kümmert sich um seine Familie nicht. Ob ihn das Gewissen nicht mahnt?

Uns ist klar, daß das beste Kinderheim letztlich kein gutes Familienleben ersetzen kann. Aber außer einigen Kindern, die zu uns gebracht wurden, weil die Mutter im Krankenhaus liegt und die Familie sich nicht selbst versorgen kann, hat keines der anderen je ein rechtes, harmonisches Familienleben kennengelernt. Entweder ist es durch den Einbruch eines Dritten gestört worden oder wurde durch Alkoholismus und andere Laster des Vaters oder der Mutter getrübt.

Die meisten unserer Kinder sind am Anfang sehr schwierig. Doch wie eine Blume sich im Licht entfaltet, so öffnen auch sie sich der Liebe, die wir ihnen entgegenzubringen bemüht sind und wissen wohl zu unterscheiden zwischen Wahrheit und Unaufrichtigkeit. Ob wir Erfolg haben werden? Eigentlich sollte von Erfolg oder Mißerfolg gar nicht die Rede sein. Denn eins ist sicher: „Wer ein solches Kind aufnimmt in meinem Namen, der nimmt mich auf", so sagt Jesus Christus. Deshalb wird auf einem solchen Tun, wenn es aus Liebe und in Hingabe geschieht, der Segen Gottes ruhen. Daß die Arbeit an den Kindern nicht vergebens ist, weiß ich aus den Erfahrungen in meinem früheren Kinderheim. Manche dieser 1 500 Kinder, die ich mit meinen Mitarbeitern zu betreuen hatte, haben mich in späteren Jahren aufgesucht, und ich durfte mich an ihrer Entwicklung freuen.

Kürzlich wurde mir der Besuch eines jungen Arztes in Aussicht gestellt. Als ich hörte, daß es um eins meiner Lindenhofkinder ging, war ich voller Erwartung. Der Gedanke, daß einer dieser Jungen einen solchen Weg eingeschlagen hatte, erfüllte mich mit großer Freude. Jahre waren vergangen, seit ich ihn das letzte Mal gesehen hatte. Und dann saß er vor mir mit seiner reizenden, klugen und doch so bescheidenen jungen Frau, noch ganz unser Junge von früher. Aus den gleichen klaren, unverdorbenen Augen blickte er mich an und erzählte von seinem beruflichen Ergehen und von seiner kleinen Tochter. Die Begegnung mit diesem jungen Arzt war mir ein Fest.

Ein anderer unserer Lindenhofsöhne ist Lehrer geworden. Auch er besuchte uns mit seiner Frau und den beiden Söhnen. Er hatte sich ebenso positiv entwickelt.

Eine der Lindenhoftöchter kam mit ihrem Mann und dem Kind. Sie steht an der Seite ihres Gatten im eigenen Geschäft. Auch aus ihren Augen strahlte mir Glück und Dankbarkeit entgegen.

Es war im Winter des vergangenen Jahres. Meine

Freundin und ich saßen im Bahnhofsrestaurant bei einer Tasse Kaffee und warteten auf eine unserer Mitarbeiterinnen, die wir mit dem Auto auf unseren Berg mitnehmen wollten. Plötzlich öffnete sich die Tür, und mit einer Welle eiskalter Luft, die hereinströmte, betrat ein hochgewachsener junger Mann das Restaurant. Er kam mir bekannt vor, doch wußte ich mich seiner nicht gleich zu erinnern. Frau Lang, die im Kinderheim Lindenhof jahrelang die Bubenabteilung geleitet und unsere Jungen betreut und erzogen hatte, wollte mir gerade erklären, wer er sei, da hatte der junge Mann uns bereits entdeckt.

Ohne auf die anderen Gäste zu achten, kam er mit einem freudigen Ausruf auf mich zu: „Mutti, wie lange habe ich dich nicht gesehen!" Und schon hatte er mich umarmt und auf die Wange geküßt. Jetzt erkannte ich ihn auch. Wir freuten uns alle drei. Strahlend setzte er sich zu uns. „Ihr erlaubt doch?" fragte er, bestellte sich ein Getränk und plauderte so fröhlich und ungezwungen drauf los, als seien wir nie getrennt gewesen. „Und hier, Mutti und Tante Martel, hier sind die Fotografien meiner Frau und meiner Buben. Das dritte Kind ist unterwegs. Hoffentlich wird es ein Mädel. Stellt euch vor: Jetzt bin ich schon zehn Jahre lang verheiratet. Hört mal, was ich meiner Frau für ein Gedicht zum zehnten Hochzeitstag geschrieben habe."

Schon als Kind hatte er sich mit kleinen Gedichten versucht. Unbekümmert und mit großem Vertrauen las er uns seine Herzensergüsse vor. Wir aber spürten, daß er sauber geblieben war. Es war nicht umsonst gewesen, was wir in den Jahren versucht hatten, an ihm zu tun.

Natürlich wissen wir auch von notvollen Entwicklungen. Erst kürzlich hörte ich von einem begabten, vielversprechenden Mädchen, das wir einige Jahre in unserem Kinderheim hatten, das später aber unter minderwertigen Einfluß geriet und völlig haltlos geworden war. Derartige Erlebnisse sind immer schmerzlich, aber wohl kaum zu vermeiden.

Einer anderen Lindenhoftochter begegnete ich mit ihrem unehelichen Kind. Sie freute sich sehr, mich zu treffen, sah aber selbst keineswegs glücklich aus. Leider war sie in die Fußstapfen ihrer Mutter getreten, die eine gänzlich verkommene Frau gewesen war. Trotz solcher Fehlschläge möchte ich keine andere Aufgabe erfüllen, auch wenn ich noch einmal vor die Wahl gestellt werden würde.

Über unserem jetzigen kleinen Kinderheim wachen die Engel Gottes. Daß wir sie doch nie übersehen und ihr ernstes Mahnen nie überhören! „Wer einem dieser Kleinen Ärgernis gibt", sagt Jesus, „dem wäre es besser, daß ihm ein Mühlstein an seinen Hals gehängt und er ins Meer geworfen würde."

Es war an meinem letztjährigen Geburtstag. Alle Kinder unseres kleinen Kinderheims kamen, um mir zu gratulieren. Jedes Kind trug in seiner Hand ein frisch gepflücktes Sträußchen von Schlüsselblumen. Und jedes sprach einen Glückwunsch aus: „Omi, ich wünsche dir, daß du gesund bleibst." — „Ich wünsche dir, daß du gut schlafen kannst." — „Omi, ich wünsche dir, daß du in den Himmel kommst." — „Und ich, daß du ein reines Herz hast." Und so hatte jedes Kind seinen besonderen Glückwunsch.

Zuletzt sagte unser neunjähriger Willi: „Omi, ich habe zu deinem Geburtstag ein Gedicht gemacht, das erste in meinem Leben." Dabei brachte er hinter seinem Rücken ein buntbemaltes Stück Papier hervor, und zwischen den exotischen Blumen und seltsamen Gewächsen stand geschrieben: „Die Armen. Die Omi hat Erbarmen, sie denkt auch an die Armen." Dieses Blatt überreichte er mir. Jetzt hängt es als kleine Kostbarkeit neben meinem Schreibtisch an der Wand, obwohl Willi Erbarmen klein geschrieben hat. Vielleicht ist mein Erbarmen bisher auch noch nicht groß genug. Wir alle, die wir dieses „erste Gedicht" unseres Jungen sahen, waren tief bewegt. Es war der Ausdruck eines Kinderherzens, das im Elternhaus viel Not miterleben mußte und es nun wohltuend empfand, daß man ihm hier herzliche Liebe entgegenbrachte.

Unsere Kleinen benötigen einen sichtbaren Ausdruck für das, was wir für sie empfinden. Sie brauchen bei aller Konsequenz der Erziehung immer wieder einmal Zärtlichkeiten.

Als vor einigen Tagen die Kinderschwester unserem jüngsten Kind, einem sehr komplizierten, aber von allen inniggeliebten kleinen Buben, einen Kuß gab, stand ein Siebenjähriger mit traurigen Augen dabei und sagte: „Ich möchte auch einen." Dieses Kind ist zu Hause vom eigenen Vater unsagbar gequält worden und hat kaum einmal Zärtlichkeiten empfangen. Natürlich war in den Armen von Schwester Hedi auch Platz für ihn.

Kürzlich las ich, daß sich die Fälle häufen, in denen Schulkinder sich das Leben nehmen. Meistens sind die Eltern darüber entsetzt und völlig fassungslos. Wie konnte ihr Kind so etwas tun? Hatten sie ihrem Sohn, ihrer Tochter nicht alle Wünsche erfüllt? Besaßen sie nicht Schränke voll Kleidern, Spielsachen und Büchern, auch Fahrräder und mancherlei Sportgeräte? Sie hatten sie doch nach Italien, Spanien, Holland mitgenommen. Brauchten sie ihre Wünsche nicht nur zu äußern, und sie wurden ihnen erfüllt?

Der Mensch lebt nicht vom Brot allein. Kinderherzen sind schon zugrunde gegangen an innerer Einsamkeit, an Examensnot, an Zerwürfnissen zwischen Vater und Mutter, an seelischer Mißhandlung, am ungesunden Ehrgeiz ihrer Eltern, an äußerer und an innerer Vernachlässigung. Kinder sind Rätsel von Gott, schwerer als andere zu lösen, aber der Liebe gelingt's, wenn sie sich selber bezwingt.

Vor mir liegt ein Brief: „Haben Sie ein Doppelzimmer frei? Meine Frau und ich möchten einige Tage zu Ihnen kommen. Wir haben vorige Woche unsere kleine Tochter begraben und wollen ein wenig Abstand gewinnen von all den Aufregungen der letzten Zeit."

Sie kamen. Ein Kinderpärchen, mußte ich denken. Die junge Frau, knapp achtzehn Jahre alt, mit langen, auf die Schulter herabfallenden Haaren und großen, erschrockenen, fragenden Augen. Du bist ja selbst noch ein Kind, dem man am liebsten eine Puppe zum Spielen in die Arme legen möchte! mußte ich denken. Sie war noch bleich von den hinter ihr liegenden „Geschehnissen und dem ausgestandenen Entsetzen. Die Eltern hatten das Kind tot im Stubenwagen vorgefunden, als sie von einem Abendausgang zurückkehrten.

„Wir waren wirklich nicht lange fort", erklärte mir der junge Mann. „Unser Kindchen war einfach nicht lebensfähig. Es hatte einen Herzfehler. Was mir jetzt Sorgen bereitet, das ist der Zustand meiner Frau. Sehen Sie doch, wie sie aussieht. Dabei will sie in spätestens zwei Wochen wieder ins Büro gehen. Kinder können wir noch genug bekommen. Wir sind ja noch so jung, aber die Gesundheit meiner Frau . . ."

Wir sind ja noch so jung! O ja! Wie recht hatte der Jüngling, dem ich gewünscht hätte, daß er in seinem Wesen gefestigter, in seinem Beruf umsichtiger gewesen wäre und sich in der Welt noch etwas umgesehen hätte, ehe er die Verantwortung für eine Familie auf sich nahm. Sie standen wirklich wie zwei Kinder vor mir, und ich fragte mich, warum sie nicht warten konnten.

Frühehen sind heute an der Tagesordnung. Warum ist das so? Ärzte stellen fest, daß die körperliche Entwicklung heute wesentlich früher einsetzt als bei früheren Generationen. Manchmal steht man kopfschüttelnd vor solchen unreifen jungen Menschen, die sich für immer aneinanderbinden, ohne das Leben, ja sich selbst genügend zu kennen.

„Lebenslänglich beieinander", hieß der Titel eines Artikels, den ich kürzlich las. Doch wie sieht dieses lebenslänglich vielfach aus? Es mag Fälle geben, in denen die jungen Menschen unter den Lasten und Anforderungen ihres gemeinsamen Lebens reifen. Aber wie viele laufen nach kurzer Zeit schon wieder auseinander!

Eine Hebamme erzählte mir: Im ersten Jahr kam die junge Mutter unverheiratet zur Entbindung. Ein Jahr später erschien sie als Frau Meier, im nächsten Jahr als Frau Schultze, und drei Jahre später hatte sie schon wieder einen anderen Namen. — Ja, warum heiraten sie so früh? In vielen Fällen sind es sogenannte Mußehen, weil bereits ein Kind unterwegs ist. Kaum dem Kindesalter entwachsen, ist der Zug zum geschlechtlichen Leben bereits wachgerufen durch aufreizende Filme, Bilder in den Illustrierten, durch Schlagertexte und nicht zuletzt durch ganz auf Sex eingestellte Mode. Leider gibt sich dem der junge Mensch verfrüht, oft bedenken- und schrankenlos hin. Er verdirbt sich seine Jugend, stürzt sich unwissend in die Ehe und läßt genauso bedenkenlos alle Bindungen wieder fallen. Das Gewissen ist nicht geweckt. Ehrfurcht vor den Bestimmungen Gottes kennt man nicht.

Sieht keiner den wegweisenden Engel? Erkennen wir älteren unsere Aufgabe nicht? Stimmt es wirklich, daß die Jugend unzugänglich ist für unsere Ratschläge? Wie oft habe ich es in meinen Vorträgen so ausgedrückt: Nicht nur verbieten, sondern etwas bieten sollen wir den jungen Menschen.

Ich gehöre keineswegs zu denen, die die Untugenden und Entgleisungen der Jugend entschuldigen oder gar bagatellisieren wollen. Andererseits denke ich auch nicht daran, bei Fehlverhaltungen in jedem Fall die Ursache im Versagen der Eltern zu suchen. Es gibt tragische Fälle, in denen Eltern machtlos mit ansehen müssen, wie minderwertige Menschen auf unerklärliche Weise Einfluß gewinnen auf ihre Töchter und Söhne. Alles Ermahnen und Warnen der Eltern scheint da fruchtlos zu sein. Die Kinder entgleiten ihnen oft zumindest eine Zeitlang, manchmal auch für längere Zeit oder gar für immer. Wohl den Vätern und Müttern, die dann beten und ihre irregeleiteten Kinder Gott anbefehlen können! Da bleibt nichts anderes übrig als zu warten, nicht resignierend oder voller Empörung, sondern mit viel Liebe und Geduld.

Kürzlich hatten wir unter unseren Gästen eine Frau, die durch ihre zurückhaltende, stille Art auffiel. Nur selten schloß sie sich bei Spaziergängen anderen Gästen an, jedoch wurde sie von allen wegen ihrer bescheidenen Art und guten Umgangsformen geachtet. Bei den täglichen Andachten war sie äußerst aufmerksam und nahm mir geradezu hungrig jedes Wort von den Lippen ab. Erst kurz vor ihrer Abreise faßte sie sich ein Herz und gewährte mir Einblick in ihre Not.

Ihr Mann war verunglückt, als ihre Kinder noch klein waren. Obgleich es ihrem zurückhaltenden Wesen nicht entsprach, führte die Frau das eigene Geschäft weiter. Später trat ihr Sohn darin ein. Er erzwang die Heirat mit einem oberflächlichen Mädchen; und es kam, wie es zu erwarten war: die Ehe wurde bald wieder geschieden. Der Sohn wollte sich von der Mutter keine Vorschriften mehr machen lassen, trat in ein anderes Geschäft ein, ließ sich dort schwere Unregelmäßigkeiten zu Schulden kommen und kam ins Gefängnis. Die Tochter, einst ein vielversprechendes junges Mädchen, das auch in der kirchlichen Mitarbeit stand, wurde die Geliebte eines verheirateten Mannes, der in ihrem Geschäft tätig war. Als alles Ermahnen, Bitten und Warnen der Mutter nichts nützte, entließ sie diesen Mann und verlor damit auch die Tochter, die sich in Auflehnung von ihr abwandte.

In diesem Fall hatte die Mutter es an der rechten Betreuung der Kinder nicht fehlen lassen. Sie mußte zu allen anderen Lasten ihres Lebens nun auch noch diese auf sich nehmen. Aber sie resignierte nicht. „Trotz allem sind es meine Kinder", sagte sie, „und sie sollen wissen, daß ihre Mutter immer für sie da ist."

Im Gegensatz hierzu gibt es jedoch unzählige andere Fälle, wo die Eltern ihre Kinder innerlich darben lassen, obwohl sie unter Umständen ein äußerlich üppiges Leben führen und jeden noch so törichten Wunsch erfüllt bekommen. In meinen beiden letzten Büchern berichtete ich von Jugendlichen, die von einem solchen üppigen Dasein völlig unbefriedigt waren und Selbstmord begingen. Immer wieder liest man in Zeitungen von solchen Fällen. Aber wer sieht den warnenden und mahnenden Engel mit dem Schwert? Man entsetzt sich vielleicht beim Lesen eines solchen Berichtes, geht dann aber bald wieder zur Tagesordnung über. Was geht mich das an? Es betrifft mich ja nicht persönlich.

Natürlich nehmen sich nicht alle Jugendlichen das Leben. Aber viele flüchten sich in irgendein Liebesabenteuer, weil ihnen die Geborgenheit des Elternhauses fehlt. Vater und Mutter haben nie Zeit für sie. Am Abend oder am Sonntag wollen sie ihre Ruhe haben. Man drückt den Kindern ein paar Mark in die Hand und läßt sie ins Kino gehen. Wer hätte sie noch nicht gesehen, diese kleinen und größeren Jungen und Mädchen, auf den Rummelplätzen, an den Eisständen, vor der Kinoreklame. Irgendwann und irgendwo steigt es dann aber doch bitter in ihren Herzen auf: Es hat ja keiner Zeit für uns!

Ich gehöre nicht zu jenen, die behaupten, unsere Jugend sei schlechter und schwieriger als die vergangener Jahre. Die Zeit, in die sie hineinwächst, ist anders, versuchungsvoller und gefahrenreicher. Mehr denn je müßte man auf die Jugendlichen eingehen, sich für sie Zeit nehmen. Das allerdings darf nicht erst dann beginnen, wenn sie dem Kindesalter entwachsen sind. Die feste Bindung an Vater und Mutter, an das Elternhaus, kann nie zu früh gepflegt werden.

Ist es nicht verantwortungslos, wenn Eltern nicht wissen, wo ihre Kinder die schulfreien Nachmittage oder die Sonntage zubringen, wer ihre Freunde sind? Viele machen es sich bequem und ersparen sich Ärger und Kraft, wenn sie die Kinder von dem Fernsehapparat versorgt wissen. Dabei verderben schwülstige Liebesszenen die Phantasie der Kinder und wecken in ihnen viel zu früh einen falsch ausgerichteten Geschlechtstrieb. Lesen sie dann noch in bebilderten Zeitungen Überschriften wie etwa diese: „Zwei Sechzehnjährige bauen sich im Wald ein Liebesnest“, dann braucht man sich über Entgleisungen aller Art nicht zu wundern. Mehr denn je bedürfen unsere Kinder heute der klaren Führung, um durch den Irrgarten mit den täuschenden Angeboten unserer Zeit unbeschadet hindurchzukommen.

Es muß keineswegs jede Ehe fehlschlagen, die noch

sehr junge Leute schließen. Junge Liebe kann unter Umständen zu einem großen Glück werden. Doch solche Fälle sind selten. Vielfach zerbrechen junge Ehen am Mangel von Reife und Lebenserfahrung, und die Kette, mit der sie ihr Leben aneinander geschmiedet haben, wird ihnen schon bald zur unerträglichen Last.

Immer wieder bin ich zutiefst erschüttert, wenn ich zufälligerweise mal eine Illustrierte in die Hand bekomme und darin lese, wie leichtfertig, ja geradezu frivol über sogenannte Liebeserlebnisse berichtet wird. Da bagatellisiert man alles. Von den Hemmungen oder Schuldgefühlen ist gar keine Rede mehr. Junge Liebe, freie Liebe. Gibt es überhaupt ein Wort, das derartig entwürdigt worden ist, wie das Wort Liebe? Für die Masse bedeutet es nichts anderes als Triebhaftigkeit, Sinneslust oder — wie man heute sagt — Sex.

In den vergangenen Jahren wurde ich immer wieder gebeten, zu den Konfirmandinnen und Jugendlichen über Aufklärungsfragen zu sprechen. Es war interessant, ihre Reaktion zu spüren, noch ehe ich überhaupt ein Wort an sie gerichtet hatte. Sie musterten mich zu Anfang mit geradezu hämisch geringschätzigen Blikken, die besagten: Was will diese alte Jungfer eigentlich? Ist nicht einmal verheiratet und glaubt, uns Neuigkeiten vermitteln zu können.

Ihre offensichtliche Opposition zeigte sich in vorsätzlicher Unruhe und in halblaut geäußerten blödsinnigen Bemerkungen.

Ich stand erst einmal eine Weile still vor dem Pult des Klassenzimmers und blickte die Mädchen an. Mein bewußtes Schweigen machte sie unsicher, so daß ihre Unruhe abebbte. Dann begann ich ohne besonderen Stimmaufwand zu reden, so daß die Mädchen gut aufpassen mußten, um mich zu verstehen. „Wir haben eineinhalb Stunden Zeit. In der ersten Stunde werde ich zu euch reden. Die letzte halbe Stunde dürft ihr mich fragen, was ihr wollt. Ich werde versuchen, jede Frage so gut wie möglich zu beantworten. Doch erwarte ich von euch ungeteilte Aufmerksamkeit und Disziplin. Unter keinen Umständen werde ich mich stören lassen. Vielleicht überfordere ich die eine oder andere von euch, wenn ich verlange, daß ihr anderthalb Stunden stillsitzen müßt. Wer sich das nicht zutraut, darf jetzt seine Sachen nehmen und den Raum verlassen. Niemand ist gezwungen, hierzubleiben."

Keines der jungen Mädchen ging. Aus den eineinhalb Stunden wurden zwei; und ich hatte eine feine Zeit mit meinen jugendlichen Zuhörerinnen. Auch nicht eine machte den Versuch zu stören.

„Ich soll zu euch über Aufklärungsfragen sprechen", sagte ich. „Sicher denkt ihr: Wir sind längst aufgeklärt. Es gibt nichts, was wir darüber noch nicht wissen. Es kommt aber darauf an, durch wen und wie ihr aufgeklärt worden seid."

Ich erzählte ihnen dann, daß ich in meinem Kinderheim im Lindenhof erlebt hatte, wie die Zwölf- bis Vierzehnjährigen eine Zeitlang immer wieder flüsternd beieinander gestanden waren, rote Köpfe bekamen und verlegen verstummten, wenn ich mich ihnen näherte.

„Warum sprecht ihr nicht weiter, wenn ich zu euch komme?" hatte ich sie gefragt.

Eine Weile erhielt ich keine Antwort, dann aber sagte eines der Mädchen: „Weil es gemeine Dinge sind, über die wir reden."

Daraufhin hatte ich sie alle zu mir in meine Wohnung genommen und mich mit ihnen zu einem vertraulichen Gespräch um den Tisch gesetzt. „Sind es wirklich gemeine Dinge, über die ihr sprecht, oder habt ihr sie dazu erniedrigt?" hatte ich gefragt. „Könnt ihr euch vorstellen, daß Gott etwas Gemeines erdacht und geschaffen hat?"

So versuchte ich der vor mir sitzenden Mädchenschar klarzumachen, welch ein Geschenk Gott den Menschen damit anvertraut hat, daß sie sich gegenseitig lieben dürfen, daß Liebe aber nie bestehen kann, wo man voreinander die Achtung verliert. Vor Gott ist es ein Unrecht, sich das vorwegzunehmen, was nur für die Ehe bestimmt ist. Echte Liebe kann es ohne gegenseitige Achtung nicht geben. Man kann die Achtung auch vor sich selbst verlieren und dadurch unglücklich und belastet werden.

Es wurde ein feines und sicher sehr notwendiges Gespräch, das ich mit den Mädchen führen konnte. Ihre Fragen bewiesen mir, daß sie sich längst mit diesem Problem befaßt hatten. Es bewegte mich, als eins nach dem andern am Schluß der Stunde zu mir kam und mir die Hand reichte. Einige sagten: „So hat noch niemand mit uns über diese Fragen gesprochen." In den Augen las ich ein stummes Bekenntnis: Hätten wir das doch früher gewußt, manches wäre sicher nicht geschehen, was uns heute belastet!

Unter den vielen Briefen, die täglich in unser Haus

kommen, sind eine Anzahl, in denen Menschen ihr Herz ausschütten und uns teilnehmen lassen an ihren Sorgen und Problemen. Darunter war kürzlich ein Schreiben, in dem eine Mutter ganz verzweifelt mitteilte: „Was soll ich nur tun? Meine sechzehnjährige Tochter erwartet ein Kind. Der Vater dieses Kindes ist siebzehn Jahre alt. Er ist noch Lehrling, meine Tochter Schülerin. Ich kann sie doch nicht aus dem Haus werfen. Alles Tadeln und Vorwürfemachen würde die Situation auch nicht ändern. Beide sagen mir glattweg: Wir heiraten! Aber worauf soll diese Ehe aufgebaut werden? Sie sind ja beide noch unfertige Kinder und haben keine Ahnung von dem Leben! Wie sollen sie imstande sein, ein Kind zu erziehen? In vielen schlaflosen Nächten und tagsüber während meiner Arbeit frage ich mich verzweifelt: Was haben wir versäumt, daß unsere Tochter uns so etwas antut? Ist unser Einfluß nicht stark genug gewesen? Fand sie in unserer Familie nicht die rechte Geborgenheit? Dabei ist unsere Ehe glücklich. Wir haben versucht, unseren Kindern das ins Leben mitzugeben, von dem wir glaubten, daß es nötig ist. Und nun dieses?"

Ja, auch Eltern, die nach bestem Wissen alles getan haben, um ihre Kinder recht zu erziehen, können in unserer Zeit solche Not erleben. Sind die Einflüsse der Außenwelt stärker geworden? Sind die Vorstellungen der Schulkameraden, der Spielgefährten, der jungen Leute im Betrieb wirkungsvoller als die Meinung des Elternhauses? Ist es einfach der Geist unserer Zeit, der die jungen Leute vielfach dahin bringt, alle Überlieferungen und Ansichten der Älteren über Bord zu werfen und ihren eigenen Weg zu gehen? Dürfen wir sie darüber schelten oder sie verurteilen?

In der Familie des Vaters des zu erwartenden Kindes war es anders als in dem Elternhaus des jungen Mädchens. Da war die Ehe längst nicht mehr so, wie sie sein sollte. Die Kinder hatten fortwährend bösen Streit zwischen den Eltern erlebt. Vor allem gab es keinerlei Bindung gegenüber dem christlichen Glauben. Man ging weder in die Kirche, noch kannte man zu Hause das Gebet. Selbst die Mutter dieses siebzehnjährigen jungen Mannes hatte ein ironisches Lächeln auf dem Gesicht, als man sie zum Gottesdienst einlud.

Ein weiterer Brief kam in unser Haus: „Heute hat meine Tochter ein kleines Mädchen zur Welt gebracht. Wie gerne möchten wir uns über unser erstes Enkelkind von Herzen freuen können und es liebhaben, doch liegt auf uns allen eine Last, wenn wir daran denken, was weiter werden soll. Unsere Tochter ist selbst noch ein Kind. Wie kann sie die Verantwortung der Mutterschaft auf sich nehmen? Ihre Ausbildung ist nicht abgeschlossen, ihre Zukunft völlig ungesichert. Was soll aus alledem werden? Als ich die Familie des Freundes meiner Tochter besuchte, fand ich den Siebzehnjährigen vor der Schreibmaschine, eifrig Geburtsanzeigen schreibend, die er, wichtig tuend, seinen Freunden und Bekannten schicken wollte.

‚Wir haben jetzt ja eine Tochter', sagte er mir strahlend, ‚und freuen uns sehr darüber!'

Immer wieder fragen mein Mann und ich uns: Woran haben wir es fehlen lassen? Was haben wir unserem Kind gegenüber versäumt? Hätten wir verhüten können, was nun Tatsache ist? Bleibt uns nichts anderes übrig, als uns damit abzufinden und unsere unfertigen Kinder ihren Weg gehen zu lassen?

Wir sind uns darüber klar, daß heute viele unsere Ansicht als veraltet betrachten. Junge Leute würden auf unsere Bedenken gewiß antworten: Wenn sich zwei Menschen liebhaben, möchten sie sich auch gegenseitig ganz gehören. Sind sie in diesem Alter und in diesen Situationen aber überhaupt schon reif, von echter, bleibender Liebe zu reden? Sind sie sich der Tragweite überhaupt bewußt, die sie auf sich nehmen, wenn sie ein Kind in die Welt setzen und damit Vater und Mutter werden, ein neues Leben formen und auf den rechten Weg leiten müssen?"

In einer Großstadt Deutschlands ist eine Mütterschule für Schulmädchen errichtet worden. Sie werden dort zusammengefaßt, weil man es für unmöglich hält, sie weiterhin in den normalen Schulen zu unterrichten. Da sitzen also zwölf-, dreizehn-, vierzehn-, fünfzehnjährige Mädchen, die der Geburt ihres Kindes entgegensehen. Keines von ihnen ist im Grunde genommen in der Lage, als Hausfrau und Mutter einem Haushalt vorzustehen. Sie sind dazu weder körperlich noch geistig reif genug. In den wenigsten Fällen wollen die Männer, denen sie ihr Kind zu verdanken haben, diese Mädchen heiraten. Sie haben sie vielmehr nur als ein Spielzeug betrachtet, das man fortwirft, wenn man seiner überdrüssig ist. Eine große Anzahl dieser Mädchen nimmt regelmäßig die Antibabypille ein. Werden sie trotzdem schwanger, so haben sie eben Pech gehabt.

An dieser Tatsache ändert sich nichts, wenn wir darüber entrüstet den Kopf schütteln. Als vor einigen Jahren zur Fastnachtszeit der Schlager gesungen wurde: „Himmelsvater, du, drück ein Auge zu bei unserm Rendezvous", da wußten die Konfirmandinnen, mit denen ich in einer süddeutschen Stadt über diesen Text sprach, genau, daß hiermit gesagt sein sollte, Gott möge das Unrecht übersehen, das vielfach in Heimlichkeit geschieht.

Das sind veraltete Ansichten, sagen manche. Ich aber bin der Meinung, daß dort, wo man das Gewissen ausschaltet, wenigstens der Verstand nicht überhört werden dürfte. Was sollen das einmal für Frauen und Mütter werden, die bereits in der Jugend kein Warnsignal beachten? Welcher Zukunft gehen damit wir alle entgegen? Ist es wirklich so, daß der Engel mit dem Schwert und der Waage nicht mehr gesehen wird? Machen wir uns nicht schuldig, wir, die wir uns Christen nennen und von seinem Dasein wissen, indem wir resigniert schweigen und die Hände in den Schoß legen?

Hat es überhaupt einen Sinn, gegen den Strom zu schwimmen? Gegen die Masse kommen wir ja doch nicht an! Wie könnten wir jemals die Flut unzüchtiger Bücher und schamloser Bilder aufhalten? Wäre es nicht ebenso sinnlos, als wenn wir versuchen wollten, die niederstürzenden Fluten eines Wasserfalls zu bändigen? Nein, dazu sind wir nicht in der Lage. Aber das kann jeder von uns tun, der sich für seine Umwelt verantwortlich fühlt: seiner Besorgnis Ausdruck verleihen, warnen und raten, damit wenigstens im engsten Kreis dieser immer mehr um sich greifenden Not gesteuert wird.

Wir leben in einer Zeit des Verfalls. Das Böse nimmt offensichtlich überhand. Deutlich sind die Vorläufer des Antichristus zu erkennen. Aufstand, Gottesverneinung und Gotteslästerung jeglicher Art sind wie nie zuvor an der Tageordnung, und für alle Entgleisungen findet man entschuldigende Argumente. Schuld wird bagatellisiert und Fehlverhalten als krankhafte Veranlagung hingestellt. Allein von dieser Sicht aus beurteilt man vielfach lesbische Liebe und Homosexualität — nach der These: Was die Natur uns gibt, das ist erlaubt.

Vor einigen Jahren konnte man oft einen Schlager hören, in dem der Ehebruch damit begründet wurde: „Meine Ehe ist schon längst keine Ehe mehr. Wir haben nur noch nebeneinander hergelebt. Warum soll ich mich nicht schadlos halten, mir einen Freund oder eine Freundin anschaffen, wenn meine Wahl ein einziger Irrtum war."

Folgender Fall verdeutlicht das: Bei uns klingelt das Telefon. Eine Frau erklärt, sie höre, daß wir junge Mädchen als Praktikantinnen in unser Haus aufnehmen. „Ich habe eine fünfzehnjährige Tochter, die mir seit einiger Zeit Sorgen bereitet. Ich würde sie gerne in einem guten Haus unterbringen. Sie wissen ja, von der eigenen Mutter läßt man sich in diesem Alter am wenigsten sagen."

Sibylle kam zu uns, ein reizend aussehendes Mädchen von fünfzehn Jahren. Sie war fleißig und geschickt. Sie bemühte sich, ihre Arbeit zu unserer Zufriedenheit zu verrichten. Nach einer Woche mußte sie in die Stadt zur Berufsschule. Pünktlich kam sie zurück. Beim zweiten Mal warteten wir vergeblich auf sie. Als sie abends immer noch nicht erschienen war, benachrichtigten wir die Mutter. Seufzend quittierte sie unser Telefongespräch: „Also doch wieder!" Der Sinn dieser Worte war uns nicht ganz klar. Als Sibylle um Mitternacht weder zu uns noch zu ihren Eltern zurückgekehrt war, benachrichtigten wir die Polizei. Am andern Tag wurde sie auf der Straße aufgegriffen. Wir waren entsetzt über ihr Aussehen. Es gab keinen Zweifel: Sie war vorsätzlich darauf ausgegangen, ein Abenteuer zu erleben und hatte sich dementsprechend zurechtgemacht.

„Ich habe mir halt einen angelacht, bin mit in sein Zimmer gegangen und habe die Nacht mit ihm verbracht", erzählte sie. „Leider mußte er mich schon ganz früh aus dem Haus herausschmuggeln, damit seine Wirtin nichts merkte, sonst hätte sie ihn rausgeworfen."

Sibylle erzählte uns das ohne jegliches Schuldgefühl. In der Meinung, daß es sich um ihr erstes derartiges Abenteuer handelte, versuchte ich ihr klarzumachen, in welche Gefahr sie sich begeben hat und wie verwerflich solch ein Tun ist.

Mit einer lässigen Handbewegung tat sie alles ab: „Ach, ich passe schon auf! Das ist ja nicht das erste Mal. Seit meinem zwölften Lebensjahr habe ich fünf verheiratete Männer, zu denen ich regelmäßig gehe."

Ich war sprachlos und entsetzt. Als ihre Mutter zu uns kam und ich ihr das erzählte, war alles, was sie zu sagen wußte: „Was, fünf sogar? Ich dachte nur zwei."

Sibylle wurde von der Fürsorge in ein Mädchenerziehungsheim gebracht. Ob ihr noch zu helfen ist? Nur dann, wenn Gott sie zu überzeugen vermag von der Notwendigkeit eines völlig neuen Lebenswandels, und wenn sie bereit wird, sich von ihm helfen zu lassen.

Durch solche Geschehen dürfen wir uns aber keineswegs entmutigen lassen. Im Gegenteil, wir müssen Stellung beziehen gegenüber allem, was unseren Kindern verderblich werden kann. Wenn jeder von uns nur in seinem kleinen engen Lebenskreis seinen Einfluß geltend macht und in Liebe und Fürsorge, mit Takt und Weisheit die jungen Menschen auf die Gefahren hinweist, dann wird das seine Folgen haben. Ob die jungen Leute unsere Ratschläge annehmen oder nicht — vergeblich wird ein solches Mühen nie sein.

Im Verteilblatt Nr. 1 der „Aktion Sorge um Deutschland" konnte man vor einiger Zeit folgenden Wortlaut lesen: „In Norwegen richteten Frauen einen Appell an ihr Parlament folgenden Inhalts: Wir sind überzeugt, daß es ein klares und unerschütterliches Gesetz dafür gibt, was Recht und Unrecht ist. Wir rufen jeden Mann und jede Frau auf, die grundlegenden moralischen Werte mutig zu verteidigen. Wir glauben an die Heiligkeit der Ehe und daß sexuelle Beziehungen allein in die Ehe gehören. Mit den Schulen zusammen werden wir dafür die Verantwortung übernehmen, daß unsere Kinder das notwendige Wissen über die Fortpflanzung erhalten, aber wir werden nicht dulden, daß in den Schulen der Gebrauch von Verhütungsmitteln gelehrt wird. Wir sind gegen jede Beeinflussung in Familien- und Gesundheitsfragen, die unmoralisches Verhalten fördern. Wir wollen christliche Unterweisung in unseren Schulen erhalten und gestärkt wissen."

Auch in Deutschland gibt es Menschen und Kreise, die klar und unzweideutig diese Meinung vertreten und aussprechen. Aber noch viel mehr Menschen sollten sich aufgerufen wissen, ihre Stimme zu erheben und alles zu tun, was nur getan werden kann, um zu verhüten, daß unsere Jugend ganz verseucht wird.

Es wäre nicht recht, wollten wir verallgemeinern. Wir müssen um der Gerechtigkeit willen gerade an dieser Stelle betonen, daß es in unserer diabolischen Zeit auch noch junge Menschen gibt, die hohen Zielen und Idealen nachkommen.

So hat vor kurzem die Moralische Aufrüstung in unserer unmittelbaren Nähe als unser einziger Nachbar ein Institut eröffnet, in dem Jugendliche nach den höchsten und edelsten Lebensgrundsätzen erzogen werden: unbedingte Reinheit, unbedingte Wahrhaftigkeit, unbedingte Hilfsbereitschaft. Es ist eine Freude, in die Gesichter dieser jungen Mädchen und Männer zu blicken, aus deren Augen der feste Wille spricht, gegen den Strom zu schwimmen und aufrecht und sauber durch dieses Leben zu gehen. Nicht nur in Deutschland, sondern überall in der Welt setzt sich die Moralische Aufrüstung dafür ein, daß diese Grundsätze beachtet und befolgt werden. Wenn junge Menschen im Geist dessen erzogen und geschult werden, der diese Bewegung ins Leben rief, Frank Buchmann, dann wird die Moralische Aufrüstung vielen zum Segen werden.

Frank Buchmann wußte um die Kraft des Glaubens und war der Überzeugung, daß jeder, ob reich oder arm, ob schwarz oder weiß, ob Unternehmer oder Arbeiter, durch Christus ein neuer Mensch werden kann. Einer seiner Aussprüche lautet: „Ich will die Welt von Menschen regiert sehen, die sich von Gott führen lassen." Ein weiterer: „Die größte Revolution aller Zeiten ist die, die durch das Kreuz Christi die Welt umwandeln wird." Von sich selbst sagt er: „Ich behaupte nicht, daß ich ohne Sünde bin, aber ich kann sagen, daß ich nur für eines lebe, daß Jesus Christus im Leben jedes Menschen herrsche, dem ich begegne."

Diese Sprache verstehen die Menschen unserer Zeit im allgemeinen nicht mehr. Oder ist es so, daß man sie nicht verstehen will — genauso, wie man den von Gott gesandten Engel nicht sehen will? Keiner von uns darf hier einen Vorwurf gegen irgend jemand erheben; denn es stimmt, was die Heilige Schrift sagt: „Der natürliche Mensch vernimmt nichts vom Wirken des Geistes Gottes." Die aber, die von diesem Geist erfaßt werden, will Gott zu seinem Sprachrohr machen. Deshalb soll man sich freuen über junge Menschen, die sich einsetzen für Reinheit, Glaube und tätige Liebe.

Heute wird vielfach die Meinung vertreten, daß unsere moderne Jugend von den Gedanken und Grundsätzen des Christentums nicht mehr ansprechbar ist. Dem möchte ich ganz bewußt widersprechen.

In unserem Hause finden jährlich einige Freizeiten statt, an denen junge Mädchen und junge Männer teilnehmen. Sie sitzen mit uns über ihrer Bibel. Wir besprechen die Wahrheiten der Heiligen Schrift. Wir diskutieren auch darüber, ohne daß wir bei Meinungsverschiedenheiten aufeinanderstoßen. Taktvoll hört jeder die Auffassung und die Erfahrung des anderen an. Dabei ist man sich bewußt, daß nicht alles, was die Heilige Schrift sagt, verstandesmäßig erklärt werden kann, und daß dies auch gar nicht nötig ist. Wollten wir Gottes Tun mit unserem Verstand erfassen, so wäre Gott ja nicht mehr Gott. Er würde damit auf die Stufe des Menschen, seines Geschöpfes, herabgezogen werden.

Es ist eine Freude zu erleben, wie diese jungen Menschen auch Gebetsgemeinschaft üben. Wir haben beobachtet: je mehr diese Mädchen und jungen Männer sich unter den Einfluß des Wortes Gottes stellen, desto weniger Disziplinschwierigkeiten haben wir mit ihnen. Dabei sind sie keinesfalls weltfremd. Sie stehen im Berufsleben oder in der Ausbildung. Es sind Büroangestellte, Bauerntöchter und -söhne, Lehrlinge, Kindergärtnerinnen, Bankangestellte, junge Lehrer, Kaufleute, Schüler, Arzthelferinnen, Sekretärinnen oder Handwerker. In keiner Weise sind sie lebensverneinend. Vielmehr sind sie offen für die Probleme des Alltags. Von anderen jungen Leuten unterscheiden sie sich dadurch, daß sie ein vom Glauben her gesteuertes Leben führen und so ihrem Dasein einen bestimmten Inhalt geben.

Jedes Jahr zu Pfingsten kommen zirka tausend dieser

jungen Menschen in Kirchheim/Teck zu einem großen Jugendtreffen zusammen. Man muß sie gesehen haben mit ihren offenen, fröhlichen Gesichtern. Ihr lebendiges Singen ist direkt mitreißend. Tausend junge Menschen — so mag mancher denken —, was ist das schon gegenüber der Vielzahl derer, die innerlich unansprechbar sind, die sich von der Sexwoge mitreißen lassen und im Morast der Unsittlichkeit versinken, ohne sich ihres Zustandes bewußt werden zu wollen. Gewiß, zahlenmäßig können diese von Christus erfaßten jungen Menschen keinen Vergleich aushalten, und doch gehören sie zu denen, die in der Bibel das Salz der Erde genannt werden. Salz ist Würze. Nur wenige Körner benötigt man, um einer Speise den Geschmack zu geben. Prozentual werden die Christen immer in der Minderheit sein. Aber wie heißt es in dem Lied unseres Kirchengesangbuches: „Es glänzet der Christen inwendiges Leben. Sie bleiben ohnmächtig und schützen die Welt."

Unvergeßlich ist mir unser Erleben in Paris und Lamorlaye, das ich hier gerne wiedergeben möchte. Eine junge Missionarin, die in der Bibelschule in Lamorlaye tätig ist, hatte mein Buch „Als flögen wir davon" gelesen und teilte mir mit: „Ich bin sehr beeindruckt von dem, was Sie geschrieben haben und würde gerne sofort zu Ihnen kommen, um Sie persönlich kennenzulernen und einen Gedankenaustausch mit Ihnen zu haben."

Es ergab sich nun ein Briefwechsel, der uns zeigte, daß wir auf demselben Glaubensboden stehen. Sie lud uns ein, nach Lamorlaye bei Paris zu kommen. Wir sollten in zwei Bibelstunden und auch an einigen anderen Plätzen sprechen. Mit uns reiste eine liebe Freundin unseres Hauses, eine Konzertsängerin, die uns mit ihren Liedern helfen wollte, unser Programm durchzuführen.

Der Leiter der Bibelschule in Paris, Professor Nikole, der sich uns als Dolmetscher zur Verfügung stellte, begrüßte uns herzlich und stellte uns seinen sechzig Schülern vor, die aus den verschiedensten Ländern zum Bibelstudium nach Paris gekommen waren. Prüfend, eher etwas zurückhaltend als herzlich, sahen die jungen Leute, die sich hier für ihre späteren Aufgaben zurüsten ließen, uns an.

Einige von ihnen, die später nicht in den vollzeitlichen Missionsdienst gehen wollten, hatten ihre Berufstätigkeit oder ihre Ausbildung unterbrochen, um einige Semester Bibelkunde zu studieren. Alle aber waren sie irgendwie erfaßt von der Kraft des lebendigen Glaubens und hatten sich entschlossen, fortan als bewußte Christen ihren Platz im Leben auszufüllen. Dafür — das war ihnen klar geworden — benötigten sie gründliche Bibelkenntnisse, die sie sich hier aneignen wollten. Keiner dieser jungen Leute machte den Eindruck eines weltfremden oder lebensverneinenden Menschen. Alle wirkten sie modern, aufgeschlossen und intelligent. Und doch waren sie irgendwie geprägt von dem Geist der Bibelschule, die ihnen geistiges und geistliches Wissen vermitteln wollte. Es war eine Freude, diese jungen Menschen anzusehen.

Unwillkürlich mußte ich Vergleiche ziehen und dachte dabei an einen Artikel, den ich kürzlich las: Aus

Trotz in die Gosse. Da wurde berichtet, wie Beamten der Jugendschutztruppe in Hamburg nachts durch St. Pauli gehen und Jugendliche suchen, vierzehn- und fünfzehnjährige Mädchen und Burschen, zum Teil aus besten Häusern, die das satte Leben nicht länger ertragen wollen. Ihr bisheriges Dasein hat sie angeödet, sie fühlen sich von ihren Eltern nicht mehr verstanden und suchen nun Abenteuer. Dabei geraten sie oft in die Hände Krimineller und setzen sich größter Gefahren aus. Oft verfallen sie dem Rauschgift oder werden geschlechtskrank. Und das alles nicht deshalb, weil es ihnen zu Hause an irgendeinem äußeren Gut fehlt, sondern nur darum, weil sie in ihrem Dasein keinen Sinn mehr finden. Wie ganz anders ist es, wenn ein junger Mensch ein Lebensziel kennt und Jesus Christus nachfolgt.

Bei unserem Besuch in den Bibelstunden von Paris und Lamorlaye sowie bei unserem Vortrag in einem Kreis russischer Emigranten, die zum Teil noch aus der Zarenzeit stammten, war eine abwartende Haltung deutlich festzustellen. Noch viel stärker empfanden wir das in einer Baptistenkapelle, in der wir vor christusgläubigen Juden zu sprechen hatten. Hier war Mißtrauen zu spüren, das man uns als Deutschen immer noch entgegenbringt. Daran ändert die Zugehörigkeit zu christlichen Kreisen kaum etwas. Das wollte sich mir wie eine Last aufs Herz legen. Doch da kam mir eine Bibelstelle in den Sinn, die ich meinem Vortrag voranstellte, sowohl in den beiden Bibelschulen als auch in der russischen Gemeinde und ebenso bei den aus Deutschland geflüchteten Juden. Mir war es ein inneres Anliegen, eine Brücke zu schlagen über die Abgründe, die der Völkerhaß verursacht hatte.

Ich sagte etwa folgendes: „Nachdem Saulus auf dem Wege nach Damaskus die wunderbare Begegnung mit Christus hatte, wurde er erblindet in die Stadt geführt. Einen der Christen aus Damaskus hatte Gott beauftragt, zu Saulus zu gehen und in der für ihn noch unfaßlichen Situation ihm beizustehen. Ananias, den Gott dafür ausersehen hatte, erschrak vor dem Auftrag, denn ihm war der gefürchtete Christenverfolger nicht unbekannt. Gott aber sprach zu ihm: Gehe getrost, denn siehe, er betet! Da gehorchte Ananias, ging zu Saulus und sprach den ehemaligen Christenverfolger mit folgenden Worten an: Lieber Bruder Saul, der Herr hat mich gesandt.

Wir haben", so setzte ich in Paris meine Rede fort, „voneinander Böses gehört, so viel Böses, daß es selbst uns als Christen schwerfällt, einander wieder zu vertrauen und zu glauben, daß der andere guten Willens ist. Aber wenn wir voneinander wissen, was von Paulus gesagt war: Siehe, er betet! dann treffen wir uns ja vor dem Angesicht Gottes. Sollte es dann nicht möglich sein, daß wir aufeinander zugehen und uns die Hände reichen, wie Ananias und Paulus es taten, und sprechen: Lieber Bruder, liebe Schwester."

Es war wunderbar, wie diese Gedankengänge in Paris angenommen wurden, wie das zurückhaltende Abwarten schwand und man plötzlich den guten Willen des anderen spürte, so daß es wirklich zu einer Bruder- und Schwesternschaft in Christo kam. Sowohl in den Bibelschulen bei den jungen Menschen als auch bei den alten Russen, die nach dem Vortrag kamen und uns nach russischer Art weinend umarmten und küßten, erlebten wir diese Umwandlung.

Mein russischer Übersetzer hatte mich zuvor in nicht geringe Aufregung versetzt. Er war ein schon älterer Herr, der mit großer Freude meinen Vortrag satzweise übersetzte. Dabei wehrte er sich mit ganzer Kraft gegen eine plötzliche Herzattacke, um seinen Dienst nicht unterbrechen zu müssen. Ich selbst war durch das ungewohnte Erlebnis so in Eifer geraten, daß ich mich ungewöhnlich stark auf meinen Vortrag konzentrierte und somit gar nicht merkte, wie der russische Herr immer bleicher wurde und ängstlich nach dem Herzen griff. Erst durch ein Zeichen aus der Zuhörerschaft wurde ich darauf aufmerksam. Natürlich brach ich meinen Vortrag sofort ab und ließ für meinen Übersetzer ein Glas Wasser bringen.

In der Zwischenzeit sang Herr Lang ein Solo, und wir alle hofften, daß der alte Herr sich bald erholen würde. Nach einer Weile meinte er, die Übersetzung fortsetzen zu können. Doch während meines Redens mußte ich ihm immer wieder voller Besorgnis ins Gesicht blicken. Er aber ließ es mich und meine Begleiter deutlich spüren, daß wir auf einem gemeinsamen Boden standen, nämlich auf dem Boden des Glaubens, wo kein Raum ist für Völkerstreit und Gehässigkeit.

Dasselbe empfanden wir bei den Bibelschülern, die nach dem Vortrag auf uns zukamen, wie es sonst nur gute alte Freunde tun. Daß junge Menschen sich so offen zeigten für diese von Christus gewirkte Bruderschaft, war uns ein bleibendes Erlebnis. Schwarze, braune, gelbe, weiße Menschen, junge und alte, waren beieinander und bewiesen ihre Zugehörigkeit zu dem einen Herrn.

Ich bin überzeugt, daß es vielfach an uns Christen liegt, wenn junge Menschen sich vom Christentum nicht angezogen, sondern abgestoßen fühlen. Sie haben vom Christsein völlig falsche Vorstellungen.

Ich sehe es noch vor mir, dieses eigenwillige, aber unbedingt ehrliche vierzehnjährige Mädchen, das mir kurz vor seiner Konfirmation in offensichtlicher Opposition sagte: „Von mir aus kann die Einsegnung ausfallen. Ich verzichte freiwillig darauf."

Verblüfft über solche Offenheit fragte ich: „Warum denn?"

„Weil ich nicht fromm sein möchte", war seine Antwort. „Ich will mein Leben genießen."

Machen wir Christen einen so freudlosen Eindruck, daß unsere jungen Menschen zu solchen Trugschlüssen kommen? Soll ein frommer Mensch kein froher Mensch sein können? Hat unsere Jugend nicht Anspruch auf Freude? Welches ist die Ursache unserer Freudlosigkeit? Wo Friede ist, da ist auch Freude! Und auch hier gilt: Was wir nicht selbst besitzen, können wir nicht weitergeben.

Muß uns das Herz nicht weh tun, wenn wir sehen, daß für viele Mädchen und Jungen die Konfirmation nicht Einsegnung sondern Aussegnung bedeutet? Ein großer Teil der jungen Leute betrachtet den Tag der Konfirmation als Abschluß der Verpflichtungen gegenüber der Kirche. Erschreckend klein ist deshalb die Zahl derer, die wirklich in der Gemeinde Fuß fassen.

Die Schwierigkeit beginnt ja schon bei der Taufe. Unlängst hörte ich einen Pfarrer sagen: „Die Taufe ist in achtzig Prozent aller Fälle Betrug geworden. Man läßt die Kinder taufen, weil es eben üblich ist. Käme eine andere politische Richtung, wie es sie im Dritten Reich gab, dann würde man ohne Bedenken von Taufe und Konfirmation Abstand nehmen. Für viele sind sie sowieso nur noch eine Formsache."

Das Bild unserer Kirche sähe anders aus, wenn zahlenmäßig nur noch die erfaßt würden, die wirklich überzeugte Christen sind. So haben wir zwar große Zahlen aufzuweisen, doch steht hinter ihnen nicht sehr viel. Sollte uns das nicht zu denken geben?

Wir stehen in Gefahr, immer nur das zu sehen, was unsere Jugend falsch macht. Dann verbieten wir, oder wir resignieren. Warum bieten wir ihr nicht mehr? Natürlich nicht die Erfüllung ihrer törichten Wünsche. Üppiges Leben und Genuß auf vielen Gebieten hat unsere Jugend zur Genüge. Nein, wir sollten uns darauf besinnen, was wir ihr an bleibenden Werten zu bieten haben. Das kann nie früh genug beginnen.

Allzu schnell kommt der Zeitpunkt, wo sie das Elternhaus meiden und zu Freunden und Fremden mehr Vertrauen haben als zu den Eltern. Wo gibt es noch ein gepflegtes Familienleben? Ich meine nicht vor dem Fernsehapparat. Wenn er auch hin und her gute und lehrreiche Sendungen bietet, so ist er jedoch niemals Ersatz für ein gutes Familienleben. Wo erzählt die Mutter oder die Großmutter den Kleinen noch Geschichten oder liest ihnen aus der Kinderbibel vor? Wo nimmt sich der Vater am Samstag oder Sonntag Zeit, mit seinen Kindern Gesellschaftsspiele zu spielen? In welchen Häusern wird noch gemeinsam gesungen?

Ein kleiner Junge war zu den Nachbarn eingeladen. Er erlebte dort einen Abend, an dem die Eltern mit ihren Kindern musizierten und sangen. Weil es keine Schallplatten gab und er keine Musiktruhe sah, meinte der Kleine, als er nach Hause kam: „Das müssen aber arme Leute sein! Die machen selber Musik."

Haben wir doch Verständnis für den Erlebnishunger unserer jungen Leute, und hüten wir uns vor dem ewigen Verbieten: „Dies darfst du nicht, und jenes schickt sich nicht für dich! Hier darfst du nicht hingehen, und dort hast du nichts zu suchen!"

Stehen die Kinder nicht in einem gewachsenen Vertrauensverhältnis zu uns, ihren Eltern und Erziehern, dann werden solche Verbote einen derartigen Widerstand in ihnen auslösen, daß sie uns mit der Zeit auf der ganzen Linie Opposition entgegenbringen. Nicht so viel verbieten, sondern bewußt etwas bieten sollten wir ihnen. Dadurch erhalten sie schon früh ein klares Urteilsvermögen und lernen das Echte von dem Unechten unterscheiden.

So habe ich damals meinen Pflegekindern längst nicht alles gestattet, was andere Kinder als Selbstverständlichkeit hinnehmen: im Sommer dauernd Eis kaufen oder ins Kino gehen, Fastnachtstreiben mitmachen und manches andere mehr. Stattdessen unternahm ich mit ihnen jede Woche eine Wanderung oder führte einen Spielnachmittag ein. Sie durften sich auch Schulfreunde einladen. Gemeinsam haben wir diese Zusammenkünfte zu kleinen Festen gestaltet.

Außerdem legten wir eine Ferienkasse an, in die jede Mark versenkt wurde, die wir entbehren konnten. Schon bald nach Weihnachten breiteten wir jeweils nach dem Sonntagsnachmittagskaffee oder an einem gemütlichen Abend die Landkarte auf dem Tisch aus und planten. Wohin reisen wir in den nächsten Sommerferien? In den Schwarzwald, an den Bodensee oder ins Kleine Walsertal? Das ganze Jahr hindurch freuten wir uns gemeinsam auf die Ferien, und mancher erzieherisch kritischer Augenblick wurde überbrückt.

Wenn etwa eines der Kinder aufbegehrte: „Nun gehen die andern alle aufs Volksfest, nur wir dürfen nicht!" dann erwiderte ich: „Schau, wir legen das Geld, das ihr dort ausgeben würdet, gleich in die Ferienkasse. Davon haben wir mehr."

Natürlich konnte ich mit meinen fünf Kindern nicht in einem Hotel absteigen. Dazu hätte es bei allem Sparen nicht gereicht. Doch das war ja auch gar nicht nötig! Wir mieteten zum Beispiel in einem Bauernhaus drei Zimmer mit Küchenbenutzung und hätten uns in keinem noch so großartigen Hotel wohler gefühlt als etwa dort an der tosenden Breitach im Kleinen Walsertal, umgeben von gewaltigen Bergen, deren Häupter in die Wolken ragten. Ebenso gefiel es uns in den bescheidenen Zimmern am Bodensee oder in jenem Schwarzwaldhaus, wo das Rauschen der hohen Tannen uns in den Schlaf sang.

Nur einen Luxus leistete ich mir in jener Zeit. Ich fotografierte viel und legte für jedes der Kinder ein Fotoalbum an. Noch heute, wo sie längst verheiratet sind und eigene Kinder haben, sitzen sie in freien Stunden über diesen Bildern und freuen sich daran.

Und wenn wir zusammenkommen, dann heißt es immer wieder: „Mutti, weißt du noch? Weißt du noch, wie wir damals nach Oberstdorf fuhren und uns von außen durch das Fenster des fahrenden Zuges Pfirsiche hereingereicht wurden?"

Es war ein heißer Sommertag gewesen. Im Nebenabteil hatte ein Reisender einen großen Korb mit überreifen Pfirsichen, die durch die Hitze so weich geworden waren, daß sie auf die darunter sitzenden Fahrgäste zu tropfen begannen und dadurch Ärger und Verdruß hervorriefen. Der Besitzer des Korbes wußte sich nicht anders zu helfen, als daß er dessen Inhalt ringsherum verteilte: in seinem Abteil, im Gang des überfüllten Schnellzugs, wo die Leute dicht gedrängt standen. Da er die Stimmen der Kinder im Nebenabteil hörte, beugte er sich weit aus seinem Fenster hinaus, rief uns und reichte eine Hand Pfirsiche nach der anderen zu uns herüber. So viele Pfirsiche auf einmal hatten wir noch nie gegessen.

„Weißt du noch, wie wir auf dem Bodensee fuhren und die Schwärme von Möwen, die das Schiff begleiteten, mit Brot fütterten? Auf einmal stellte der damals achtjährige Willi mit Erschrecken fest, daß eine Möwe, die er mit Brotkrumen angelockt hatte, ausgerechnet einer vornehmen Dame einen Klecks auf die Schulter fallen ließ."

Weil es die Möwe war, die er angelockt hatte, fühlte er sich schuldig und rief im Ton höchster Zerknirschung aus: „O bitte, entschuldigen Sie vielmals!"

Alle Umstehenden auf dem Deck des Dampfers mußten herzhaft lachen.

„Und dann das andere, Mutti! Erinnerst du dich noch, wie du bei einer Ferienwanderung nach dem Rasten deine Umhängetasche an einer Banklehne am Waldesrand hängen ließest? Darin war alles Geld, das wir besaßen. Wir merkten es erst zwanzig Minuten später."

Unser Pflichtjahrmädchen Luise und Helmut rannten zurück. Wir andern gingen wie geschlagen langsam hinter ihnen her, voller Bangen, die Tasche nicht mehr vorzufinden. Uns würde nichts anderes übrigbleiben, als die Ferien abzubrechen und nach Hause zu fahren. Glücklicherweise waren wenigstens die Fahrkarten in der Ferienwohnung geblieben. Und dann fanden wir unsere beiden Vorläufer wie zwei bissige Hunde vor der Bank stehen, auf der lachend ein junges Ehepaar saß, das tatsächlich die Tasche in den Händen hielt, in der berechtigten Annahme, der Besitzer würde bestimmt zurückkommen, um sein Eigentum wieder an sich zu nehmen. Helmut ließ die Leute nicht aus den Augen. Sprungbereit stand er da, gewillt, sich auf sie zu stürzen und ihnen die Tasche zu entreißen, falls sie nur den leisesten Versuch machen sollten, sich von der Stelle zu bewegen. Nachdem ich dann genau sagen konnte, was sich alles in der Tasche befand, übergab sie mir der Herr, dem es wichtig schien, sie nur ihrem wirklichen Besitzer auszuhändigen.

„Erinnerst du dich noch an die Vorbereitungen für eine Ferienreise? Es war während des Krieges. Du wolltest so gerne, daß wir einige Wochen Ruhe haben vor den nächtlichen Fliegeralarmen und glaubtest, daß das in den Bergen, weitab von der Großstadt, möglich sein würde."

Am Tag vor der geplanten Reise erklärte meine Mutter plötzlich ganz grundlos — wie wir meinten —, nicht fahren zu wollen. Ich wußte nicht, was ich davon halten sollte. Die Kinder waren empört und weinten vor Enttäuschung. Alle Bemühungen, meine Mutter zu überreden, schlugen fehl. Sie blieb bei ihrem Entschluß, und ohne sie fuhren wir nicht.

Einen Tag später erklärte meine Mutter ebenso unvermittelt, daß sie jetzt fahren wolle. In unserm Innern schalten wir sie launenhaft. Doch staunend ließen wir jeden Vorwurf verstummen, als wir erfuhren, daß der Zug, mit dem wir am vorherigen Tag fahren wollten, von feindlichen Fliegern bombardiert worden war. Auf Omas Gesicht lag das weise Lächeln, das wir sooft wahrgenommen haben.

Diese kleinen Episoden habe ich geschildert, um zu beweisen, wie stark solche Erinnerungen und Eindrücke bei Kindern sein können, und wie wichtig es ist, daß wir uns für sie Zeit nehmen.

Vom Verbieten und vom Bieten war die Rede. Da erinnere ich mich noch einer anderen Sache: Meine Pflegekinder wollten so gern aufs Volksfest. „Die andern dürfen auch", sagten sie immer wieder. Das allerdings war für mich nicht ausschlaggebend.

„Es kommt nicht darauf an", sagte ich, „was die andern dürfen. Was wäre ich für eine verantwortungslose Mutter, wenn ich euch alles Böse und Häßliche unternehmen ließe, nur weil es viele andere auch tun und dürfen. Aber ich habe mich trotzdem entschlossen, mit euch auf das Volksfest zu gehen."

Der Jubel der Kinder war groß. Mir aber war es wichtig, sie einmal auf das Harmlose des Volksfestes aufmerksam zu machen, andererseits ihnen auch klarzumachen, was dort gefährlich oder gar verabscheuungswürdig war. Mit großen und entsetzten Augen standen meine Pflegekinder dann an einigen Schaubuden, vor denen nur dürftig bekleidete und verlebt aussehende Mädchen in herausfordernder Weise die Zuschauer zum Eintritt aufforderten.

Meine älteste Pflegetochter faßte beinahe schutzsuchend nach meiner Hand. „Nein, Mutti, das ist nicht schön!" Mein ältester Pflegesohn sagte zu mir, als wir den Rummelplatz verließen: „Du verstehst es, einem die Lust an so etwas zu nehmen. Wenn man das alles mit deinen Augen sieht, sieht es allerdings anders aus."

Mit deinen Augen. Hier liegt ein großes und wichtiges Aufgabengebiet für alle Eltern. Aber das bedeutet, daß wir selbst Lebensgrundsätze haben und daß unsere Kinder uns glauben und vertrauen. Leider ist das heute nicht mehr überall der Fall. Viele Eltern kommen mit ihren Kindern kaum noch ins Gespräch.

Ich las in diesen Tagen eine Rundfrage zu dem Thema: Was denkt unsere Jugend über das Fernsehen? Erstaunlich viele waren es, die ihre Meinung etwa so äußerten: Das Fernsehen zerstört das Familienleben. Stumm, oftmals sogar gereizt sitzt man am Abend vor dem Fernsehapparat. Wehe, wenn einer redet. Vater und Mutter sind unansprechbar geworden. Man kommt aus dem Geschäft, aus der Schule, schlingt das Essen herunter, oft vor dem bereits eingeschalteten Fernsehapparat, um nur nichts zu versäumen. Oft merken es unsere Eltern gar nicht, daß wir uns davonschleichen und auf die Straße gehen.

Wir wollen das Gespräch, das Gegenüber und die Auseinandersetzung. Die Filme, in denen sich so vieles wiederholt, hängen uns längst zum Halse heraus.

Mit deinen Augen. Es ist in der Tat nicht unwesentlich, mit welchen Augen wir unsere Zeit, die Menschen, die Geschehnisse um uns her sehen und beurteilen. Übersehen wir doch ja nicht die Sehnsucht und die Bereitschaft unserer Jugendlichen nach dem Guten. Sie lassen sich nur führen und beraten von solchen, die sie wirklich achten und anerkennen können. Und vergessen wir nicht: Sie sind ja noch im Werden, und vieles muß sich in ihnen erst noch klären und zurechtbiegen. Lassen wir es darum an Liebe und Geduld nicht fehlen!

Natürlich müssen die jungen Leute wissen, daß wir unsere Grundsätze haben und konsequent bleiben. Die Jungen und Mädchen müssen erkennen, daß es Grenzen gibt, die wir in unseren Familien zu wahren wissen. Hüten wir uns aber, die Zügel zu straff zu ziehen und den Bogen zu überspannen! Wir erreichen damit nur das Gegenteil.

Unser eigenes Leben muß, wenn wir uns Christen nennen, für sie glaubwürdig sein. Erwarten wir nicht, daß sie, die mit allen Kräften ins Leben hinausdrängen, uns, die wir bereits eine gewisse Wegstrecke hinter uns haben, in allen Dingen Verständnis entgegenbringen. Vielmehr sollten wir uns bemühen, sie weitgehend zu verstehen. Das bedeutet keinesfalls, ihnen gegen unsere Überzeugung Rechte einzuräumen. Aber überrennen sollen wir sie nicht mit dauernden Verboten und Ermahnungen. Lehren wir sie frühzeitig, auf die Stimme ihres Gewissens zu achten.

Ich denke da an eine Jugendfreizeit, die in unserem Hause stattfand. Nette, aufgeschlossene, moderne junge Menschen nahmen daran teil. Vom Reiche Gottes war die Rede und davon, daß jeder eine persönliche Entscheidung treffen muß für oder gegen Christus. Man ist entweder im Reiche Gottes oder außerhalb desselben, sagte ich unter anderem. Mir ist es dabei immer ein inneres Anliegen, meinen Zuhörern das Vorrecht und die Freude aufzuzeigen, die denen zuteil wird, die sich für Christus entschieden haben. Die Jugend sucht Freude, und wir Älteren haben sie ebenso nötig.

Während dieser Freizeit kam es dann auch zu einem Ausspracheabend. Allerlei Fragen wurden gestellt. Eine nette, frische Sechzehnjährige ergriff das Wort: „Das sagt uns alles zu. Ich möchte schon gerne zum Reiche Gottes dazugehören, aber ich fürchte, da stehen zu viele Verbotstafeln am Weg. Wie ist es zum Beispiel mit dem Tanzen? Ich tanze doch so gerne. Ist Tanzen Sünde?"

„Wieso soll Tanzen Sünde sein?" fragte ich zurück. „In der Bibel ist von etlichen Menschen die Rede, die getanzt haben. Ich denke an Mirjam, an David. Nein, Tanzen an sich ist nicht Sünde. Aber es kann zur Sünde werden. Genauso wie Alkoholtrinken, Rauchen, ja sogar übermäßiges Kaffeetrinken zur Sünde werden können. Alles, was zur Leidenschaft wird, schafft Leiden. Was das Tanzen anbetrifft, so kommt es immer darauf an, wo, wie, warum und mit wem ich tanze. Du weißt, es gibt harmlose Volkstänze. Auch ein Walzer kann für einen jungen Menschen etwas Beglükkendes sein. Doch wenn du an manche modernen Tänze denkst, mußt du zugeben, daß sie meistens aufreizend, ja herausfordernd und deshalb unsittlich sind. Frage dich selbst, ob ein Christ da mitmachen kann."

„Und wenn ich zum Reiche Gottes gehören will", fragte in reizender Unbefangenheit die Sechzehnjährige weiter, „muß ich dann mit meinem Tanzpartner unbedingt über Jesus sprechen?"

Ich konnte mich eines kleinen Lächelns nicht erwehren und antwortete: „Nein, nicht unbedingt. Aber du solltest zumindest so gehalten tanzen, daß dein Partner merkt, daß du Christus angehörst. Im übrigen wirst du sehr bald spüren, wenn du die Christus-Nachfolge ernst nimmst — und darauf kommt es an —, daß dir an so manchem die Lust vergeht, was du vorher für wichtig hieltest. Deine Auffassung über Freude und Genuß wird sich ändern. Du wirst dann ganz von selbst nicht mehr überall dabei sein wollen, weil du zwischen echt und unecht besser unterscheiden gelernt hast."

Seien wir doch von Herzen dankbar dafür, wenn junge Leute in unserer versuchungsreichen Zeit sich ernsthaft Gedanken machen über das Christsein, und hüten wir uns davor, sie mit engherzigen Verboten und Bestimmungen vor den Kopf zu stoßen. Nicht von außen nach innen, sondern von innen nach außen müssen wir wirken und beeinflussen. Wie oft wird hier in großer Unkenntnis so manches verschüttet und zerstört.

Ich hörte von zwei jungen Mädchen, die eines Sonntags in reichlich gewagter Aufmachung, in enganliegenden Hosen und mit rotgefärbten Fuß- und Fingernägeln an einer Kirche vorbeikamen, deren Türen weit offenstanden. Die Glocken läuteten. Viele Menschen gingen in das Gotteshaus, aus dem Orgelklänge ins Freie drangen.

„Du, wir waren auch schon lange nicht mehr in der Kirche", sagte eines der Mädchen zum anderen.

„Gehen wir doch hinein", war deren Antwort.

Da saßen nun die beiden und hatten zwar kein „hochzeitliches Kleid" an — was ihnen von einigen der Frommen verwunderte, um nicht zu sagen: mißbilligende Blicke eintrug —, aber sie fühlten sich durch das Orgelspiel, den Gemeindegesang und die ganze Atmosphäre eingehüllt in eine Geborgenheit, die ihnen bis dahin fremd gewesen war und die sie nun als wohltuend empfanden. Von der Predigt verstanden sie nicht viel. Als der Pfarrer am Schluß des Gottesdienstes zum Abendmahl einlud, blickten sie sich wiederum gegenseitig fragend an. Irgendwie hatte eine Sehnsucht von ihnen Besitz ergriffen, dabeisein zu wollen. Und so gliederten sie sich ein in die Reihe derer, die zum Abendmahl zurückblieben.

Noch vor Beginn der Feier kam ein übereifriges Gemeindeglied und beugte sich zu ihnen herab: „Es ist ja recht, daß ihr jungen Leute auch einmal am Abendmahl teilnehmen wollt, aber das müßt ihr doch einsehen: in diesem Aufzug ist es ganz unmöglich! Da müßt ihr erst einmal nach Hause gehen und euch umziehen. Kommt das nächste Mal wieder!"

Ohne ein Wort zu antworten erhoben sich die beiden Mädchen und verließen die Kirche. Draußen sagte eine zur anderen: „Das war das letzte Mal."

Wer ist nun würdig, zum Tisch des Herrn zu gehen? Von Jesus sagten die Pharisäer geringschätzig: „Dieser sitzt bei den Sündern und ißt mit ihnen!" Wie oft werden auch wir durch Unverstand und Überheblichkeit an unserer Jugend schuldig. Ob der Engel mit dem Schwert und der Waage nicht auch den Frommen etwas zu sagen hat?

Es könnte sein, daß Eltern mir hierauf entgegnen: „Sie dürfen nicht einseitig sein. Unsere Kinder haben sich längst von uns gelöst, lassen sich nichts mehr sagen und gehen ihre eigenen Wege. Sie kommen höchstens zu uns, wenn sie uns brauchen. Es besteht schon längst kein beglückendes Verhältnis mehr zwischen ihnen und uns. Die Zeitströmungen mit ihren schlechten Beeinflussungen sind viel stärker als der Einfluß, den wir als Eltern auf unsere heranwachsenden Kinder noch ausüben können."

Das mag vielfach richtig sein. Und doch müßten wir uns wieder mehr darauf besinnen, daß die Familie Stätte der Zuflucht und Geborgenheit sein soll. Es müßte uns ein Anliegen sein, unser Heim und die in ihm herrschende Atmosphäre, unser Familienleben so zu gestalten, daß die Kinder sich darin wirklich heimisch fühlen. Dann werden sie, auch wenn sie flügge geworden sind und sich draußen ihre Eindrücke und Kenntnisse vom Leben holen, immer wieder gerne zurückkehren an den Ort, der ihnen Heimat sein will. Wo wir keine Zeit für unsere Kinder haben, wo wir sie ständig tadeln und kritisieren, kaum aber einmal loben und anerkennen, da lockern sich die Bande, und wir stehen plötzlich vor der Erkenntnis, daß unsere Kinder sich von uns gelöst haben, äußerlich und innerlich.

Als ich einmal ein junges Mädchen zurechtwies, das in Gegenwart anderer ziemlich geringschätzig von seiner Mutter sprach, antwortete es mir: „Ach, warum soll ich nicht darüber reden? Wir gehen uns zu Hause schon längst alle gegenseitig auf die Nerven."

Nun, sich auf die Nerven gehen, das mag unter Umständen noch harmlos sein. Aber es gibt Häuser, Familien, in denen man fast gar keine Berührungspunkte mehr zueinander hat. Von gegenseitiger Liebe oder Achtung kann überhaupt nicht mehr die Rede sein. Wo dann aber noch Gleichgültigkeit, ja völlige Nichtachtung oder gar unüberwindliche Abneigung entstehen, da findet man nicht mehr zueinander, es sei denn, daß Gottes Geist etwas Neues schafft.

Wenn sich zum Beispiel Mütter darüber klar wären, wie notwendig es ist, bereits auf das kleine Kind einzugehen, sie würden manches vermeiden.

Die Geschichte von jenem fünfjährigen Mädchen ist vielfach bekannt. Weinend kam es zu seiner Mutter, die am Bügelbrett stand: „Mama, ich habe mich so gestoßen, es tut ganz arg weh!"

Die vielbeschäftigte Mutter aber hantierte weiter

mit dem Bügeleisen. „Ach was, sei nicht so empfindlich! Das vergeht bis du verheiratet bist.“

Nach einer Weile erwiderte die Kleine traurig: „Ich hatte gedacht, du würdest wenigstens ‚Oh!‘ sagen.“

Ja, unsere Kinder haben ein Recht darauf, zu erwarten, daß wir einen Augenblick das Bügeleisen ausschalten, den Fernsehapparat abstellen, eine uns wichtig erscheinende Verabredung absagen, um uns für sie Zeit zu nehmen, sie anzuhören und ihre Belange zu den unseren zu machen. Seien wir froh, wenn sie überhaupt noch zu uns kommen.

Ist unser Ton immer der rechte? Eine Mutter erzählte mir, ihre neunjährige Tochter habe ihr einen Zettel auf den Nachttisch gelegt, auf dem geschrieben stand: „Bitte sanft wecken!“ Nur drei Worte. Aber könnte sich dahinter nicht die Not eines Kindes verbergen? Wir bedenken oft so wenig, daß wir unsere Kinder übertönen, überschreien mit unserer Ungeduld, mit unserem raschen und manchmal so unbeherrschten Wesen. Zweifellos ist es ein Unterschied, ob eine Mutter sich morgens liebevoll über das Bett ihres Kindes beugt und es behutsam weckt oder ob sie die Schlafzimmertür aufreißt und ungeduldig ins Zimmer ruft: „Doris, Willi, aufstehn! Es ist Zeit!“

Bitte sanft wecken! In welcher Art reden wir mit unseren Kindern, mit den Kleinen und den Großen?

Und wie redet man mit mir, mag manche Mutter enttäuscht erwidern. Ich sehe sie noch vor mir, die vielen Frauen der verschiedenen Freizeiten, die ich in einem unserer kirchlichen Mütterheime immer wieder zu betreuen hatte, ehe wir unser eigenes Heim besaßen. Wie manche Frau hat mir unter Tränen gestanden, daß sie Wochen, ja Monate weder von ihrem Mann noch von ihren Kindern auch nur ein freundliches Wort vernommen hat.

„Jeder erwartet nur, daß ich renne und arbeite, vom frühen Morgen bis zum späten Abend für alle sorge, das Essen rechtzeitig auf den Tisch bringe, die Wäsche in Ordnung halte und die Wünsche eines jeden einzelnen erfülle. Daß ich auch nur ein Mensch bin, dem ein ermutigendes oder anerkennendes Wort etwas bedeuten könnte, daran denkt keiner!"

In der Tat, in vielen Häusern gibt es nur noch ein sachliches Nebeneinander. Man hat sich nichts mehr zu sagen. Und wenn der Tag, die Arbeit oder das Zusammenleben ein Wort erfordern, dann spricht man es vielfach nur noch im Befehlston oder im Telegrammstil.

Ich kenne einen Bauern, der redet seine Frau nie mit dem Vornamen an. „Bäuerin", sagt er zu ihr, „tue dies, hole jenes, gehe dort hin!" Seine Schwiegertöchter warten bis heute auf das erste freundliche, persönliche Wort von ihm. Er führt ein hartes Regiment. Weder seine Frau noch seine Schwiegertöchter, die alle in schwerer Arbeit stehen, hat man je einmal lächeln gesehen.

So lebt man nebeneinander her und erfüllt lustlos seine Aufgaben. Ist es da ein Wunder, wenn man resigniert? Das sieht dann so aus, daß man entweder von seinem Dasein nichts mehr erwartet oder aber von einem unstillbaren Lebenshunger, ja von einer

Lebensgier erfaßt wird und dabei Grenzen niederreißt und nach verbotenen Früchten greift, um nicht völlig leer auszugehen.

Bei den alljährlich stattfindenden Mainzer Fastnachtsveranstaltungen tritt immer wieder ein Blinder auf, der seine Kompositionen auf dem Klavier zu Gehör bringt und den Text dieser selbstverfaßten Lieder von einer jungen Sängerin vortragen läßt.

Weil ich davon gehört hatte, sah ich mir diese Sendung im vergangenen Jahr im Fernsehen an. Noch heute klingt es mir in den Ohren: „Sag doch nur einmal danke zu mir!" In rührenden kleinen Versen bringt der Blinde die Klage und Bitte einer vielbeschäftigten Frau und Mutter zum Ausdruck: „Bin ich nicht vom Morgen bis zum Abend für dich und die Kinder tätig? Stehe ich nicht in aller Frühe auf, um dir alles zurechtzumachen, bevor du ins Geschäft gehst? Halte ich nicht die Wohnung in Ordnung, damit du dich darin wohlfühlen kannst? Siehst du nicht, wie ich mich mühe, tagaus-tagein, es dir behaglich zu machen, dich zu erfreuen? Aber nie findest du ein Wort des Dankes. Ich weiß gar nicht, ob du es überhaupt wahrnimmst. Alles, alles ist so selbstverständlich geworden. Ich bin ja schließlich dafür da. Im Gegenteil: Ich muß froh sein, wenn du einigermaßen gut gelaunt aus dem Geschäft nach Hause kommst. Meist aber bist du nervös und gereizt und tust, als hätte ich den ganzen Tag nichts zu arbeiten. Dabei würde ein einziges anerkennendes Wort oft genügen, mich glücklich zu machen. Und die Kinder reagieren schon genau so. Auch ihnen ist alles selbstverständlich, was die Mutter tut. Meistens nörgeln sie an allem herum und sind mit nichts zufrieden, weil du es auch so machst. Ach, sag doch einmal, nur ein einziges Mal, danke zu mir!"

Es war aufschlußreich, wie beim Anhören dieses kleinen schlichten Liedes bei der festlich gekleideten Zuhörerschaft, die an langen, üppig gedeckten Tischen saß, eine sprechende Stille eintrat, und wie sich auf manchem Gesicht der anwesenden Herren ein beschämter, nachdenklicher Ausdruck zeigte.

„Ich warte nicht auf Dank", entgegnet mir vielleicht eine pflichttreue Hausfrau. „Für mich ist es selbstverständlich, daß ich meine Aufgaben erfülle."

Gut so, und doch macht es auch dich glücklich, wenn du spürst, deine Umgebung weiß dein Tun zu schätzen und ist dir dankbar!

Wenn im Frühjahr und während des Sommers viele Frauenkreise zu uns kommen, dann ist es uns stets ein Bedürfnis, ihnen diese Stunden, die sie bei uns verbringen, so festlich wie nur möglich zu gestalten. Ich weiß, dies ist für viele Frauen *der* Tag des Jahres, besonders für die Landfrauen, die trotz der neuzeitlichen landwirtschaftlichen Maschinen oft bis weit über ihre Kräfte arbeiten müssen.

Meistens stehe ich an der Haustür, wenn der Autobus einfährt, um jede Frau persönlich zu begrüßen. Welch eine beredte Sprache reden schon die mit Schwielen bedeckten Hände, und wie sind ihre Angesichter, auch schon die der jungen Frauen, gezeichnet von harter Arbeit. Und in wie viele freudlose und müde Augen blickt man. Oft erschüttert es mich geradezu, wie alles Hoffen in solchen Augen erloschen zu sein scheint. Deshalb ist es uns auch ein inneres Anliegen, den Aufenthalt dieser Frauen in unserem Hause so zu gestalten, daß sie davon noch lange zehren können und — wenn es sein darf — neue Hoffnung gewinnen.

Es geschieht nichts Außergewöhnliches, doch sollen sie spüren: wir wollen sie erfreuen; denn wir wissen, wie sehr sie es brauchen, daß man sie mit Liebe und Fürsorge umgibt. Das beglückt und bereichert diese Frauen. Es hat mich geradezu erschüttert und beschämt, als eine von ihnen schrieb: „Es war der schönste Tag meines Lebens." Und dabei hatten wir nichts Besonderes getan. Was bewirkt schon ein warmherziger Ton, ein persönliches Wort!

Nach dem Kaffee gehen wir mit ihnen meistens durch unser Kinderheim, und anschließend über unser Gelände. Dabei berichten wir von unserer Arbeit. Später sind wir dann in unserer neuen Hauskapelle zusammen, die soviel Wärme ausstrahlt, daß auf jeden, der sie betritt, eine Atmosphäre der Geborgenheit zukommt. Damit haben wir eine noch bessere Gelegenheit, zu diesen oft müden, abgekämpften Müttern und Frauen zu sprechen.

Da sind solche, die im Krieg den Mann verloren haben und nun schon seit Jahren ihren Bauernhof als Witwe bewirtschaften. Wie viele der Unverheirateten leiden auch sie unter ihrer Einsamkeit.

Da sind aber auch jene anderen, die unter ihrer Zweisamkeit leiden, weil ihre Ehe eine Kette von freudlosen Stunden ist und sie nicht mehr miteinander, sondern nur noch nebeneinander, ja in vielen Fällen sogar gegeneinander leben. Oft hat man den Eindruck, daß sie vor lauter Sorgen, Mühen und Kummer gar nicht mehr auf das Hören des Wortes Gottes eingestellt sind. Es geht ihnen wie dem Volke Israel, von dem gesagt wird, daß es vor lauter Seufzen, Angst und harter Arbeit (2. Mose 6, 9) gar nicht mehr auf das hörte, was Mose ihm sagte. Oft erleben wir aber, wie sich die verkrampften, freudlosen Gesichter entspannen.

Wie lauschen sie aufmerksam, wenn Herr Lang ihnen das Bachlied singt: „Gott lebet noch, Seele, was verzagst du doch!"

Manchmal meine ich geradezu ihre Gedanken erraten zu können, wenn Frau Lang aus ihrem Gedichtbändchen „Kleinod der Stille" vorliest.

Immer wieder darf ich selbst auch bei müden und abgekämpften Frauen die Aufnahmebereitschaft dem Worte Gottes gegenüber feststellen. Vielleicht trägt das Losgelöstsein vom Alltag wesentlich dazu bei. Oft gehe ich in meiner Ansprache auf den Anfang des Liedes ein, das wir gemeinsam gesungen haben: „Geh aus mein Herz und suche Freud." Ich empfinde dann vielfach die Zustimmung, wenn ich sage, daß man an einem solchen Ausflugstag im Grunde genommen nicht weit gehen muß, um die Freude zu suchen; daß man sich ja schon Tage, Wochen darauf freue, wenigstens einmal einen einzigen Tag Abstand nehmen zu können von dem sich immer wiederholenden Dreh, der oft so ermüdenden und manchmal auch recht freudlosen täglichen Arbeit. An einem solchen Tag, an dem man alles, was einen sonst beschwert, einfach hinter sich lassen soll, fällt einem schon am frühen Morgen beim Erwachen die Freude geradezu in den Schoß; und sie verläßt einen nicht, wenn man in froher Gemeinschaft durch Wiesen und Wälder, durch Dörfer und Städte fahren kann und einmal nur genießen und neue Eindrücke in sich aufnehmen darf.

Wenn man dann aber wieder im Alltag steht, in den Sorgen und Nöten des Familienlebens, in der Bangigkeit des Alleinseins, dann kann man oft lange suchen, ehe man auch nur ein Fünkchen Freude findet. Es ist nicht immer leicht, zu dem Wort in Philipper 4 ein Verhältnis zu finden, in dem es heißt: „Freuet euch in dem Herrn allewege, und abermals sage ich: Freuet euch!" Alle Wege? Ob das nicht ein bißchen viel verlangt ist? Alle Wege? Also auch in Krankheitszeit oder wenn das Geld nicht ausreicht oder wenn es Ärger mit den Kindern, mit der Schwiegertochter oder der Schwiegermutter gibt? Bei all den kleinen und großen Geschehnissen des Alltags, den Mißstimmungen in der Ehe und den vielen sich ständig häufenden Enttäuschungen, bei alledem soll man sich noch freuen? Ob Gott das von uns wirklich erwartet?

Ich mache die Frauen dann gerne darauf aufmerksam, daß in Philipper 4 nicht steht: Freuet euch an euren Kindern oder an eurem Ehegatten, an eurem Geld oder sonstigen Besitz, über euren Arbeitsplatz oder an eurem Nachbarn, sondern daß da ganz eindeutig steht: Freuet euch in dem Herrn! Wo wir zu dieser Freude durchdringen, kommen wir in ein neues Verhältnis zu den Geschehnissen unseres Lebens, zu unserem Ehegatten, zu unserer Schwiegertochter, zu unseren Kindern, zu unserem Besitz, zu Gewinn und Verlust, zu Freud und Leid. Und plötzlich wird es uns aufgehen, was es bedeutet, sich alle Wege zu freuen; weil man sich in dem Herrn freut. Von daher kann man sich auch an seiner Ehe, an seinen Kindern, an seinem Besitz freuen. Man wird geradezu ein Lebenskünstler.

Wichtig ist es mir aber auch, den Frauen klarzumachen, daß Freude immer eine Folgeerscheinung von Frieden ist. Wo man nicht Frieden mit Gott und den Menschen hat, kann niemals Freude sein. Es kommt also immer auf unser Verhältnis zu Gott an.

Wie beglückt es mich jedesmal, wenn dann in den Augen vieler Frauen ein Leuchten aufflammt und die oft so abgekämpften Gesichter sich entspannen und man deutlich die Bereitschaft fühlt, in ihrem freudlosen Dasein der Freude im Herrn Raum zu schaffen.

Man mag mir entgegnen: Nun ja, das werden eben sehr schlichte, einfältige Frauen sein, die da vor ihnen sitzen und die keine hohen geistigen Ansprüche stellen. Nein, es sind nicht nur solche. Und wäre es der Fall, tragen nicht gerade diese Frauen vielfach die schwerste Last? Stehen sie nicht Jahr für Jahr in ihren Familien in unermüdlichem Einsatz, oft ohne auch nur einen einzigen Urlaubstag! Das sind doch die Heldinnen des Alltags. Manch einer unter ihnen dürfte man ein Denkmal setzen.

Solange ich schriftstellerisch tätig bin, hat es mich immer gedrängt, gerade für diese Frauen zu schreiben, die im Kampf des Lebens stehen. Es macht mich jedesmal glücklich, wenn eine solche Frau mir sagt, daß sie aus einem meiner Bücher Kraft, Trost oder Wegweisung schöpfen konnte. Ja, es lohnt sich, für sie und an diesen Frauen zu arbeiten.

Zwar finden wir auch in den Kreisen der höhergestellten Frauen mit guter Schul- und Berufsausbildung solche, die verborgene und offenbare Nöte mit sich herumtragen. Wie unsagbar viele Ehekrisen gibt es doch bei ihnen. Wie manche Frau hat geglaubt, ihre Last nicht länger tragen zu können und ließ sich scheiden. Es steht fest, daß in den Kreisen der Landfrauen und solcher, die aus einfachen Verhältnissen stammen, weitaus weniger Ehescheidungen zu verzeichnen sind.

Jedenfalls sehen wir eine wichtige Aufgabe darin, diesen Frauen zu dienen. Man beachtet es im allgemeinen auch viel zu wenig, daß die Frau die Seele des Hauses ist. Sie bestimmt die Atmosphäre und formt durch ihren Einfluß die Kinder. Daher ist der Dienst der Kirche an den Frauen von größter Wichtigkeit. Mit welcher Hochachtung hört man manchmal Kinder von der Opferbereitschaft und Treue ihrer Mutter reden. Wie erschütternd ist es andererseits, wenn Mütter versagen.

In diesen Tagen hatte ich ein Gespräch mit zwei Kindern unseres Kinderheimes, deren Eltern man das Sorgerecht entzogen hat. Der ältere der beiden Jungen erzählte mir: „Unser Vater kam oft betrunken nach Hause. Dann hat ihn unsere Mutter so geschlagen, daß er blutete. Einmal hat der Vater sich das Leben nehmen wollen. Da hat sie die Polizei gerufen, und er wurde ins Krankenhaus gebracht. Wenn Vater nicht daheim war, kam immer Mutters Freund."

Entgleiste Frauen. Irgendwie empfindet man das noch tragischer, als wenn ein Mann auf Abwege gerät. Wie widerlich ist doch das Bild einer sittenlosen, betrunkenen Frau, die sich hemmungslos gehen läßt. Irgendwie verbindet sich mit dem Begriff Frau die Vorstellung eines hilfsbereiten, warmherzigen und mütterlichen Wesens. So empfand man es wenigstens früher.

Oft erschüttert es mich, wenn uns durch Ärzte, Pfarrer oder Psychotherapeuten Frauen am Rande ihrer körperlichen und seelischen Kraft geschickt werden, damit sie Erholung finden.

Ich sehe sie noch vor mir, die hochgewachsene schmale Frau mit den ängstlichen Augen. Zweifellos wäre die nächste Station für sie die Nervenklinik gewesen, wenn es nicht gelungen wäre, sie ihrem Schwermut und den Angstzuständen zu entreißen. Fünf Wochen sollte sie bei uns bleiben. Es dauerte lange, ehe sie nur einigermaßen heimisch wurde. Still, apathisch, wie von ständiger Angst getrieben, saß sie herum. Die anderen Gäste hatten größte Mühe, sie einmal zu einer gemeinsamen Wanderung zu bewegen. Erst mit der Zeit gelang es einem älteren, väterlichen Herrn, in ihr die Freude zu wecken, sich den anderen anzuschließen. Langsam ging eine sichtliche, bejahende Veränderung in ihr vor. Wie lange schon hatte sie keine grüne Wiese gesehen, keine Blumen mehr gepflückt und das frohe Zwitschern der Vögel nicht vernommen!

In einer engen, sonnenarmen Stadtwohnung lebte sie mit ihren drei sehr rasch hintereinander geborenen Kindern und kannte nur Arbeit und Mühe. Den Wünschen ihres auf allen Gebieten unbeherrschten Mannes widersetzte sie sich nicht mehr. Er begriff in keiner Weise, wie arm und leer das Leben seiner Frau geworden war und sah nicht, daß sie immer mehr dahinwelkte und nahe vor dem Zusammenbruch stand. Hatte sie nicht alles, was sie brauchte? Brachte er nicht regelmäßig seinen Lohn heim? Hatte er ihr nicht eine Waschmaschine gekauft, und neuerdings besaßen sie sogar einen Fernsehapparat!

Doch der Mensch lebt nicht vom Brot allein und auch nicht von einem Kühlschrank oder anderen Hilfsmitteln. Diese Frau darbte und ging an ihrer Not beinahe zugrunde. Erst als der Mann erkannte, daß sie von einer Wolke der Schwermut umgeben war, willigte er schließlich ein, sie zur Erholung fortzuschicken. In der Zwischenzeit betreute seine Mutter die Kinder.

Nachdem die Frau die zweite Woche bei uns war, begann irgendwie etwas von ihr abzufallen. Auf ihrem sonst so starren Gesicht erschien das erste Lächeln. Sie begann mit Appetit zu essen. Zaghaft stimmte sie bei der Andacht in unsere Lieder ein. Sie begann von ihren Kindern zu erzählen. Tatsächlich fing sie an sich zu erholen. Nur wenn die Rede auf ihren Mann kam, erhielten ihre Augen den früheren ängstlichen Ausdruck, und ihr Gesicht beschattete sich.

Ich ließ diese Frau zu mir kommen und versuchte ihr Mut zu machen. Ach, sie wollte ja so gerne tapfer und getrost sein! Mir war es klar: wenn dieser Frau geholfen werden sollte, mußte ihr Mann Verständnis für sie haben und das auch beweisen.

Frau B. erholte sich zusehends. Sie lebte richtig auf.

Ihr Gesicht, das bisher so verkrampft gewirkt hatte, entspannte sich. Von Müdigkeit und Resignation war nichts mehr zu sehen. In ihrer Jugend muß diese Frau geradezu hübsch gewesen sein. Wie freuten wir uns, wenn sie in das fröhliche Lachen der anderen einstimmte. „So froh bin ich schon lange nicht mehr gewesen", sagte sie mir einmal mit beinah verlegenem Lächeln, als scheue sie sich, so etwas zuzugeben.

Und dann kam die letzte Woche ihres Urlaubs. Wir erschraken. Mit jedem Tag wurde Frau B. stiller und wieder völlig in sich gekehrt. Ihr Appetit ließ nach, sie konnte nicht mehr richtig schlafen.

Besorgt blickte ich sie an. „Was bleibt von Ihrer Erholung, wenn Sie so weitermachen?"

Aus tränennassen, gequälten Augen sah sie mich an: „Ich habe Angst vor zu Hause! Am liebsten würde ich gar nicht mehr heimfahren."

„Aber Ihre Kinder freuen sich doch schon so sehr auf Ihre Rückkehr!"

Ein schwaches Lächeln huschte über ihr Gesicht. „Die Kinder, ja; aber mein Mann — er kennt keine Rücksichtnahme." —

Vor mir saß eine Gemeindeschwester. Sie berichtete aus ihrer Arbeit: „Sie können sich kein Bild machen von der Not mancher jungen Frau", sagte sie. „Viele von ihnen sind mit freudiger Erwartung in die Ehe gegangen, mit dem Vorsatz, gute Ehefrauen und pflichtgetreue Mütter zu werden. Aber nach einiger Zeit kommen sie sich furchtbar erniedrigt und entwürdigt vor." Die Gemeindeschwester erzählte mir einige konkrete Fälle:

„Mein Mann hat vor der Ehe einige Bücher gelesen, wie sie heute in bestimmten Zeitschriften angepriesen werden", berichtete eine Frau. „Ratgeber für ein genußreiches Eheleben — Hundert beglückende Liebesspiele — Vom Wunder der Liebe. Alles Bücher mit vielen Abbildungen aus der Intimsphäre, schamlose Bilder. Aus diesen Büchern hat er sein Wissen geholt und meint nun, alles ausprobieren zu müssen. Ich komme mir zu einem Tier herabgewürdigt vor", klagte diese Frau. „Das kann doch nicht gottgewollt sein. Es ist mir einfach nicht mehr möglich, meinen Mann zu achten." — „Und es sind nicht einzelne, die mir solches klagen", fuhr die Gemeindeschwester fort. „Immer wieder vertrauen mir die an Leib und Seele gebrochenen, oft noch sehr jungen Frauen, solches an. Was soll ich ihnen raten?"

Wir dürfen uns nicht scheuen, über diese Dinge offen zu reden, sie bei Namen zu nennen; denn sie sind Gesprächsstoff unserer Jugend, der Jungverheirateten.

Als ich kürzlich eine illustrierte Zeitung in die Hand bekam, war ich entsetzt über die Titel der verschiedenen Artikel. Wohin führt das? Die Zeit der Prüderie wäre vorbei, hieß es da. Junge Frauen und Männer müßten aufgeklärt in die Ehe gehen und vorher ihre Erfahrungen machen. Aber wie und auf welche Art klärt man sie auf?

An dieser Stelle denke ich an die vielfach noch so jungen Frauen, in deren Augen die Freude erloschen ist. Natürlich gibt es auch gute und saubere Ehen, prächtige junge Menschen, die gemeinsam in der Verantwortung vor Gott leben; aber groß ist die Anzahl derer, die ein Martyrium erleiden, und manche Frau zerbricht daran.

Wie hat es mich erschüttert, als ich von einer jungen Frau las, die sich mit ihrem einjährigen Kind von einer siebzig Meter hohen Brücke herabstürzte, weil sie das Leben nicht mehr ertrug.

Sieht denn wirklich niemand mehr den warnenden Engel, vernimmt keiner die mahnende Stimme des Gewissens?

Ein anderer Fall: Die etwa 45jährige Frau konnte vor Weinen kaum sprechen: „Ich schäme mich so sehr, es Ihnen zu sagen, aber irgendeinem Menschen muß ich mein Herz ausschütten. Mein Mann geht mit einer Handbewegung darüber hinweg. Aber mir ist klar, warum er keine Vollmacht hat, unserer Tochter entgegenzutreten: Er hat ein Verhältnis mit seiner Sekretärin. Das weiß auch Brigitte, unsere noch nicht ganz siebzehnjährige Tochter. Und denken Sie nur, da gehe ich kürzlich ahnungslos an ihre Handtasche und finde darin ein Empfängnisverhütungsmittel."

Eine ganze Weile konnte die Frau nicht weitersprechen. Endlich fuhr sie fort: „Ich dachte, ich müßte zusammenbrechen. Meine Brigitte, die ich bisher als ein noch unreifes Kind betrachtet hatte, besaß solche Mittel. Als ich mich endlich soweit gefaßt hatte, daß ich mit ihr reden konnte, antwortete sie mir in unfaßlicher Lässigkeit: ‚Aber was regst du dich so auf, Mutti! Schon in meiner letzten Klasse war ein Mädchen, das auf die Frage der Direktorin, warum es ein paar Tage gefehlt hat, vor allen Mitschülerinnen antwortete: Warum ich gefehlt habe? Ich hatte eine Fehlgeburt. Möchtest du vielleicht, daß mir so etwas auch passiert? Da ist es doch besser, ich sehe mich vor.'

‚Und diese Schulkameradin ist in eurer Klasse geblieben?' habe ich meine Tochter gefragt.

‚Ihre Eltern sind von hier fortgezogen', gab Brigitte mir zur Antwort. ‚Wenn das nicht der Fall gewesen wäre, säße sie wahrscheinlich noch heute mit uns auf der Schulbank. Warum auch nicht? Hör bloß auf mit deinen veralteten Ansichten! Die Zeiten, in denen man einen roten Kopf bekam, wenn über solche alltäglichen Angelegenheiten gesprochen wurde, sind vorbei!'

Und nun frage ich Sie", fuhr die Mutter fort, „muß man solches hinnehmen? Habe ich nicht das Recht, ja sogar die Pflicht, meiner noch unreifen Tochter jeden intimen Umgang mit Männern zu verbieten? Was werden das denn für Ehefrauen und Mütter, wenn sie, kaum dem Kindesalter entwachsen, solche Ansichten vertreten und danach tun?"

Die Frau war verzweifelt. Ich aber wiederhole: Recht und Pflicht? Ist es dazu fast nicht schon zu spät, wenn diese Mutter sich erst jetzt darüber Gedanken macht? Ob sie ihre Tochter in jungen Jahren aufgeklärt und gewarnt hat? Nun, da sie mit Erschrekken diese Entdeckung gemacht hat, kann allein noch Liebe, Vertrauen und Geduld helfen. Durch Zwang und mit Gewalt wird sie ihre Tochter nicht überzeugen können. Dafür sind die äußeren Einflüsse zu stark. Das junge Mädchen muß ein überzeugtes Ja zum Warten und zum Verzicht aufbringen. Alles andere ist nutzloses Bemühen. Wo natürlich von der Untreue des Vaters gewußt wird, ist bereits ein Nährboden vorhanden, auf dem eine solche Saat leider nur zu leicht aufgehen kann. Jedoch muß es nicht so sein. Ich weiß von Fällen, wo heranwachsende junge Menschen sich schworen, unter allen Umständen ein sauberes Leben zu führen, weil sie die Not sahen, die aus Untreue hervorgeht. Eine Norm kann hier nicht aufgestellt werden.

Es gibt jedenfalls nichts, was besser bewahren könnte, als die Bindung an Gott.

Ein anderer Fall: Wieder war da eine Mutter. Ihr fünfzehnjähriger Sohn hatte eine Klassenarbeit zu machen. Er bekam eine gute Note. Im Religionsunterricht war über das Thema Ehe gesprochen worden. „Gewiß, es ist heute angebracht, offen mit den Kindern zu sprechen und die Dinge bei Namen zu nennen", sagte die Frau, „aber muß man sich folgendes bieten lassen? In den Notizen, die die Kinder zur Stoffbearbeitung in die Hand bekamen, stand etwa so: Man kann niemand zwingen oder von ihm erwarten, daß er vor der Ehe Enthaltsamkeit übt und mit der körperlichen Vereinigung des Partners bis nach der Hochzeit wartet. Jedoch sollten auf alle Fälle Verhütungsmittel angewandt werden.

Ich glaubte meinen Augen nicht trauen zu können", fuhr die Frau fort, „als ich in der Klassenarbeit meines fünfzehnjährigen Jungen las, man habe Verhütungsmittel anzuwenden, um das Werden eines Kindes zu vermeiden. Was alles zerstört man auf diese Weise bei unseren Söhnen und Töchtern? Mein Mann ist darüber derartig empört, daß er sagt: ‚Wenn die Kirche es duldet, daß solche Gedankengänge als Lehrstoff im Religionsunterricht angewandt werden, bin ich der nächste, der aus der Kirche austritt!'"

Ich versuchte, die aufgebrachte Frau zu beruhigen, und schlug ihr vor, den Religionslehrer aufzusuchen und nach der Quelle dieses Lehrstoffes zu forschen.

Doch auch auf mein Herz will sich eine Last legen. Sieht denn keiner den Engel mit dem Schwert und der Waage?

Zu der Leiterin einer Heilsarmee-Missionsstation kam vor einiger Zeit eine Frau. In ihren Armen trug sie behutsam einen in ein großes Tuch gewickelten Gegenstand. „Hier möchte ich Ihnen etwas bringen", sagte sie und enthüllte gleichzeitig eine Christusgestalt aus Porzellan. „Wir haben dafür keinen Platz mehr in unserer Wohnung. Wissen Sie, wir haben uns einen Kühlschrank und eine Musiktruhe gekauft und mußten deshalb ein wenig umräumen. Da steht uns nun dieser Christus im Weg. Wegwerfen wollten wir ihn nicht. Wissen Sie, das wäre uns pietätlos vorgekommen. Aber wir können ihn jetzt wirklich nicht mehr brauchen. Wir dachten, Sie könnten ihn vielleicht irgendwo unterbringen."

Die Heilsarmeeschwester nahm schweigend den ausrangierten Christus in Empfang. Nicht, weil sie einen Porzellanheiland ehrte, sondern weil sie das Wort erschütterte: Wir können ihn nicht mehr brauchen, den Christus, er steht uns im Weg.

Unlängst fand jemand an dem Tag, als man das Sperrgut abtransportierte, auf der Straße mitten im

Gerümpel eine Bibel. Er nahm sie mit, weil er diesen Anblick nicht ertrug. Sperrgut! Ja, man will sich den Weg nicht länger versperren lassen von den „veralteten Ansichten“ der christlichen Lehre.

Was wird daraus? Als ich vor kurzem in Zürich und in Frauenfeld vor über tausend Zuhörerinnen zu sprechen hatte, sagte ich unter anderem, daß wir uns wohl manchmal voller Sorgen fragen: Was hat es noch für einen Sinn, wenn wir uns gegen die heute allgemein herrschende Auffassung von der freien Liebe und dem zügellosen Leben stellen? Ist es nicht zwecklos, gegen den Strom zu schwimmen? Wir ändern an der Richtung unserer Tage ja doch nichts. Sollten wir nicht dennoch bedenken, daß die Welt an tausend Stellen, wenn auch nur um ein winziges Lichtlein, heller wird, wenn jede von uns auf ihrem Platz ihren Standpunkt vertritt und sich für Reinheit und Treue einsetzt, vor allem aber selbst ein von Christus gesteuertes Leben führt.

Als ich vor einiger Zeit in Basel zu sprechen hatte, kam nach dem Vortrag eine Frau zu mir und sagte in fast vorwurfsvollem Ton: „Warum schreiben Sie so oft von unglücklichen Ehen in Ihren Büchern. Meine noch ledige Schwester hat dadurch geradezu Angst bekommen, sich zu verheiraten und geht jedem Mann aus dem Wege.“

Ich mußte einige Augenblicke überlegen, bevor ich antwortete. Hatte ich in meinen rund fünfzig Büchern wirklich nur unglückliche Ehen geschildert? In Gedanken ließ ich meine geistigen Kinder an mir vorüberziehen: Des Erbguts Hüterin, Dennoch erfülltes Leben, Wenn sie wüßten, Glied in der Kette, Du hast mein Wort, Daß Treue auf der Erde wachse, Und haschen nach Wind, Was dein Herz wünscht. Nein, ich habe nicht nur unglückliche Ehen geschildert, sondern meinen Lesern Einblick gewährt in manches schöne, harmonische Ehe- und Familienleben.

Von tiefer Liebe und Treue habe ich erzählt. Doch war es auch nötig, die Kämpfe und Anfechtungen zu schildern, die in keinem Leben ausbleiben. Auch von Versuchungen und Niederlagen mußte ich berichten. Wie wären meine Bücher sonst lebensnah gewesen?

Ich selbst bin in einem harmonischen Elternhaus aufgewachsen, und unter den Freunden unseres Hauses gab es keine Ehe, die nicht in Ordnung gewesen wäre. Aber in den hinter mir liegenden Jahren habe ich während meiner seelsorgerischen Tätigkeit in große Nöte und familiäre Zerwürfnisse hineingeblickt. Ist dort, wo man nach den Ordnungen und Forderungen Gottes nicht fragt, Disharmonie und ein Aneinander-Vorbeileben nicht eine natürliche Begleiterscheinung; denn dort herrscht Ichbezogenheit und Selbstsucht.

Es ist wie bei der Sprachenverwirrung zu Babel: Als die Menschen einen Turm bauen wollten, der bis an den Himmel reichte, um sich einen Namen zu machen und zu sein wie Gott, da fuhr der Allmächtige herab und verwirrte die Menschen, so daß sie sich nicht mehr verstanden. Wo man Gott entthront, wird die Folge immer eine Art Sprachenverwirrung sein. Man redet aneinander vorbei, man versteht sich nicht mehr. Schließlich hat man sich nichts mehr zu sagen, und einer wird zum Feind des andern. Mißverstehen auf der ganzen Linie: unter den Völkern, in den Gemeinden, in der Familie, zwischen Eltern und Kindern, zwischen Mann und Frau. Dieses Sich-nicht-mehr-verstehen-Können wird nur da schwinden, wo man es wieder lernt, aufeinander zu hören, gegenseitig Rücksicht zu nehmen, sich auf den andern einzustellen.

In der Schule haben wir die Reihenfolge der persönlichen Fürwörter so gelernt: ich, du, er, sie, es. Im Leben eines Christen sollte es heißen: er, du, ich. Er: der Herr, von dem unser ganzes Sein abhängt. Du: unser Gegenüber, unser Nächster, den Gott uns in den Weg stellt. Mein Ich wird dann durch dieses Er und Du geformt, so daß ich mich danach ausstrecke, je länger desto mehr, ein Mensch der Harmonie zu werden. So entstehen ausgeglichene Ehen und glückliche Familien.

Im übrigen ist es falsch, zu meinen, das Du unseres Lebens, unser Gegenüber, müsse unbedingt so sein, wie wir es uns vorstellen. Einem Menschen von Herzen zugetan sein heißt ihn liebhaben wie er ist, und nicht ihn prägen wollen zu einem Wesen, das der eigenen Vorstellung entspricht. Natürlich bleibt es nicht aus, daß man sich gegenseitig formt und prägt. Doch das geschieht dann nicht unbedingt vorsätzlich.

Man kann es in vielen glücklichen Ehen beobachten, und ich weiß von solchen zu berichten. In ihnen kommt einer dem andern mit Ehrerbietung zuvor. Glückliche Ehen kann es auch da geben, wo man mit irdischen Gütern nicht gesegnet ist, wo eine Schar Kinder heranwächst und der Tag von Mühe und Arbeit geprägt wird.

Es ist noch gar nicht so lange her, daß eine Frau im mittleren Alter von ihrem Mann in unser Erholungsheim geschickt wurde. Sie ist eine Bäuerin und hat einige Wochen zuvor ihr siebtes Kind zur Welt gebracht. Sie und ihr Mann sind gläubige Christen und nehmen auch den Kindersegen aus Gottes Hand. Als sich das siebte Kind anmeldete, ging die Frau zu einem Arzt, um sich ein Stärkungsmittel verschreiben zu lassen.

Dieser, in ehrlicher Sorge um ihren Gesundheitszustand, sagte: „Soll auch dieses Kind noch geboren werden? Wie wollen Sie das verkraften?"

Die tapfere Frau aber erwiderte: „Es kommt keines ohne den Willen Gottes zur Welt. Mein Mann und ich freuen uns auf das siebte genauso wie seinerzeit auf die ersten Kinder." Nie war sie länger von zu Hause fortgewesen, außer daß sie in die Klinik einer nahegelegenen Stadt ging, um dann wieder mit einem neugeborenen Kindchen heimzukommen.

Als sie nun von ihrem Mann zur Erholung geschickt wurde, fragte beim Abschied ihr Fünfjähriger: „Mutter, was bringst du dieses Mal mit, ein Mädchen oder einen Jungen?"

Diese Frau muß schwer arbeiten. Die Kinder kamen rasch hintereinander. Ihre verarbeiteten Hände reden eine deutliche Sprache. Aber sie ist fröhlich und getrost trotz ihres nicht leichten Alltags. Ich sehe die Ursache darin, daß Mann und Frau gläubige Christen sind, miteinander und füreinander beten und in dieser Haltung ihre Kinder erziehen. Strahlend zeigte die Mutter mir die Photographie ihrer sechs Kinder, eine fröhliche, gesunde Schar, sauber und ordentlich gekleidet.

Doch — es gibt noch glückliche Ehen. Da, wo man etwas vom bleibenden Reichtum aus Gottes Schatzkammer weiß.

Ein elegant gekleideter Herr sucht eines Tages eine Trinkerberatungsstelle in einer süddeutschen Stadt auf: „Ich komme wegen meiner Frau", sagt er und sieht völlig ratlos aus. „Sie hat sich ganz und gar dem Alkohol hingegeben und verfällt ihm von Tag zu Tag mehr."

Ein in der Trinkerbetreuung stehender Fürsorger verspricht, in den nächsten Tagen einen Besuch zu machen. „Ich war erschüttert", berichtet dieser später. „In einer aufs beste eingerichteten Wohnung, in der weder der Fernsehapparat noch die Hausbar fehlt, in der alle modernen Hilfsmittel zur Pflege des Haushalts zur Verfügung stehen, fand ich eine vom Alkohol zugrunde gerichtete Frau. Der Mann hat ein gutes Einkommen. Die Familie kann sich jeden Wunsch erfüllen."

„Oft, wenn ich nach Hause komme", berichtet der Ehemann, „liegt meine Frau total betrunken in der Wohnung. Bitte, helfen Sie uns, schon um unserer drei Töchter willen. Wären die Kinder nicht da, ich hätte mich längst scheiden lassen."

Welches ist die eigentliche Ursache dieses Alkoholismus? Die Frau sieht in ihrem Dasein keinen Sinn mehr. Alles kann sie sich leisten, es gibt keine unerfüllten Wünsche. Aber in ihrem Innern steigt eine große Sehnsucht auf nach etwas, das nicht mit Geld zu bezahlen ist. Weder sie noch ihr Mann sind christlich eingestellt. Nun aber beginnt sie sich zu fragen, ob hier vielleicht der Schlüssel zu einem neuen und sinnvollen Leben liegen könnte. Zögernd spricht sie darüber mit ihrem Mann und bittet um Zustimmung, daß ihre Kinder einen christlichen Unterricht besuchen. Sie schlägt ihm vor, gemeinsam zur Kirche zu gehen.

Er lacht sie aus. „Hast du das nötig, die du alles besitzt, was dein Herz begehrt? Solche Hirngespinste schlage dir aus dem Kopf. Das kommt für uns nicht in Frage: fromm werden. Geradezu lächerlich. Was soll das für einen Sinn haben? Glaubst du, ich mache mich zum Gespött meiner Geschäftskollegen?"

Er lacht sie aus. „Hast du das nötig, die du alles Herz begehrt eben mehr als das, was er ihr zu bieten hat. Es ist freud- und friedelos. Sie findet kein Verständnis bei ihrem Mann und zieht sich ganz von ihm zurück. Er begreift einfach nicht, daß ihr Sehnen weder durch Geld noch durch anderen Besitz, auch nicht durch eheliche Liebe zu befriedigen ist. Sie aber greift wieder nach der Flasche, um im Alkohol Vergessen zu suchen. Welch ein besorgniserregendes Kapitel unserer Zeit.

„Meine Schwägerin ist nur zu bändigen, wenn sie jeden Tag Schläge bekommt." Mit diesen Worten bringt uns eines Tages ein Herr, der Anspruch auf Bildung erhebt, eine todunglückliche Frau. Sie ist Witwe. Ihr Mann hat in verantwortungsvoller Stellung gestanden. Ihre Ehe ist kinderlos geblieben. Finanzielle Not kennt sie nicht. Pflichten werden von ihr nicht erwartet. So sieht sie keinen Sinn mehr in ihrem Leben und sucht Vergessen im Alkohol, in Nikotin und Tabletten. Ihr Körper weist tatsächlich folgenschwere Schläge auf, die sie von ihren Verwandten erhalten hat, wenn sie in einem nicht zurechnungsfähigen Zustand bei ihnen erschien.

Tatsache ist, daß es in Notzeiten — während des Krieges und in den darauffolgenden Jahren — viel weniger Suchtfälle gibt, als in Jahren üppigen Lebens, wo die Genußsucht vielfach ins Grenzenlose steigt. Süchtige Menschen können nur frei werden, wenn man ihnen etwas Besseres bietet als das, was ihnen zur Leidenschaft geworden ist. Wo sie aber ein üppiges, genußreiches Leben führen, kann das Bessere nur auf geistiger oder geistlicher Ebene liegen. Deshalb behaupte ich: Nur dann, wenn ein süchtiger Mensch von Gott ergriffen und mit dem lebendigen Glauben erfüllt wird, kann ihm wahrhaft geholfen werden.

Das erlebten wir auch bei jener Dame, deren Angehörige nach allen vergeblichen Versuchen, ihr zu helfen, resignierten und sie schließlich körperlich züchtigten. Damit ist ihr natürlich in keiner Weise geholfen worden. Diese Frau lebte einige Jahre in unserem Hause. Sie war unbedingt ansprechbar und sehnte sich nach Befreiung von ihrer Gebundenheit. Wir durften erleben, daß sie ihr verfehltes Leben bereute und erkannte, daß ihr nur von Gott Hilfe werden konnte.

Wiederholt habe ich sie über der offenen Bibel angetroffen. Aber die jahrelange Gebundenheit an Nikotin — sie hatte täglich zwischen 40 bis 60 Zigaretten geraucht — und die Tablettensucht, dazu der übermäßige Alkoholgenuß, hatten ihre Gesundheit völlig zerstört. Zweimal versuchte sie ein neues Leben zu beginnen und sich eine neue Existenz aufzubauen. Doch sie schaffte es nicht. Jedesmal kapitulierte sie und kehrte unglücklich, ja verzweifelt zu uns zurück. Sie wurde mit dem Leben einfach nicht mehr fertig.

Bald lehnte der Körper, der sich in den vielen Jahren an die großen Mengen von Gift und Betäubungsmittel gewöhnt hatte, jede Nahrung ab. Die Frau glich einem wandelnden Skelett und ging schließlich an der Sucht, der sie verfallen war, elend zugrunde.

Dennoch durften wir erleben, daß sie im Glauben an Jesus Christus heimging. Vor ihrem Tod konnten wir noch mit ihr beten. Sie bat uns, an ihrem Grab das Lied zu singen, das sie in unserem Hause gelernt hatte:

„Wenn nach der Erde Leid, Arbeit und Pein
ich in die goldenen Gassen zieh ein,
wird nur das Schaun meines Heilands allein
Grund meiner Freude und Anbetung sein.

Wenn dann die Gnade, mit der ich geliebt,
dort eine Wohnung im Himmel mir gibt,
wird doch nur Jesus und Jesus allein
Grund meiner Freude und Anbetung sein.

Dort vor dem Throne, im himmlischen Land,
treff ich die Freunde, die hier ich gekannt,
dennoch wird Jesus und Jesus allein
Grund meiner Freude und Anbetung sein.

Das wird allein Herrlichkeit sein,
wenn frei von Weh ich sein Angesicht seh!"

„Warum nur ist mir diese Erkenntnis so spät gekommen?" fragte eine andere Dame, die bereits das 75. Lebensjahr hinter sich hatte. „Wie ganz anders hätte mein Leben verlaufen können, wenn ich in jungen Jahren den Wert wahren Christseins erkannt hätte."

Auch diese Frau kam aus den besten Kreisen. Aber der Glanz des gesellschaftlichen Lebens, in dem sie sich bewegte, vermochte den Hunger ihrer Seele nicht zu stillen. Sie versuchte es überall. Zuerst meinte sie bei den Anthroposophen das Wahre zu finden. Aber deren Vorträge kamen ihr dann bald wie eine Geistesakrobatik vor, der sie nur schwer folgen konnte. Dann ging sie zur Christlichen Wissenschaft. Schließlich heiratete sie einen katholischen Mann und konvertierte ihm zuliebe. Aber auch jetzt kam sie nicht zur Ruhe. Als Witwe kehrte sie zur evangelischen Kirche zurück. Doch auch diese Kirchenzugehörigkeit brachte ihr nicht das, wonach sie sich sehnte. Was suchte sie? Ob sie es überhaupt sagen konnte?

Durch eine seltsame Fügung kam sie in unser Haus. Wir sind weit davon entfernt, uns einzubilden, daß es für diese Dame nur in unserem Hause möglich war, den rechten Weg zu finden. Daß wir dazu jedoch ein Werkzeug in Gottes Hand sein durften, macht uns dankbar.

Diese Frau erkannte, daß christlicher Glaube mehr ist als eine Überlieferung, daß man sich persönlich für Jesus Christus entscheiden muß und daß es ohne Sündenerkenntnis und Sündenbekenntnis, ohne Buße und Heilsaneignung kein neues Leben gibt. Aus der rastlos suchenden Frau wurde eine, deren Herz im Frieden

Gottes zur Ruhe gekommen war. Nun aber trauerte sie der verlorenen Zeit ihres Lebens nach: „Warum habe ich dies alles erst so spät erkannt?"

Ich sehe sie noch neben meinem Schreibtisch sitzen, Tränen liefen über ihr Gesicht. „Wie ganz anders hätte mein Dasein gestaltet werden können? Was kann mir die neu gewordene Erkenntnis noch helfen, jetzt am Ende meines Lebens?"

Ich antwortete ihr: „Wohl ist es spät, aber Gott sei Dank nicht zu spät." Dann erzählte ich das Gleichnis von den Arbeitern im Weinberg (Matthäus 20), in dem der Hausvater alle Arbeiter, die er für seinen Weinberg gedingt hat, gleicherweise lohnt. Dabei spielt es keine Rolle, ob sie ihre Arbeit in der dritten, sechsten oder neunten Stunde begonnen haben. Bei der Lohnauszahlung erhalten alle dasselbe. Darüber empören sich diejenigen, die schon am frühen Morgen gekommen waren und den ganzen Tag gearbeitet haben. Sie halten dem Besitzer des Weinbergs vor, ungerecht zu sein. Dieser aber sagt: „Meine Freunde, ich tue euch nicht Unrecht. Sind wir nicht übereingekommen um einen Groschen? Habe ich nicht Macht, zu tun, was ich will? Seht ihr darum scheel, daß ich so gütig bin?"

„Sehen Sie", sagte ich zu dieser Frau, „auch Sie sind nicht zu spät gekommen. Auch für Sie bleibt die Zusage Gottes bestehen: Wer zu mir kommt, den will ich nicht hinausstoßen. Auch wenn Sie sich erst in später Stunde eingestellt haben."

„Darf ich das wirklich glauben?" fragte unser Gast zurück.

„Ja, Sie dürfen es. So spricht Gott in seinem Wort."

Zwei Tage später war diese Frau tot. Noch nach dem Abendessen hatte sie im Kreise der Gäste die Abendandacht erlebt. Um 21.00 Uhr machte eine Herzlähmung ihrem Leben ein Ende. „Jetzt darf auch ich heimgehen", waren ihre letzten Worte. Sie starb im festen Glauben an ihren Erlöser Jesus Christus.

Manchmal kommt es vor, daß Spaziergänger in unser Haus kommen oder Fremde mit dem Auto vorfahren und dann sichtlich enttäuscht sind, wenn sie bei uns weder Kaffee trinken noch eine Mahlzeit einnehmen können. „Sind Sie denn kein Hotel oder Restaurant?" fragen sie dann beinah entrüstet.

„Anscheinend haben Sie das Schild an unserem Haus übersehen", erwidern wir dann in solchem Fall. „Wir sind ein christliches Erholungsheim."

„Aber deswegen können Sie uns doch eine Tasse Kaffee reichen", meinten zwei mondäne Damen, die sich in unserem Speisesaal bereits bequem niedergelassen hatten. „Wir sind nämlich auch christlich eingestellt."

Lächelnd antworteten wir, daß es darauf nicht ankomme. Es entspricht nicht der Art unseres Hauses, Passanten zu bewirten.

Hin und wieder kommen wir bei solchen Gelegenheiten mit den Leuten ins Gespräch. Auf Wunsch führen wir sie auch durch unser Haus, und immer wieder sind sie erstaunt, wenn sie unseren neuen Andachtsraum sehen. „Das ist ja direkt eine Kirche!" rufen sie gewöhnlich aus und dämpfen dann ganz von selbst ihre Stimme, weil der Raum tatsächlich eine Atmosphäre ausstrahlt, die keinen Lärm erträgt.

„Wir reden gerne von unserer Hauskapelle", erwidern wir meistens und erklären den Leuten, daß nach unserer Meinung zur körperlichen Erholung unbedingt das Zurechtkommen des inneren Menschen erforderlich ist. Daher sind wir auch weder eine Pension noch ein Restaurant, sondern bewußt ein christliches Erholungsheim, in dem man selbstverständlich bemüht ist, alles zu tun, damit die Gäste sich wohlfühlen. Eine schmackhafte Kost und gepflegte Zimmer mit guten Betten sind uns deshalb selbstverständlich. Die herrliche Lage unseres Hauses hilft mit zur guten Erholung. Wir liegen auf der Schwäbischen Alb 750 m hoch. Ganz in unserer Nähe ist die bekannte Oberböhringer Heide mit tausenden von Wachholderbüschen, Schlehensträuchern und vielen, vielen Heckenrosen. Das alles dient natürlich dazu, daß die Gäste sich auf unserer Höhe wohlfühlen. Aber das Wichtigste scheint uns doch die seelsorgerliche Betreuung zu sein, die täglichen Andachten, die Bibelfreizeiten, die Abendgestaltung.

„Dann geht es bei Ihnen wohl sehr fromm zu?" fragen manche Leute, die zufällig hereinschauen und blicken sich fast ein wenig unsicher um.

„Was verstehen Sie unter fromm?" fragen wir zurück. „Wenn Sie der Meinung sind, daß man bei uns nicht fröhlich sein kann, dann irren Sie sehr. Sie sollten einmal hören, wie herzhaft unsere Gäste lachen, und wie gemütlich es ist, wenn wir abends zusammensitzen, miteinander singen oder auch einmal Gesellschaftsspiele machen."

Sehr erfreuen unsere Gäste auch die Abende, an

denen Herr Lang Lichtbilder oder einen Film zeigt und damit auf die kleinen und verborgenen Schönheiten in der Natur hinweist, die er, der Maler, in einigen hundert Farbdias und etlichen Filmen festgehalten hat. Fromm sein heißt ganz gewiß nicht freudlos sein. Nur verstehen die Menschen unter Freude oft sehr unterschiedliches. Auch unter unseren Gästen gibt es solche, die ihre Auffassung über das Christsein revidieren müssen. Solche erkennen dann, daß allein die Zugehörigkeit zu einer Kirche nicht genügt und fangen an zu begreifen, was das Wort Christi bedeutet: „Siehe, ich stehe vor der Tür und klopfe an. So jemand meine Stimme hören wird und die Tür auftun, zu dem werde ich eingehen." Ihnen wird dann auch jenes andere Wort verständlich: „Er kam in sein Eigentum; und die Seinen nahmen ihn nicht auf. Wie viele ihn aber aufnahmen, denen gab er Macht, Gottes Kinder zu werden, die an seinen Namen glauben." Viele wissen in der Tat nicht, daß es auf eine persönliche Glaubensentscheidung ankommt.

Gott spricht ja auf vielfache Weise zu uns: vielleicht durch eine Krankheit oder durch einen Schicksalsschlag; mancher ist durch das Grauen des Krieges, durch Erlebnisse an der Front oder während einer Bombennacht in der Heimat zu Gott geführt worden. Gott redet auch durch die Freude. Bei allem sollte nicht übersehen werden, daß in der Heiligen Schrift steht: „Der Glaube kommt aus der Predigt." Daher ist eine klare und gute Wortverkündigung von so großer Wichtigkeit. Und ohne Sündenerkenntnis und Buße geht es auch nicht. Ist es nicht eigenartig, daß das

Wort Buße für viele Menschen einen so abschreckenden, dunklen Klang hat? Buße, das ist für viele etwas Belastendes, die Freude und allen Frohsinn Hemmendes. Die so denken, irren sich. Buße macht fröhlich, Buße befreit, Buße erneuert, Buße ordnet das Leben.

Unter den Gästen unseres Hauses befand sich einmal eine Dame, die vor ihrem 80. Geburtstag stand: intelligent, belesen, interessiert auf allen Lebensgebieten, künstlerisch begabt, aber belastet mit dem Geist der Unversöhnlichkeit. Sie hatte sich mit ihrer Tochter entzweit und sich dabei in eine solch unbegreifliche Abneigung ihr gegenüber verbohrt, daß sie sich nicht scheute zu sagen: „Ich habe keine Tochter mehr. Für mich ist sie tot!"

Vergeblich waren alle meine Bemühungen, sie davon zu überzeugen, daß sie in dieser Haltung vor Gott, an den sie glaubte, nicht bestehen könne. Sie blieb auf diesem Gebiet unansprechbar.

Diese Dame erlebte die Advents- und Weihnachtszeit bei uns. In den Wochen vor dem Heiligen Abend waren im Losungsbüchlein — nach dessen Texten richten wir uns in unseren Morgenandachten — immer wieder Bußverse angegeben. Eines Tages erhob die bald Achtzigjährige dagegen Protest und sagte: „Wir befinden uns jetzt in der freudenreichen Vorweihnachtszeit. Was sollen da diese ewigen Bußworte? Ich möchte Sie bitten, Frau Dreisbach, die Buße bis nach Weihnachten aufzuschieben."

Die Buße aufschieben — das ist sehr gewagt. Nicht nur für einen Menschen im hohen Alter. Keiner trägt den Garantieschein für sein Leben am nächsten Tag in der Tasche. Nichts ist so sicher wie der Tod. Hunderte, Tausende werden täglich durch Auto-, Flugzeug- und Eisenbahnunglücke, durch Erdbeben, Sturm und Wasserkatastrophen dahingerafft. Wie kann man es dann wagen, das Wichtigste, von dem so unendlich viel für Zeit und Ewigkeit abhängt, aufzuschieben!

Es dauerte nicht lange, da erhielt ich die Nachricht vom Tod der alten Dame. Ob sie sich mit ihrer Tochter noch ausgesöhnt hat? Ich weiß es nicht. Buße und Versöhnung sollte man nie aufschieben.

Ich ging durch die Hauptgeschäftsstraße einer größeren Stadt. Einer hastete am anderen vorbei; jeder schien es unendlich wichtig zu haben. Vor einem der drei geschmackvoll dekorierten Schaufenster eines bekannten Geschäftes blieb ich stehen, um mir die Auslagen anzusehen. Ob meine ehemalige Kindheitsgespielin mich nach so vielen Jahren wiedererkennen wird? dachte ich. Ich freute mich auf das Wiedersehen. So betrat ich das Geschäft.

Gepflegte Eleganz kennzeichnete den weitausholenden Raum. Eine modisch gekleidete Verkäuferin kam mir entgegen. „Womit kann ich Ihnen dienen?" fragte sie mich.

„Ich bin eine alte Bekannte Ihrer Chefin. Ist sie wohl anwesend?" antwortete ich.

Man bot mir im Empfangszimmer einen Sessel an. Dieser Raum war von dem Duft weißer Fliederzweige erfüllt, die in einer großen Bodenvase standen. Und das zu einer Jahreszeit, in der solche Kostbarkeiten nur aus dem Gewächshaus kommen. Alles, wohin mein Auge blickte, machte den Eindruck von Wohlstand.

Nach kurzer Zeit erschien meine ehemalige Kindheitsgespielin. Lachend erhob ich mich und stand nun vor der sorgsam gepflegten, mit erlesenem Geschmack gekleideten Geschäftsinhaberin. Einen Augenblick sah sie mich prüfend an. Man spürte es geradezu, wie sie gedanklich die Blätter der Erinnerungen durchsuchte. Plötzlich leuchtete es in ihren Augen auf. Sie hatte mich erkannt. „Welch eine freudige Überraschung", rief sie aus und umarmte mich in alter Herzlichkeit. „Du hast dich zwar sehr verändert, wenn ich an die hochgewachsene, schlanke Elisabeth denke, aber deine Augen sind dieselben geblieben, wie auch deine Art, den Kopf zu heben. Wie freue ich mich über dieses Wiedersehen nach so vielen Jahren. Du mußt mit mir nach Hause kommen. Auch mein Mann und die Kinder werden sich freuen, dich kennenzulernen. Oft habe ich von dir erzählt. Du schenkst mir doch diesen Abend, nicht wahr?"

Sie gab ihrer ersten Verkäuferin, einer bewährten Kraft, einige Anweisungen und verließ mit mir das Geschäft. Es wurden frohe Stunden, die ich in dem aufs beste eingerichteten Haus meiner ehemaligen Freundin erlebte. Es war wirklich ein Genuß, die Harmonie in der Zusammenstellung von Möbeln, Gardinen, Bildern und die des festlich gedeckten Tisches auf sich einwirken zu lassen. Die bereits erwachsenen Kinder machten einen wohlerzogenen Eindruck. Einige standen noch in der Ausbildung. Wir schwelgten lange in Erinnerungen, und als es Zeit zum Abschied war, begleitete mich die ganze Familie an die Bahn.

Ein schönes, nachklingendes Erlebnis war diese Begegnung nach so langer Zeit. Und doch: Was war es nur, das unausgesprochen wie ein leichter Nebel über der strahlenden Herzlichkeit lag, mit der mir alle begegneten? Irgend etwas schwang in der Luft, füllte die Räume, das ich nicht hätte definieren können, das in mir aber einen leisen Zweifel an der Echtheit dieses glücklichen Familienlebens aufkommen ließ. Ich wehrte mich dagegen, um die schönen Eindrücke dieser Begegnung nicht trüben zu lassen.

Einige Wochen später saß meine ehemalige Kindheitsgespielin mir in meiner Wohnung gegenüber. Sie hatte eine Geschäftsreise ausgenutzt, um mich aufzusuchen. Oder war die Geschäftsreise extra inszeniert worden, um für diese Aussprache eine Möglichkeit herbeizuführen?

„Ich benötige deinen Rat", sagte Isolde. „Du hast bei dem Besuch in meinem Haus gesehen, wie es uns geht. Wir können uns jeden Wunsch erfüllen. Unsere Verhältnisse sind geordnet. Wenn nichts Unvorhergesehenes dazwischenkommt, ist unsere Zukunft auf Jahre hinaus gesichert. Aber ich weiß nicht, ob du es empfunden hast: Wir sind irgendwie in eine Sackgasse geraten. Uns fehlt etwas, das ich nicht einmal mit Namen nennen könnte. Wir sind so satt, so gesichert! Am allermeisten spüre ich das bei meinem Mann. Er sitzt oft in seinem Sessel, stiert vor sich hin und spricht manchen Abend kaum ein Wort, oder aber er ist heftig und gereizt. Er kommt uns so lustlos vor. Ich selbst würde es noch hinnehmen. Aber das Verhältnis zwischen ihm und unseren Kindern wird immer gespannter."

„Und ich glaubte, ihr wäret glücklich", wagte ich einzuwenden.

„So glücklich, wie man durch Geld und Besitz sein kann. Das aber — so fragt sich wohl jeder von uns unausgesprochen — kann doch nicht alles sein, was das Leben zu bieten hat? Die Kinder beginnen aus dem goldenen Käfig auszubrechen und suchen außerhalb unseres Familienlebens nach dem, was sie vermissen, und was wir ihnen bei allem wirtschaftlichen Erfolg nicht bieten können. Das wiederum empört meinen Mann. Er macht ihnen zum Teil ungerechtfertigte Vorwürfe, will über ihre freie Zeit verfügen und ihnen vorschreiben, mit wem sie Umgang pflegen dürfen. Du hast gesehen, daß unsere Kinder bereits erwachsen sind. Andere in ihrem Alter sind bereits verlobt oder verheiratet. Eigentlich wundere ich mich, wie lange sie sich den Bestimmungen ihres Vaters fügen. Sie tun es zwar nicht immer widerspruchslos, aber ich fürchte, es kommt in nächster Zeit zu einem ernsthaften Zusammenstoß, wenn nicht gar zu einem Bruch. Du mußt mir raten. Was kann ich tun, um das zu verhüten? Du begreifst, daß es für mich nicht leicht ist, denn ich stehe immer wieder zwischen meinem Mann und den Kindern."

Eine Weile war es zwischen uns beiden still. Ich mußte ernsthaft nachdenken, bevor ich Antwort gab. Dann fragte ich: „Isolde, was habt ihr euren Kindern eigentlich außerdem noch geboten?"

„Außerdem? Wie meinst du das", fragte sie.

Ich fing an aufzuzählen. „Ihr habt ihnen ein schönes, gepflegtes Heim erstellt, gesundheitsfördernde Ernährung und Betreuung, gute Schul- und Berufsausbildung, Umgang mit gleichaltrigen Freunden, fröhliche Parties und jährliche Ferienreisen geboten."

„Und?" fragte meine Kindheitsgespielin beinah ungeduldig zurück. „Genügt das etwa nicht?"

„Hast du nie das Wort gehört: Der Mensch lebt nicht vom Brot allein?"

„Steht das etwa in der Bibel?"

„Genau. Und hier liegt meines Erachtens der Mangel in eurem Familienleben. Am stärksten empfindet es, wenn auch nur im Unterbewußtsein, dein Mann. Du sagst, er könne wegen seines Herzleidens nur noch bedingt in eurem Geschäft tätig sein. Er hat also Zeit zum Grübeln. Und das tut er mehr, als für ihn gut ist. Kannst du es ihm verargen, wenn er sich fragt: ‚Was bleibt von alledem, was wir erarbeitet haben? Was habe ich von meinem Leben noch zu erwarten?'

Menschlich gesehen besitzt ihr alles, was man sich wünschen kann. Ihr steht auf der Spitze eures Erfolges. Es gibt also kein Ziel mehr, auf das ihr zustreben könnt. Ihr habt es bereits erreicht. Du selbst lenkst dich ab, indem du dich soviel wie möglich um euer Geschäft kümmerst. Aber ob sich die Augenblicke nicht häufen, in denen auch du dich fragst: ‚Was soll das alles? Wo liegt der wahre Sinn meines Lebens?'

Ich habe den Eindruck, daß dein Mann von der Erkenntnis aufgerieben wird, noch gar nicht gelebt zu haben. Kennst du die Geschichte der Bibel von dem reichen Kornbauern, der sich über die mahnende Stimme seines Innern hinwegzutäuschen versucht mit den Worten: ‚Liebe Seele, du hast einen großen Vorrat auf viele Jahre; habe nun Ruhe, iß, trink und habe guten Mut.' Aber Gott sprach zu ihm: ,Du Narr! Diese Nacht wird man deine Seele von dir fordern; und wes wird's sein, was du bereitet hast?'

Ob das nicht die Gedanken sind, mit denen dein Mann sich abquält? Das Leben ist ihm trotz allem Wohlergehen zwischen den Fingern hindurchgesickert. Nicht einen Tag, nicht eine Stunde kann er zurückhalten. Und nun fragt er sich: Wes ist's, was ich bereitet habe? Hat sich das alles überhaupt gelohnt? Unaufhaltsam — ob er sich dagegen sträubt oder es hinnimmt — sieht er das Ende auf sich zukommen. Wenn er keine lebendige Hoffnung hat und an ein Weiterleben nach dem Tode nicht glaubt, begreife ich, daß er zu resignieren beginnt. Ohne es zu merken versucht er sich nun an eure Kinder zu klammern. Sie sollen das Elternhaus nicht verlassen, keine Verbindungen mit anderen Menschen anknüpfen. Unbewußt erinnern sie ihn an sein vergängliches Leben. Er will nicht einsam, nicht alt sein. Er will sich in ihnen sein eigenes Leben erhalten.

Isolde, wenn ihr eure Kinder nur für das Vergängliche erzogen habt, dann werden sie eines Tages zwar höchstwahrscheinlich auch Erfolg vorzuweisen haben, aber ebenso in eine gähnende Leere starren wie ihr jetzt. Was deinem Mann, dir und euren Kindern fehlt, ist Gott, ein persönliches Verhältnis zu Gott."

Mit weit geöffneten, erschrockenen Augen starrte mich die nun auch nicht mehr junge Frau an. Ein Stöhnen entrang sich ihrer Brust. „Aber um alles in der Welt, was sollen wir denn tun? Wir können doch nicht mehr ganz von vorne anfangen." Und ernsthaft bekümmert fügte sie hinzu: „Dabei haben wir doch alles, was wir uns wünschen. Wieso leben wir jetzt aneinander vorbei?"

Mir fiel bei dieser Gelegenheit der Liedvers ein: „Was sind dieses Lebens Güter? Eine Hand voller Sand, Kummer der Gemüter."

Ja, aneinander vorbeileben. Tausende Eheleute tun es. Manche resignieren. Man hat sich damit abgefunden, durchbricht die Bindungen der Ehe und greift nach verbotenen Früchten.

Aber was heißt hier schon: verbotene Frucht? Warum soll ich mein Leben nicht genießen, wenn mir meine Ehe nicht mehr das bietet, was ich von ihr erwarten kann? sagen manche.

Genug Möglichkeiten bieten sich an, die lästig gewordenen Schranken niederzureißen. Man denkt nicht mehr daran, daß man sich einmal gegenseitig Treue gelobt hat. Ehebruch ist für viele ein längst überholtes Wort, ein Begriff, den man heute vielfach mit einer lässigen Handbewegung abtut.

Vor mir saß Frau X. Auch sie war Gast in unserem Erholungsheim. Tagelang bewegte sie sich zwischen den anderen Gästen unseres Hauses mit gequältem Gesicht und beteiligte sich nur wenig an den Gesprächen. Sie bedrückte merkbar eine Last.

Es ist nicht meine Art, mich den Menschen aufzudrängen oder auf irgendeine Weise ihr Vertrauen zu suchen. Wenn ich aber den Eindruck habe, daß jemand eine Not quält, mit der er nicht fertig wird, sage ich gelegentlich nach der Morgenandacht: „Wenn irgendeiner unserer Gäste mich zu sprechen wünscht oder einen Rat braucht — ich bin gerne für ihn da." So kommt es dann zu persönlichen Aussprachen, die schon dadurch Erleichterung schaffen, daß einfach empfunden wird: Hier ist jemand für mich da! Hier kann ich mir einmal alle Last vom Herzen reden! Wer nimmt sich denn heute noch Zeit für den andern?

Ein mir bekannter Seelsorger und Arzt hat an der Tür seines Sprechzimmers ein Schild angebracht, auf dem zu lesen ist: Ich habe Zeit. Schon allein diese Worte sind für seine Patienten und Ratsuchenden eine spürbare Ermutigung. Ist es doch heute bei den überlasteten Ärzten vielfach so, daß man es ihnen mehr oder weniger abspürt: Fasse dich kurz! Ich habe nur wenig Zeit. Wehe uns, wenn unsere Ärzte und Seelsorger gehetzte Menschen werden!

Doch zurück zu jener Frau, die bei mir saß und verzweifelt ausrief: „Ich kann nicht mehr zurück zu meinem Mann. Ich ertrage das Leben an seiner Seite nicht länger. Kann ich nicht bei Ihnen bleiben? In einem Erholungsheim wie diesem gibt es doch immer Arbeit. Ich bin trotz meiner mehr als fünfzig Jahren noch recht leistungsfähig. Bitte, behalten Sie mich hier. Ich kann und will nicht mehr zurück. Mein Mann ist mir untreu. Um jede Mark Wirtschaftsgeld muß ich kämpfen. Dabei verdient er gut. Wir haben unser eigenes Haus, einen schönen Garten. Wir sind allein. Aber auf alles das will ich verzichten."

Ich hörte die Frau in Ruhe an und sagte ihr, daß wir sie nicht wegschicken werden. Natürlich gibt es in unserem Erholungsheim und ebenso bei den Kindern genug Arbeit. Aber nach meiner Ansicht — und das sagte ich ihr auch — gehört sie nach Hause an die Seite ihres Mannes, dem sie Treue gelobt hat für gute und böse Zeiten. Wenn er nicht treu ist, bedeutet das noch lange nicht, daß sie ihm die Treue brechen darf.

Sie blieb einige Wochen bei uns. Eines Tages kam der Gemeindepfarrer und ermutigte sie, zu ihrem Mann zurückzukehren. Schließlich wurde sie ruhiger, erholte sich auch etwas und nahm sich nach einiger Zeit vor, in ihrer Ehe einen neuen Versuch zu machen.

Ich gab ihr den Rat, mit ihrem Mann wirklich ganz neu zu beginnen. Sie blickte mich ein wenig zweifelnd an, so, als wollte sie sagen: Was wissen Sie, eine Unverheiratete, schon von dem Martyrium einer unglücklichen Frau?

Ich erklärte ihr, was ich schon vielen gesagt habe: „Erwarten Sie nicht, daß während Ihrer Abwesenheit zu Hause alles anders geworden ist. Sie müssen mit den gleichen Problemen und Schwierigkeiten rechnen. Aber Sie selbst müssen anders zurückkehren als Sie von zu Hause fortgegangen sind. Sie hatten Gelegenheit, zur Ruhe zu kommen, Abstand zu gewinnen. Die Stille, die Sie hier umgab, konnten Sie auf sich wirken lassen. Bemühen Sie sich, ruhig und in einem von Gott geschenkten inneren Gleichmaß, dem zu begegnen, was auf Sie zukommt. Und nehmen Sie sich einen großen Sack voll Liebe und Geduld nach Hause mit."

Bei einem Treffen mit solchen Frauen, die ich einmal betreut habe, und deren Ehemännern, ist mir folgendes Erlebnis unvergessen geblieben. Ich fragte einen dieser Männer: „Nun, Herr X., hat Ihre Frau nach der Rückkehr aus dem Müttererholungsheim einen großen Sack voll Liebe und Geduld mitgebracht?"

Treuherzig antwortete er mir: „Mitgebracht hat sie ihn schon, doch hat er bald wieder ein Loch bekommen."

Wer von uns kennt solche Situationen nicht: zunichte gewordene gute Vorsätze. Wie gut, daß wir immer wieder neu beginnen können.

Das habe ich auch jener Frau gesagt. Ich hatte den Eindruck, daß sie sich zu einem neuen inneren Ja durchgerungen hatte. Begleitet von vielen guten Wünschen reiste sie wieder ab. Ach, wenn es ihr doch gelingen würde, die gefaßten Vorsätze auszuführen! Einige Wochen später traf ich sie wieder. Auf meine Frage nach ihrem Ergehen antwortete sie: „Mein Mann verließ nach meiner Rückkehr für drei Tage das Haus. Als er wiederkam, zeigte er nicht das geringste Zeichen von Freude über meine Heimkehr. Wir haben ja schon lange getrennte Schlafzimmer. Nun sitzen wir auch während der wenigen Mahlzeiten, die wir noch gemeinsam einnehmen, einander gegenüber, ohne daß auch nur ein einziges Wort gesprochen wird. Oft bin ich tagelang ohne Wirtschaftsgeld. Wenn ich ihn dann frage, wovon wir leben sollen, wirft er mir ein paar Geldscheine vor die Füße und geht. Meinen Sie noch immer, daß ich es bei ihm aushalten soll?"

Die Beantwortung einer solchen Frage ist sehr schwer, weil sie nicht einfach nur mit einem Ja gegeben werden kann. Wer versteht es nicht, wenn eine solche Frau kapituliert? Wo sie sich aber die Kraft zum Durchhalten schenken läßt, bleibt das nicht ohne Segnungen.

Große Hochachtung empfinde ich für jene Frau, die mir anvertraute, daß ihr Mann nach seiner Rückkehr aus der Kriegsgefangenschaft sich völlig von ihr zurückgezogen und homosexuellen Beziehungen zugewandt hatte. „Ich kann Ihnen nicht sagen, was es kostet, bei ihm auszuhalten und das Schlafzimmer mit ihm zu teilen. Ich weiß doch genau, woher er kommt, wenn er oft erst gegen Morgen in unsere Wohnung zurückkehrt."

Diese Frau ist bei ihrem Mann geblieben, auch dann, als dieser eine Bodenkammer an einen homosexuellen Freund vermietete und dort oben halbe Nächte zubrachte. Als mir die Frau dieses und manches andere aus ihrem Leben anvertraute, mußte ich mich unwillkürlich fragen, ob ich imstande wäre, wie sie zu handeln.

Sie sagte: „Als ich meinem Mann die Treue gelobte, tat ich es uneingeschränkt. Verlasse ich ihn, wird er versuchen, damit sein Verhalten zu rechtfertigen. Auf mich kommt es jetzt an, daß ich durchhalte. Oft liege ich nachts stundenlang wach und erbitte mir von Gott Kraft und Treue." Wie bewundere ich diese Frau!

Ein letztes Erlebnis soll dieses Kapitel beenden. In diesem Fall war es umgekehrt. Hier wurde mir der Mann als treu und gewissenhaft geschildert. In einem christlichen Kreis hatten sich die beiden jungen Leute kennengelernt. Gemeinsam sangen sie in einem gemischten Chor. Es bestanden keine Zweifel: diese Ehe mußte glücklich verlaufen, nachdem sie bewußt auf christlicher Grundlage aufgebaut worden war. Als der musikalisch begabte Mann die Leitung des Chores übernahm, setzte eine Eifersuchtstragödie ein, die Jahre hindurch die Grundfesten des Ehelebens und später nach der Geburt einiger Kinder auch das Familienleben schwer belastete.

Frau G. duldete es nicht, daß ihr Mann mit einem jungen Mädchen oder mit einer jungen Frau sprach, was natürlich weder im Berufsleben noch bei der Leitung des Chores zu vermeiden war. Schon das harmloseste Gespräch brachte sie beinah zum Rasen. Frau G. erdichtete in ihrer sich bis ins Krankhafte steigernden Eifersucht Entgleisungen seinerseits, ja bereits konkrete Schuldgeschehnisse. Sie spionierte hinter ihrem Mann her, beauftragte die Kinder, den Vater zu beobachten und zu belauschen, wenn er mit einer anderen Frau sprach. Natürlich erreichte sie damit genau das Gegenteil. Sie, die ihren Mann mit aller Gewalt an sich fesseln wollte, verlor ihn; nicht, weil er an anderen Frauen mehr Gefallen gefunden hatte oder seiner Frau untreu geworden war. Er ertrug es einfach nicht, seine Liebe derartig in Frage gestellt zu sehen und zog sich deshalb innerlich völlig von ihr zurück.

Die Folgeerscheinung war, daß er Vergleiche zu ziehen begann zwischen anderen Frauen und seiner eigenen, wobei körperliche Reize eine geringe Rolle spielten. Begegnete er einer innerlich ausgeglichenen Frau, empfand er diese natürlich wohltuend im Vergleich zu seiner Frau, die ihn dauernd mit ihren ungerechtfertigten Vorwürfen reizte. Der heitere und aufgeschlossene Mann resignierte, zog sich immer mehr in sich selbst zurück und lebte bald ein Leben abseits von seiner Familie.

Darunter litten natürlich auch die Kinder. Früher hatte man zusammen gesungen und musiziert, gelacht und gespielt. Dies alles hörte nun auf. Die unbegründete Eifersucht der Frau zerstörte alle Harmonie.

In der Stadt, in der diese Familie wohnte, hatte ich eine Woche lang Evangelisationsvorträge zu halten. Die Themen waren aktuell, die Vorträge gut besucht. Sowohl der Mann als auch die Frau, von denen ich hier berichte, besuchten die Versammlungen. Sie kamen getrennt und gingen auch getrennt nach Hause. Ohne daß einer es vom andern wußte, besuchten sie zu verschiedenen Zeiten meine Sprechstunde. Ich erkannte: hier ist eine wirkliche Not aufgebrochen. Eine einstmals bewußt christlich begonnene Ehe stand vor dem Ruin. Es fiel mir sehr schwer, die Frau davon zu überzeugen, daß ihre Eifersucht grundlos und Schuld sei. Es kam soweit, daß beide Eheleute von Scheidung sprachen. Nun bestellte ich sie gemeinsam zur Aussprache. Mir ging es jetzt zu allererst um die Kinder, die in einem solchen Falle elternlos werden. Denn die meisten Kinder aus geschiedenen Ehen verlieren nicht nur Vater oder Mutter, sondern werden in der Tat elternlos, auch wenn sie einem Elternteil zugesprochen werden.

Verstockt saß jene Frau vor mir, resignierend der Mann. Auch hier konnte ich nur den Rat geben, einander zu vergeben und ganz neu anzufangen. Schließlich erzählte ich ihnen die tragische Geschichte von Horst, einem meiner über tausend Kinder aus dem

Flüchtlingskinderheim, das ich nach dem Krieg in Geislingen an der Steige geleitet habe.

Dieser überaus sensible dreizehnjährige Junge hatte das Elternhaus fluchtartig verlassen, als die Ehe der Eltern geschieden wurde. Auf Drängen des Vaters, der seine Frau nach der Rückkehr aus der Gefangenschaft so verändert vorfand, hatte der Sohn diesem gestanden, daß die Mutter einen Freund hat, der regelmäßig ins Haus gekommen und zu dem auch sie gegangen war. Daraufhin reichte der Vater die Scheidung ein. Horst, der an beiden Eltern hing, geriet in helle Verzweiflung und verließ das Haus. Ziellos irrte er monatelang auf der Landstraße umher. Das war nur möglich, weil in jener Zeit Tausende von Menschen, von der Flüchtlingswoge mitgerissen, heimatlos waren. Schließlich landete Horst in unserem Kinderheim. Er gewährte mir Einblick in sein zerrissenes Kinderherz, das mit den Geschehnissen seiner Vergangenheit einfach nicht fertig wurde. Nur wenige Wochen war der Junge im Kinderheim. Wir mußten ihn in eine Nervenklinik bringen. Er war an dem Treuebruch seiner Mutter und an der Unversöhnlichkeit seines Vaters zugrunde gegangen.

Diese Begebenheit erzählte ich dem Ehepaar G. Die Wirkung blieb nicht aus.

Nach zwei Jahren hatte ich in derselben Stadt wieder Vorträge zu halten. Wie freute ich mich, in der ersten Reihe nebeneinander beide Eheleute zu sehen. Sie lächelten mir zu, und ich erkannte, daß sie einen neuen Anfang gemacht hatten.

Nach dem Vortrag kamen sie zu mir. „Wir sind bemüht, uns gegenseitig zu verstehen und zu vertrauen", sagten sie.

„Wir haben unsere Ehe neu begonnen und einen Schlußstrich unter die Vergangenheit gezogen. Jetzt beten wir auch wieder miteinander", sagte Frau G. am Schluß unserer Unterhaltung zu mir.

Dankbar blickte ich den beiden nach, als sie diesmal nicht getrennt, sondern Hand in Hand heimwärts gingen.

Und wie ist es mit diesen beiden weitergegangen? fragt jetzt vielleicht ein Leser. Mit einem Neuanfang allein ist es nicht getan. Wie oft schon habe ich mir vorgenommen, meinem Leben eine neue Richtung zu geben, sagt der eine oder andere — kurze Zeit konnte ich es durchhalten. Doch bald war es wieder das alte Lied. Es ist wie mit dem Sack voll Liebe und Geduld, der bald wieder ein Loch bekam. Nicht umsonst heißt es im Sprichwort: Der Weg zur Hölle ist mit guten Vorsätzen gepflastert.

Was bei dem Ehepaar G. mein Zutrauen stärkte, war die Versicherung der Frau, daß sie jetzt wieder miteinander beten. In der Tat geht es hier um unsichtbare Kräfte, an deren Existenz gottferne Menschen und manchmal sogar Christen nicht glauben.

In der Bibel heißt es: Der natürliche Mensch vernimmt nichts vom Wirken des Geistes Gottes. Ich bin überzeugt, daß eine „angeknackste" Ehe zwar leicht „geflickt" werden kann, erneuert wird sie nur durch die Kraft Gottes. Wo aber Scherben zusammengekittet werden, kann es sehr bald wieder zu einem Bruch kommen. Etwas wirklich Neues kann allein Gottes

Geist schaffen. Auch das Ehepaar G. muß mit neuen Belastungsproben rechnen. Wenn es aber beim gemeinsamen Gebet bleibt, wird es imstande sein, einander mit den Schwächen zu tragen, zu vergeben und Geduld zu üben.

Mir ist es in guter Erinnerung, daß meine Eltern keine Mißstimmung mit in den anderen Tag nahmen. Gewöhnlich war es mein gütiger Vater, der bei Meinungsverschiedenheiten zwischen den Eltern — wozu es trotz ihrer christlichen Lebenseinstellung bei ihren unterschiedlichen Charakteren hin und her kam — meiner Mutter die Hand entgegenstreckte mit den Worten: „Mama, komm, laß uns wieder gut miteinander sein!" Wie gerne legte sie dann ihre Hand in die seine. Sie ertrug ebensowenig wie er Mißstimmungen.

Wo man in einer Ehe oder im Zusammenleben zwischen Eltern und Kindern nicht sagen kann: Verzeih mir! da ist es um den Frieden der Familie schlecht bestellt. Auch Eltern fällt kein Stein aus der Krone, wenn sie bei gegebenen Situationen zu ihren Kindern sagen: Das habe ich falsch gemacht. Ich habe mich geirrt und bitte um Verzeihung.

Es soll nicht selten vorkommen, daß Männer den Reizen ihrer jungen Sekretärinnen erliegen. Ich hörte von einem solchen Fall, in dem der Mann an seiner Frau schuldig wurde. Irgendwie kam die Sache heraus. Sein ältester Sohn stellte ihn zur Rede. Der Mann hätte es leugnen können. Aber er war selbst nicht glücklich bei seiner Eroberung, die er gemacht hatte. Kurz, er gestand seine Schuld vor seiner Frau und den Kindern.

Er bat sie alle um Verzeihung. Als Zeichen für die Echtheit seiner Reue und der Bereitschaft, wieder gutzumachen, gab er seine hervorragende Stellung auf und zog mit seiner Familie in eine andere Stadt. Wichtig ist allerdings, daß in diesem Falle die Frau bereit war, von ganzem Herzen zu vergeben und — so schwer es ihr auch gefallen sein mag — zu vergessen. Wehe dem, der nicht gewillt ist, zu vergeben und selbst um Vergebung zu bitten.

Jähes Entsetzen hatte eine Familie und deren Verwandtschaft gepackt, als man die seit Tagen vermißte Tochter, die noch das Gymnasium besuchte, tot auffand. Niemand kannte die Ursache dieses Selbstmordes. Die Leistungen des jungen Mädchens in der Schule waren gut. Der Schreckenstat war zu Hause kein Auftritt vorausgegangen. Bis heute konnte dieser Selbstmord nicht geklärt werden. Seit ich jedoch hörte, daß die Mutter dieses unglückseligen Mädchens einmal den Ausspruch getan haben sollte: Nie im Leben würde ich einen Menschen um Verzeihung bitten! frage ich mich, ob nicht hier die Zusammenhänge zu der Schrekkenstat liegen. Wer nicht um Vergebung bitten kann, vermag auch schwerlich einem anderen verzeihen.

Wer weiß denn, welches unglückselige Geheimnis diese Tochter mit ins Grab genommen hat? Vielleicht lag in ihrem jungen Leben eine Tat oder ein Erlebnis, das sie ihrer selbstsicheren Mutter nicht anzuvertrauen wagte und an dem sie zerbrach. Diese Frau sprach ganz offen aus, daß sie keinen Heiland, keinen Erlöser braucht. Das Opfer Jesu bedeutet ihr nichts. Sie benötigt keinen Fürsprecher. Sie lebt nach ihrer Meinung so rechtschaffen, daß sie Gott mit erhobenem Haupt begegnen kann.

Nachdem wir uns so ausführlich mit Eheproblemen befaßt haben, mag mir mancher den Vorwurf machen, ich hätte nur die unglücklichen Ehen im Auge. Das möchte ich ausdrücklich verneinen. Ich kenne viele harmonische Ehen. Aber auch sie sind mancherlei Spannungen ausgesetzt. Es gibt eben keine andere Lebensgemeinschaft, in der man so nahe beieinander lebt, als die Ehe.

Eine Engländerin sagte einmal zu mir: Ehe ist entweder Himmel oder Hölle. Ich bin überzeugt, daß selbst die idealste Ehe im höchsten Fall nur ein Stückchen Vorhimmel sein kann. Interessanterweise heißt es in der Bibel, daß es nach dem Tode in Gottes ewiger Welt keine Ehe mehr geben wird (Matthäus 22, 30). So ist das Glück oder Unglück der Ehe nicht das letzte.

In meinem Abrahamspiel, einer biblischen Aufführung, die ich vor Jahren geschrieben habe und die den Titel trägt: „Flucht vor der Last ist Flucht vor Gott", lasse ich eine mütterliche Freundin Saras, der Frau Abrahams, zu dieser sprechen: „Sag, ist es mit dem Glücklichsein getan? Geht es nicht viel mehr darum, andere froh zu machen?"

Daraufhin antwortete ihr Sara: „Ach, das sind Redensarten! Kennst du Glück und Weh der Ehe, du, die du nie die Gattin eines Mannes bist gewesen?"

Die Freundin erwiderte: „Meinst du, nur in der Ehe gibt es Glück und Leid? Es gibt kein menschliches Dasein ohne auferlegte Last; und erst, wenn du es ganz begriffen hast, daß Gott dich dadurch formen und gestalten will, dann wirst du unter seiner Führung stehen und beugst dich willig unter seiner Bürde."

Man spricht so oft von der Not der Einsamkeit. Neben manchen wirklich glücklichen Ehen, in die ich hineinschauen konnte, haben mir viele andere Menschen Einblick gegeben in unsagbare Kümmernisse, die aus der Not der Zweisamkeit kommen. Und doch hat Gott selbst gesagt: „Es ist nicht gut, daß der Mensch allein sei." Zweifellos ist mit diesen Worten die Ehe gemeint. Und man kann es nur als natürlich ansehen, wenn der normale und gesund veranlagte Mensch sich nach einem Lebensgefährten sehnt, nach dem Du seines Daseins, in dem er aufgehen und seine Liebe ausströmen lassen kann, und von dem sein eigenes Leben erfüllt und seine Sehnsucht nach Liebe erwidert wird.

Dennoch glaube ich, daß dieses Schöpferwort sich nicht allein auf die Ehe bezieht. Wie sollten sonst all die anderen mit ihrem Dasein fertig werden, die auf die Ehe verzichten müssen? Unter ihnen gibt es äußerst wertvolle Menschen. Vielfach blieben sie nicht ledig, weil sie keine Ehe eingehen wollten, sondern weil sie nicht die rechte Gelegenheit hatten, sich zu verheiraten. Manchmal liegt es auch daran, daß sie sich mit dem Menschen, zu dem ihr Herz sie hinzog, nicht verbinden konnten.

Solche unverheiratet gebliebenen werden von manchen als zweitrangig betrachtet. Das ist unrecht. Man sollte auch nicht geringschätzig behaupten, ledige Frauen würden unwillkürlich zu unleidlichen Altjungfern. Natürlich gibt es solche. Jede unverheiratete Frau kann dahin kommen, wenn sie keine sie ganz ausfüllende Lebensaufgabe findet. Aber auch unter den Verheirateten habe ich solche getroffen, die in ihrem Wesen dieselben Kennzeichen tragen wie jene, die man als alte Jungfern bezeichnet.

Doch nun wollen wir uns den Problemen, Leiden und Freuden eines einsamen Menschen zuwenden.

Freuden? Gibt es im Leben eines Einsamen auch Freuden? Ich antworte: Man findet sie bei denen, die ein Ja zu ihrem Alleinsein gefunden haben. Sage ja zu deinem Schicksal, denn es ist der Weg Gottes mit deiner Seele! Alleinsein bedeutet längst noch nicht einsam sein. Bonhoeffer soll gesagt haben: „Einsam sein ist Schuld." Ich könnte mir denken, daß mancher Alleinstehender dagegen Protest erhebt. Doch kann Einsamkeit wirklich zur Schuld werden.

Die Bibel berichtet von dem Gelähmten am Teich Bethesda. Dort gab es noch viele andere Kranke. Durch diese Stätte trostlosen Leidens geht Jesus. Er sieht die Kranken mit ihren verschiedenen Leiden. Viele unter ihnen sind unheilbar. Den einen Mann, der achtunddreißig Jahre lang gelähmt danieder liegt, fragt Jesus: „Willst du gesund werden?"

Lange Zeit habe ich den Kranken zutiefst bedauert, der nur geantwortet hat: „Herr, ich habe keinen Menschen, der mir hilft."

Ist diese Klage tatsächlich berechtigt? Kann ein Mensch, der achtunddreißig Jahre auf die Hilfe anderer angewiesen ist, wirklich behaupten, keinen Menschen zu haben? Gewiß, er war durch seine Lähmung gegenüber anderen Kranken sicher benachteiligt und konnte deshalb nicht schnell genug in das heilkräftige Wasser gelangen. Aber eins steht doch fest, daß er achtunddreißig Jahre lang nicht ohne Hilfe und den Beistand anderer auskommen konnte. Er mußte also jemand haben, der ihm das Essen brachte, der ihn wusch und neu einkleidete, sonst wäre er für die anderen Leidenden um ihn herum kaum erträglich gewesen. Er war also nicht berechtigt, zu behaupten: Ich habe keinen Menschen, der mir hilft.

Hier liegt nach meiner Meinung der Schwerpunkt der Not mancher Alleinstehender, die über ihre Einsamkeit klagen. Könnte es nicht sein, daß Jesus in dieser Frage die Betonung auf das: Willst du? gelegt hat? Willst du überhaupt gesund werden? Bist du nicht einer — und das wollen wir Alleinstehenden uns fragen —, der sich selbst bedauert und bemitleidet, der sein Alleinsein hätschelt und es zur unerträglichen Einsamkeit stempelt?

Es gibt manche, die ihre Krankheit nicht loslassen wollen. Willst du überhaupt gesund werden? Ist es dir damit ernst?

Der Kranke am Teich Bethesda beantwortet die Frage Jesu gar nicht. Er schiebt den andern die Schuld dafür zu, daß er noch nicht geheilt werden konnte.

Liegt hier nicht auch bei uns der springende Punkt? Jesus Christus fragt ganz eindeutig: Willst du, daß ich dir helfe? Willst du dir überhaupt helfen lassen?

Antworten wir nicht oft: Ja, schon, aber . . . ? Und dann werden die verschiedenen Aber aufgezählt, in die wir uns verbeißen: aber meine unglückliche Ehe . . . aber meine auflehnenden Kinder . . . aber meine unerträgliche Einsamkeit, meine Verlassenheit ... aber niemand hat mich lieb, niemand kümmert sich um mich, keiner fragt nach mir ... aber meine unglücklichen Wohnungsverhältnisse ... aber meine nicht ausreichende Rente ... aber meine unerfüllte Sehnsucht! Oh, diese vielen unseligen Aber!

In der Geschichte vom Teich Bethesda geht es um die konkrete Frage: Willst du gesund werden? Willst du dir helfen lassen? Jesus heilt den Gelähmten. Er ist nicht abhängig von denen, die dem Kranken Essen und frische Bettwäsche bringen, auch nicht vom heilkräftigen Wasser. Er selbst ist die Hilfe. In göttlicher Autorität befiehlt er: „Stehe auf, nimm dein Bett und gehe hin!" Das Unfaßliche geschieht. Der Gelähmte richtet sich auf und kann plötzlich stehen und gehen, nachdem er achtunddreißig Jahre lang hilflos gelegen hat. Er ist wieder gesund.

Dasselbe kann heute auch an denen geschehen, die ebenfalls klagen: Ich habe keinen Menschen. Ich bin von Gott und Menschen verlassen. Niemand kümmert sich um mich.

Natürlich ist es nicht einfach, sich mit der Tatsache abzufinden, daß man vielleicht sein Leben lang allein sein muß. Das betrifft ja nicht nur e i n Gebiet des Lebens. Es bezieht sich auf Geist, Seele und Leib. Und jeder von denen, die allein durchs Leben gehen, ob aus freier Wahl oder durch die Verhältnisse bedingt, der weiß, daß es manches zu überwinden gilt, daß Augenblicke kommen, wo man total am Boden liegt und sich aus eigener Kraft nicht erheben kann. Aber solche Situationen erleben auch die Verheirateten. Wie oft kann man es dann erfahren, daß dieser Christus zu uns tritt, besonders aber zu denen, die da wirklich meinen: Ich habe keinen Menschen. Er streckt seine Hand nach ihnen aus und ruft: Stehe auf!

Wenige Tage später traf Jesus den Geheilten im Tempel. Das jüdische Gesetz schrieb gewisse Dankesübungen vor für den, der auf irgendeine Weise geheilt worden war. Dieser Mann mag nicht wenig erstaunt gewesen sein, als der Herr zu ihm sagte: „Gehe hin und sündige hinfort nicht mehr, daß dir nicht etwas Ärgeres widerfahre."

Hier liegt der Schlüssel zum Geheimnis. Beginne ein völlig neues Leben! Nicht deine Krankheit, nicht das Alleinsein, über das du nicht hinwegzukommen glaubst, dein Getrenntsein von Gott, deine Sünde ist der Jammer deines Lebens. Laß sie los, fange ein neues Leben an, und du wirst alles mit anderen Augen sehen, auch dein Alleinsein.

In meinem Buch „Große Not im kleinen Kaufhaus", in dem ich verschiedene Kurzgeschichten erzähle, berichte ich auch von jener unverheirateten Frau, die eines Tages zu mir kam, um sich auszusprechen: „Ich will einfach heiraten", sagte sie. Nachdem sie eine Weile in ziemlicher Erregung auf mich eingeredet hatte, machte sie eine Pause und blickte mich beinah herausfordernd an — als warte sie auf eine Entgegnung, die sie zum Widerspruch reizen würde.

Ich antwortete nicht sogleich. Mein Blick wurde von dem herbstlich schönen Bild vor meinem Fenster angezogen. In allen Farben und Schattierungen leuchtete es vom Waldrand herüber. Von den weiter zurückliegenden Höhenzügen hoben sich die Konturen einzelner Baumgruppen am Horizont ab. Nur hundert Meter weiter weidete eine Herde Schafe. Vor sich hinträumend stand der alte Schäfer, gestützt auf seinen langen Hirtenstab, und ließ seine Blicke von Zeit zu Zeit über seine Tiere gleiten. Die Stimme meiner Besucherin riß mich aus meiner Betrachtung, die wohl nur wenige Sekunden gedauert hatte.

„Schließlich hat uns der Schöpfer ja so erschaffen mit dem zwingenden Zug zum anderen Geschlecht." Ihre Stimme bebte vor verhaltener Leidenschaft, als sie fortfuhr: „Ich sehe nicht ein, warum ausgerechnet ich Verzicht leisten soll. Alle meine Geschwister sind verheiratet. Die fragen nicht danach, wie mir manches Mal zumute ist. Die waren froh, daß ich bei den alten Eltern wohnte und sie bis zu ihrem Tode versorgte. Jetzt stehe ich allein da. Und wie man unter einem solchen nonnenhaften Dasein, unter dieser Einsamkeit leidet, das begreifen Sie wohl kaum."

Ich sah sie fragend an.

Dabei senkte sie ihren Blick und nestelte an dem wildledernen Täschchen in ihrem Schoß. „Halten Sie mich für schlecht, daß ich so rede?" fragte sie.

Ich schüttelte den Kopf. „Leiden Sie wirklich so unter der Ehelosigkeit? War es nicht auch eine Ihr Leben bisher ausfüllende Aufgabe, für Ihre alten Eltern dagewesen zu sein?"

Mit einer resignierenden Handbewegung tat sie diese Frage ab. „Gewiß, man hatte ja Verpflichtungen ihnen gegenüber. Aber wenn das alles ist, was ich von meinem Leben zu erwarten habe, nein, dann halte ich es nicht aus. Das genügt nicht — und —", sie besann sich einen Augenblick, ob sie weiterreden soll; aber dann brach es aus ihr hervor: „Ja, ich leide! Kein Mensch ahnt wie sehr. Ich leide seelisch und körperlich, und ich will einfach heiraten. Und weil ich Vertrauen zu Ihnen habe, möchte ich Ihre Ansicht hören: In meinem Geschäft arbeitet ein Mann, der sich für mich interessiert. Aber er ist verheiratet und sieben Jahre jünger als ich. Er würde sich scheiden lassen. Es stört ihn auch nicht, daß ich schon fünfunddreißig Jahre alt bin. Zwar ist er nicht unbedingt der Typ, den ich mir in meinen Vorstellungen als Mann gewünscht habe, aber soll ich noch länger warten? Vielleicht bietet sich mir überhaupt keine Chance mehr. Oder soll ich auf eins der vielen Heiratsinserate antworten? Schließlich fällt man dabei noch einem Schwindler in die Hände. Meine Geschäftskolleginnen lachen über mich. Ich sei altmodisch und stur, sagen sie. Heutzutage zerbräche man sich über diese Dinge nicht mehr den Kopf. Man nehme, heißt es. Nicht nur im Kochbuch, sondern auch auf diesem Gebiet. Und es gäbe genug, die dafür Verständnis hätten. Aber ich weiß nicht, ich brauche einfach einen Menschen, der mir rät."

Deutlich empfand ich wieder die große Verantwortung, die darin liegt, einem Menschen Wegweisung zu geben. Was wissen wir von dem anderen? Wir hören ihn wohl an, aber wir sehen ihn mit unseren eigenen Augen, die ja doch meistens aus dieser Ichbezogenheit urteilen, abhängig von den persönlichen Erlebnissen und Führungen. Ist unsere vermeintliche Menschenkenntnis nicht auch Stückwerk? Tasten wir vielfach den andern nicht nur ab, ohne fähig zu sein, in die Tiefen seines Seins einzudringen und ihn letztlich zu verstehen? „Ich brauche einen Menschen, der mir rät." Hier wartete jemand auf Antwort. Hier war beschämendes Vertrauen. Und Vertrauen verpflichtet.

„Eigentlich ist es nicht nötig, daß ich Ihnen rate", gab ich zur Antwort. „Sie erkennen selbst deutlich, daß die Auffassung Ihrer Geschäftskolleginnen nicht richtig ist. Sie sind doch in einem christlichen Hause aufgewachsen!"

„Ich teile längst nicht mehr alle Ansichten meiner Eltern", antwortete sie.

„Aber Sie wußten, daß auch ich Ihnen keinen andern Rat geben kann als den, der aus meiner christlichen Überzeugung kommt. Gott hat uns Menschen einen freien Willen gegeben. Wir sollen auch die Herren unseres Gefühlslebens sein und uns nicht von den Trieben versklaven lassen. Schließlich ist es nicht die Bestimmung einer jeden Frau, sich zu verheiraten. Deswegen kann sie dennoch die in ihr schlummernde Mütterlichkeit betätigen. Gibt es nicht genug arme, heimatlose Kinder, für die man sorgen könnte?"

Das Mädchen stand auf. Sie straffte sich und warf in Ermangelung eines Spiegels einen Blick in meine Fensterscheibe, nachdem sie ihren gelben Pullover über die Hüften gezogen hatte. Ihr kurzgeschnittenes Haar war modisch frisiert. Sie hatte eine gute Figur. „Von Kindern sprechen Sie", sagte sie. „Ich will vor allem einen Mann. Später einmal, nach drei, vier Jahren, kann auch ein Kind kommen, höchstens zwei. Aber ich sehe, Sie können mir auch nicht raten. Schließlich muß jeder selbst wissen, was er seiner Veranlagung gemäß benötigt."

Nein, so konnte ich sie nicht entlassen. Es gelang mir, sie noch einmal zum Sitzen zu bewegen. Ich redete zu ihr, wie es meiner christlichen Erziehung, meiner Lebenserfahrung und Überzeugung entsprach. Ich versuchte ihr klarzumachen, daß allein der Gedanke, eine Ehe zu zerstören und sein Glück auf den Tränen eines anderen Menschen aufzubauen, verwerflich sei. Sie kenne doch das Gebot: Du sollst nicht ehebrechen! Wie könne auf einem solchen Tun Segen liegen? Daß es gewagt sei, einen sieben Jahre jüngeren Mann zu heiraten, streifte ich nur am Rande. In diesem Fall war es auch nicht das Entscheidende. Außerdem wußte ich, daß es wirklich harmonische Ehen geben kann zwischen solchen, bei denen die Frau älter ist als der Mann. Ich bemühte mich ihr klarzumachen, daß ein unverheirateter Mensch keineswegs ein leeres Leben führen muß.

„Aber warum steht es denn in der Bibel: Es ist nicht gut, daß der Mensch allein sei", fragte sie, beinahe trotzig.

„Ich glaube nicht, daß sich dieses Wort nur auf die Ehe bezieht. Außerdem gibt es viele, die trotz ihrem Verheiratet- und Beieinandersein mehr als allein sind, weil ihnen die Seelengemeinschaft fehlt."

Mein Gegenüber sah nicht danach aus, als stimmte es mir zu.

Ich fuhr fort: „Keines Menschen Dasein braucht leer zu sein. Auch der Unverheiratete hat seinen Lebensauftrag."

„So reden Sie, weil Sie Ihr Leben lang Aufgaben zu

erfüllen hatten, die Ihnen lagen. Sie mußten nie in einer Fabrik stehen, im ohrenbetäubenden Lärm und Getöse der Maschinen, umgeben von Mitarbeitern, die Sie anwidern, denen nichts heilig ist, und die in jeder Frau ein Weibstück sehen. Wäre ich schlecht, hätte ich mich längst mit ihnen eingelassen. Leicht genug machen sie es einem. Aber dazu bin ich mir doch zu schade. Ich will heiraten, will einen Mann haben, der zu mir gehört und der bei mir bleibt. Wenn wir dann Kinder haben, soll's mir recht sein; wenn nicht, ist das weiter auch nicht schlimm; denn mit Kindern kommen die Sorgen ins Haus, und man hat keine Zeit mehr für sich selbst, für seine eigenen Wünsche."

Eine Weile war es zwischen uns still.

Dann sagte ich zu ihr: „Ich vermag Ihnen keinen anderen Rat zu geben als den: Fragen Sie in allen Entscheidungen Ihres Lebens nach dem Willen Gottes. Seine Gebote haben noch heute Gültigkeit. Sich ihnen zu widersetzen, rächt sich. Daß Sie sich verheiraten möchten, ist natürlich und verständlich. Daß Sie dabei an einen Mann denken, der einer anderen Frau sein Jawort gegeben hat, ist Sünde. Wenn Sie glauben, daß der Weg eines jeden Menschen von Gott bestimmt ist, dann wird ihr Herz still werden im Wissen darum, daß der für Sie bestimmte Mann eines Tages Ihren Weg kreuzt. Sollte Gott es anders wollen, wird er auch für Ihr Leben einen anderen Auftrag haben."

Sie war enttäuscht. Ich sah es ihr an. Hatte sie wirklich erwartet, von mir etwas anderes zu hören? „Ein Leben, wie ich es jetzt führe, ist auf die Dauer unerträglich." Mit diesen Worten verließ sie mich.

Noch lange beschäftigte mich dieses Gespräch. Wie viele Menschen sind mir im Laufe der Jahre begegnet, die mit ihrem Dasein unzufrieden waren, die ihr Leben unerträglich nannten, weil die persönlichen Wünsche nicht in Erfüllung gegangen waren oder weil sie durch mancherlei Geschehnisse vor den Trümmern ihres Glückes standen. Andere wiederum hatte ich kennengelernt, die strahlten Ruhe und Zufriedenheit aus, obwohl ihr Leben von Verzicht und Entsagung gezeichnet war.

Kurzschlußpanik mag man sagen. Ich kann dieses Wort in einem solchen Zusammenhang nicht ausstehen. Diese 35jährige mag im gewissen Sinn schon recht haben, wenn sie zu mir sagt: „Sie haben gut reden, die Sie Ihr Leben lang Aufgaben erfüllen durften, die Ihnen Freude bereiteten." Ja, ich habe volles Verständnis dafür, daß unverheiratete Frauen sich heraussehnen aus der oft so freudlosen Arbeit in der Fabrik oder auch im Büro, daß sie der Gedanke, ein ganzes Leben lang nichts anderes tun zu müssen, als am Fließband oder an einer Maschine zu stehen, Zahlen zu addieren oder Akten abzulegen, schon zur Verzweiflung bringen kann. Dann ist jede Art von Ehe besser, denken manche und stürzen sich ohne Verstand und Herz in eine unglückliche Verbindung.

Sollte sich nicht vielmehr jeder fragen: Was mache ich selbst aus meinem Leben? Es ist völlig verkehrt, wenn unverheiratete Frauen neidvoll auf die Verheirateten blicken und meinen, solche hätten es in jedem Fall besser als sie, die im Berufsleben stehen müssen. Es gibt sehr viele verheiratete Frauen, die etwas darum gäben, wieder frei und ungebunden zu sein, die in einer unglücklichen Ehe mehr als einsam sind. Gott sei Dank weiß ich auch von manchen glücklichen Ehen. Aber ohne Last ist keine, auch die allerglücklichste nicht. Und ob es nun um die Last innerhalb oder außerhalb der Ehe geht, immer kommt es darauf an, daß wir ja sagen zu unserem Schicksal und — wo es von uns gefordert wird — bereit sind, unter der Last zu bleiben, bis Gott selbst eine Änderung schafft. Tut er es nicht, dann schenkt er uns die Kraft auszuharren und durchzuhalten.

Kürzlich waren zwei unverheiratete Frauen bei mir, beide um die vierzig herum. „Jetzt sind wir schon so alt", sagten sie und sahen dabei sehr niedergeschlagen aus, „und keine von uns beiden hat auch nur die geringste Aussicht, sich zu verheiraten."

„Sehen Sie jetzt nicht nur das, was Sie vermissen?" erwiderte ich. „Achten Sie doch vielmehr auf Ihre Möglichkeiten. Sie sind beide gesund, haben Ihr gutes Auskommen, sogar ein eigenes Haus. Wie wäre es, wenn Sie ein Pflegeheim für ungeliebte Kinder und solche aus asozialen Verhältnissen eröffnen und ihnen eine Heimat bieten würden? Wenn Sie sich das nicht zutrauen, dann nehmen Sie sechs bis zehn alte Leute auf und gestalten Sie diesen einen frohen Lebensabend. Sie glauben ja gar nicht, wie viele Alte es gibt, um die sich kein Mensch kümmert. Wäre das nicht eine Lebensaufgabe für Sie?"

„Ja, glauben Sie, daß wir das können? Trauen Sie uns so etwas zu?"

„Aber natürlich. Nichts ist so gefährlich, als wenn

man resigniert. Nur nicht die Hände in den Schoß legen. Auf diese Weise wird man totsicher eine verschrobene alte Jungfer. Und wenn man kein eigenes Haus oder ähnliche Möglichkeiten hat, dann ist das auch noch kein Grund, die Flügel hängen zu lassen." —

Ich weiß ein überzeugendes Beispiel, wie eine einsam gewordene Frau sich selber herausriß aus Schwermut und Resignation. Frau Juliane bekam eines Tages einen telefonischen Anruf. „Kommen Sie sofort auf den Friedhof! Ihr Mann liegt in der Leichenhalle."

„Aber das ist doch unmöglich. Vor einer Stunde ist er ja noch zu Hause gewesen", erwiderte sie erschreckt.

„Er hat im Auto einen Herzschlag bekommen", war die nüchterne Antwort.

Frau Juliane erbleichte. Der Boden wankte unter ihren Füßen. Ihr wurde es schwarz vor den Augen. Sie suchte nach einem Halt. Das schien das Ende zu sein.

Nach mit unsagbar schwerem Leid erfüllten Wochen, in denen ihr ihr Dasein völlig sinnlos vorkam — Kinder waren der Ehe versagt geblieben — wurde es ihr klar: Entweder versinke ich, oder ich schaffe mir eine neue Lebensaufgabe. An Arbeit fehlte es nicht. Sie führte nach dem Tode ihres Mannes das Geschäft allein weiter. Aber das alles konnte ihr Leben nicht ausfüllen. So faßte sie einen Plan.

Am nächsten Sonntag ging sie in das Krankenhaus. Dort fragte sie nach Patienten, die nie oder nur ganz selten Besuch bekommen. Von da an wurde es ihr regelmäßiger Sonntagsdienst, diese aufzusuchen und zu erfreuen. Während der ganzen Woche beschäftigte sie sich in Gedanken mit den Kranken, überlegte, womit sie ihnen eine Freude bereiten könnte, backte ihnen kleine Kuchen, wählte Spruchkarten und Schriften aus, die den einzelnen in ihrer jeweiligen Situation etwas bedeuten konnten. So betrat sie Sonntag für Sonntag die Krankenzimmer mit gefüllten Händen und hilfsbereitem, trostspendendem Herzen. Die Kranken warteten schon auf sie und dankten es ihr von Herzen. Sie wußten es zu schätzen, daß die Witwe ihren Sonntagnachmittag ihnen opferte.

Frau Juliane war eine bewußte Christin, und doch fiel es ihr nicht leicht, mit den Patienten zu beten. Bei etlichen Krankheitsfällen empfand sie deutlich, daß Menschentrost nicht ausreicht. So überwand sie ihre Scheu und befahl die oft Schwerleidenden dem Erbarmen und der Hilfe Gottes an. Mit ihrem Dienst hat sie vielen Kranken wohlgetan, sich selbst aber durch den Einsatz ihrer ganzen Persönlichkeit aus der Dunkelheit ihrer Einsamkeit emporgerissen.

„Ich habe einfach keine Zeit mehr, nur an mich zu denken", hat sie mir damals erzählt. Jahrelang tat Frau Juliane diesen Dienst in großer Treue, und als Gott ihr einen neuen Lebensgefährten gab, hat sie manche Kranken dennoch weiterbetreut.

Einsamkeit wird zur Schuld, wenn wir uns in sie versenken und vergraben. Kommt einmal der Jammer darüber — und damit müssen wir rechnen —, dann gibt es nichts anderes, als sich bewußt dagegen zu wehren, und wenn wir nur auf die Straße oder in die nächste Parkanlage gehen, um zu erkennen, ob dort irgendein Nächster ist, der uns braucht und den Gott uns an den Weg stellt.

Eine alleinstehende Rentnerin hat einmal in großer Traurigkeit zu mir gesagt: „Manchmal gehe ich für ein Stündchen in den Stadtpark und setze mich dort auf eine Bank in der Hoffnung, daß irgend jemand kommt und mich anspricht. Oft vergehen Tage, ohne daß auch nur ein einziger Mensch mit mir spricht." Sollten wir uns nicht viel mehr die Augen öffnen lassen und ein waches Herz haben für die, die schon für ein gutes Wort dankbar sind?

Vor dem schmiedeeisernen Tor eines von einem Gärtner prächtig angelegten parkähnlichen Gartens stehen eine Anzahl Neugieriger und starren herüber zu dem Bungalow in der Mitte des Anwesens, als könnten sie auf diese Weise etwas von dem entdecken, was sich dort in der letzten Nacht zugetragen hat und nun wie ein Lauffeuer von Mund zu Mund geht. Frau Bergner, die Frau des vor einem Vierteljahr verstorbenen Lederfabrikanten, hat sich das Leben genommen.

Soeben verlassen die Polizei und der Arzt das Haus. Schweigend geben die Neugierigen den Weg frei. Auf allen Gesichtern steht unausgesprochen die Frage: Was hat die Frau zu dieser Tat bewogen? Jeder weiß, daß sie in besten Verhältnissen lebt. Erst vor einem Jahr hat ihr Mann, der ihr jeden Wunsch von den Augen abzulesen versuchte, das neue Haus bauen und aufs schönste einrichten lassen. Geld spielte hierbei keine Rolle. Was nur könnte die Ursache dieses Selbstmordes sein?

Etwa drei Wochen zuvor waren die Angehörigen Frau Bergners in heller Verzweiflung bei mir gewesen: „Wir wissen nicht mehr, was wir tun sollen. In den ersten Tagen nach dem Tod ihres Mannes konnten wir es verstehen, daß unsere Verwandte völlig apathisch oder aber in haltloser Verzweiflung durch die Räume ihres Hauses ging. Sie wissen ja, das Ehepaar saß am Frühstückstisch, als Herr Bergner plötzlich einem Gehirnschlag erlag. Die Frau kam fast um den Verstand. Alles mußte so unberührt bleiben, wie es im Augenblick des Todes ihres Mannes gewesen war. Nichts durfte verändert werden. Der Kaffeetisch wurde nicht abgedeckt, selbst die leere Eierschale blieb im Eierbecher. Die Blumen auf dem Tisch verwelkten. Sie wurden nicht entfernt. Wir hatten in der Tat den Eindruck, unsere Verwandte sei nicht mehr ganz zurechnungsfähig.

Inzwischen ist ein Vierteljahr vergangen. Frau Bergner vegetiert nur noch dahin. Für nichts hat sie Interesse. Wenn ihre Putzfrau nicht nach dem Rechten sehen und das Haus in Ordnung halten würde, sie ließe alles verkommen. Mit dem Garten ist es genauso. Glücklicherweise versieht ihn ein Gärtner.

Wir gehen täglich hin, um nach ihr zu sehen. Jeden Morgen voller Angst, ob sie sich während der Nacht nichts angetan hat. Mehr als einmal hat sie ausgesprochen, daß ihr Leben nun ohne ihren Mann keinen Sinn mehr hat. Kinder sind der Ehe nicht vergönnt gewesen. Nun ist uns der Gedanke gekommen, ob sie nicht ein Kind adoptieren oder wenigstens in Pflege nehmen könnte. So hätte sie doch wenigstens eine Aufgabe. Seit Tagen versuchen wir ihr diesen Gedanken näherzubringen. Zuerst war sie völlig ablehnend. Jetzt aber scheint sie bereit zu sein, wenigstens einmal einen Besuch in

Ihrem Kinderheim zu machen. Hätten Sie wohl ein kleines Mädchen, das man ihr geben könnte?"

Wie oft schon haben vor mir Menschen gestanden, kinderlose Ehepaare, die mit mir wegen eines Kindes verhandeln wollten, als handle es sich um Ware.

„Wir hätten gern ein Kind adoptiert. Können Sie uns ein solches geben? Am liebsten ein kleines Mädchen. Aber es sollte hübsch, intelligent, möglichst aus gutem Hause und blondlockig sein."

So und ähnlich lauteten die Ansprüche. Ich hatte stets Mühe, höflich zu bleiben.

„Könnten wir einmal die für eine Adoption in Frage kommenden Kinder besichtigen, um uns dann eines auszusuchen?"

Mir krampfte sich regelmäßig das Herz zusammen bei solchen Äußerungen. Zum Glück waren es nie viele Kinder, die für eine Adoption in Frage kamen und von den Interessenten wie eine käufliche Ware geprüft oder sogar betastet wurden.

Oft habe ich sagen müssen: „Wenn Sie nicht bereit sind, alle Konsequenzen auf sich zu nehmen, die die Erziehung eines Kindes mit sich bringen, dann lassen Sie lieber die Hände davon. Ihnen muß von vornherein klar sein, daß Sie mit Schwierigkeiten und Enttäuschungen, mit einer schlechten Erbmasse und mit Charakterschwächen zu rechnen haben. Wenn Ihre Verhältnisse geordnet sind, können Sie mit Genehmigung des Jugendamtes ein Kind zunächst als Pflegekind aufnehmen und ihm Ihre ganze Liebe entgegenbringen. Sollte sich dann herausstellen, daß Sie nicht in der Lage sind, dieses Kind zu erziehen, oder sollten andere Schwierigkeiten eintreten, dann gibt es immer noch die Möglichkeit, das Kind einer anderen Familie oder einem Heim zu übergeben. Haben Sie aber ein Kind adoptiert, trägt es Ihren Namen, und es gibt kein Zurück mehr."

Im Falle der Frau Bergner ging es wirklich darum, zwei Menschen zu helfen. Einmal um eine an ihrer Einsamkeit zugrunde gehenden Frau, die in ihrem Leben keinen Sinn mehr zu sehen glaubte, und zum andern um ein heimatloses Kind, das einer Mutter bedurfte.

Wir hatten unter unseren hundert Kindern ein liebliches kleines Mädchen von etwa vier Jahren, das wir der einsamen Frau vorstellen wollten. Es gelang den Verwandten von Frau Bergner, diese zu uns zu führen.

Fast erschrocken starrten die Kinder sie an, als sie in ihren wehenden, schwarzen Trauerschleiern durch unser Haus ging. Wir stellten ihr die kleine Elke vor.

Was mag wohl in dem Kind vorgegangen sei? Einen kurzen Augenblick schaute es die Fremde an, dann aber leuchtete es in seinem Gesicht hell auf, es breitete beide Ärmchen aus und umfaßte die schwarz gekleidete Frau: „Mutti", rief die Kleine, und noch einmal glückselig: „Meine Mutti!"

Wir alle waren sprachlos und zugleich gerührt. Ob da in der Tat eine Ähnlichkeit bestand, die Elke an ihre Mutter erinnerte?

Auch Frau Bergner war tief bewegt. Sie hielt das Kind fest an der Hand, solange sie im Kinderheim weilte. Vor ihrem Abschied beugte sie sich über die Kleine, küßte sie und sagte: „Ich hole dich bald."

Wir alle waren glücklich. Die Angehörigen Frau Bergners strahlten. Wie gut würde es die kleine Elke in dem wunderschönen Haus haben. Bald würde ihr Lachen durch die Räume schallen und das trostlose Dasein von Frau Bergner mit Freude erfüllen. Die Vorbereitungen zur Adoption begannen. Das Jugendamt gab seine Zustimmung, nachdem die Verhältnisse Frau Bergners geprüft worden waren.

Etwa eine Woche, bevor das Kind adoptiert und seiner Heimat zugeführt werden sollte, kam ein Anruf nach dem andern. Frau Bergner sagte: „Ich bin unsicher geworden. Ich weiß nicht, ob ich fähig bin, ein Kind zu erziehen. Und wenn Elke sich anders entwickelt, als ich es möchte? Und wenn ich krank werde, wer versorgt dann das Kind? Ob es auch meinem Mann recht wäre, einem fremden Mädchen seinen Namen zu geben?"

Wenn und Aber am laufenden Band. Ich versuchte Frau Bergner zu ermutigen. Ich sprach ihr zu, ja ich beschwor sie beinah, ihren Entschluß nicht rückgängig zu machen, um des Kindes willen, um ihrer selbst willen.

Und dann kam die unfaßliche Nachricht, daß sie sich das Leben genommen hatte. Ich war tief erschüttert. Elke wartete vergeblich auf ihre neue Mutter. Frau Bergner aber hatte den Sinn ihres einsam gewordenen Daseins nicht erkannt. Sie warf ein unerfülltes Leben von sich, weil sie ihren Schmerz nicht loslassen wollte. Was für eine schöne und befriedigende Aufgabe hätte ihrer gewartet, wenn sie Mutter dieses Kindes geworden wäre.

Allein zu bleiben, das ist das Schicksal mancher Menschen, aber wirklich einsam zu sein, das ist nicht nötig und auch nicht gottgewollt. In vielen Fällen wird es wirklich zur Schuld.

Natürlich habe ich Verständnis dafür, wenn eine fast Vierzigjährige mich fragt: „Glauben Sie, daß es einfach ist, ansehen zu müssen, wie meine verheiratete Schwester mit ihrem Mann und den Kindern Sonntag für Sonntag spazierengeht, ohne mich aufzufordern, mich ihnen anzuschließen. Und wenn sie es wirklich einmal tut, dann nur deshalb, weil sie sich dazu moralisch verpflichtet fühlt. Im Grunde genommen sind beide froh, wenn ich dankend ablehne und zu Hause bleibe."

Diese Unverheiratete lebt auf einem Bauernhof in der Hausgemeinschaft mit ihrer Mutter und der Familie ihrer verheirateten Schwester.

„Für die Arbeit bin ich recht", fährt sie resigniert fort, „aber an den Sonntagen bin ich ihnen lästig. Sie betrachten es als selbstverständlich, daß ich zu Hause bei der alten Mutter bleibe. Aber schließlich möchte ich auch noch etwas von meinem Leben haben."

Die Situation ist nicht ganz einfach und keine Seltenheit. Es gibt viele solcher unverheirateter Töchter, die vor lauter Arbeit keine Gelegenheit hatten, „an den Mann zu kommen" oder aber den nicht fanden, der ihren Vorstellungen und Lebenserwartungen entsprach. Ihre ganze Kraft setzen sie in der Arbeit ein, vielfach auf dem elterlichen Hof, der ihnen die Heimat bedeutet, auf dem jetzt aber der Jungbauer bestimmt, der die Schwester geheiratet hat.

Oder eine Schwägerin ist als Bäuerin tätig und erwartet, daß die unverheiratete Schwester des Bauern sich ihr unterstellt. Im Höchstfall darf sie den kleinen Nichten und Neffen die Windeln waschen oder auf sie aufpassen. Aber in die Erziehung der größer werdenden

Kinder darf sie sich nicht einschalten. Da heißt es dann: „Das geht dich nichts an, das sind unsere Kinder.“

Und so steht die Unverheiratete am Sonntagnachmittag am Fenster, von den Gardinen verborgen, hinter den blühenden Geranienstöcken, und blickt traurig und verbittert den spazierengehenden Familien nach und fühlt sich verlassen oder gar ausgestoßen. Dieses Resignieren macht aus vielen ungenießbare Jungfern, denen man am Montagmorgen lieber aus dem Wege geht.

Von beiden Seiten werden hier Fehler gemacht. Die verheirateten Geschwister, in deren Lebensgemeinschaft solch eine ledige Angehörige lebt — seltener ist es ein unverheirateter Bruder —, sollten sich ernstlich fragen, was sie diesem Menschen schuldig sind. Ich denke jetzt nicht an Entlohnung der Arbeit, sondern an Verständnis, an Liebe, an Zeit, die man für ihn aufbringt. Manche unverheiratete Frau wäre nie zur alten Jungfer geworden, wenn ihre Angehörigen ihr ein wenig mehr Verständnis und Rücksicht entgegengebracht hätten. Wie wertvoll können unverheiratete Tanten sein, wenn es gilt, in Notfällen einzuspringen, eine Wöchnerin im Haushalt zu vertreten oder einen Kranken zu betreuen.

Nein, nicht Mitleid erwarten die Ledigen. Wie verletzend sind Aussprüche wie diese: „Die ist sitzengeblieben. Die hat keiner gewollt!“ Durch solche lieblosen Äußerungen wurden Unverheiratete schon in den Selbstmord getrieben. Nicht Mitleid, aber Verständnis und Liebe ist ihnen entgegenzubringen. Und auch ein wenig Geduld, wenn eine solche Frau Zeiten durchlebt, in denen sie mit ihrem Schicksal nicht ohne weiteres fertig wird.

Andererseits möchte ich die unverheiratete Frau dringend warnen: Hüte dich vor Selbstmitleid und Resignation. Damit gerät man in eine Sackgasse und ist in Gefahr, in Schwermut zu versinken. Natürlich schmerzt es, aus der Ferne die Freuden der Ehe und des Familienlebens zu sehen. Aber — redet man es sich oft nicht nur ein: Man will mich nicht, ich bin den andern lästig. Warum fragt man nicht ganz selbstverständlich, ohne es zur Gewohnheit werden zu lassen: „Ist's euch recht, wenn ich heute mit euch spazierengehe, oder möchtet ihr lieber allein sein?" Klug handelt jedoch die unverheiratete Frau, die unabhängig von den anderen ihre Freizeit planvoll gestaltet.

Eine ledige Frau erzählte mir ganz verzweifelt, sie habe auf eine Heiratsanzeige geantwortet und auch von dem Mann Nachricht erhalten. Einige Wochen habe sie mit ihm in Briefwechsel gestanden, auch Fotografien ausgetauscht, und er habe ihr ganz gut gefallen. Sie sei in dem Glauben gewesen, daß aus dieser Korrespondenz eine feste Verbindung entstehen würde. Plötzlich habe der Mann nicht mehr geantwortet. Mit dieser Enttäuschung sei sie nicht fertig geworden. Deshalb habe sie sich noch einmal an ihn gewandt, um zu erfahren, was die Ursache seines Schweigens sei.

Er habe herausgefunden, so schrieb der Mann, daß unter den 75 Zuschriften auf seine Heiratsanzeige die einer anderen gewesen sei, die wahrscheinlich besser zu ihm passe. Daraufhin habe er die Verbindung zu ihr abgebrochen.

Das Mädchen war verzweifelt. Aus ihren Augen sprach Hoffnungslosigkeit. Seit Jahren hatte sie als Beamtin eine gute Stelle, von ihren Eltern ein eigenes Haus. Aber alle Freude und Lebenserwartung schien in ihr erloschen zu sein.

„Haben Sie noch nie erwogen, ein heimatloses Kind aufzunehmen und es zu erziehen?" fragte ich sie. „Sie besitzen ein schönes Heim und haben eine gute Existenz."

„Ich muß doch werktags ins Büro gehen, um mir meinen Lebensunterhalt zu verdienen", gab sie zur Antwort.

„Es gibt Kinderhorte, in denen das Kind tagsüber sein kann. Sie aber hätten etwas, auf das Sie sich freuen könnten, wenn Sie nach Hause kommen, und Ihr Leben würde einen neuen Inhalt haben."

„Ich eigne mich nicht dazu, ein Kind zu betreuen", wich sie aus.

„Und wenn Sie in ein Kinderheim gingen", ich gab nicht auf, „und dort die Patin eines kleinen Mädchens oder eines Jungen würden? Es gibt auch heute Kinder, um die sich niemand kümmert!"

„Ich brauche meine Sonntage, um mich auszuruhen. Mein Dienst ist anstrengend", erhielt ich zur Antwort.

„Glauben Sie, wenn Sie verheiratet wären, es würden keine Anstrengungen von Ihnen gefordert?" fragte ich.

„Dann brauchte ich nicht mehr berufstätig zu sein! Ich würde keinen Mann heiraten, der von mir noch außerhalb des Hauses Mitarbeit verlangt."

„Viele Frauen, denken Sie an die Bäuerinnen, kennen nichts anderes!"

Was ich auch versuchte, sie ließ sich nicht raten. Sie verbiß sich geradezu in den Gedanken an ihre Einsamkeit und sah einen Ausweg nur in der Ehe.

Es kann ja schließlich auch nicht jeder ein fremdes Kind aufziehen, mag man erwidern. Dazu bedarf es eines ausreichenden Wohnraumes, möglichst auch eines Gartens, vor allem aber erzieherischer Fähigkeiten — nicht zu vergessen die Genehmigung des zuständigen Jugendamtes. Gewiß, aber ohne Liebe und die nötige Geduld ist es überhaupt nicht möglich. Man muß dazu die innere Bereitschaft haben, Opfer zu bringen, sich selbst zurückzustellen, Verzicht zu üben. Wer das nicht will, der sollte keine Mutterpflichten auf sich nehmen.

„Ich würde schon gern ein Kind annehmen", hat man mir mehr als einmal gesagt, „aber ich fürchte die erzieherischen Schwierigkeiten."

Mit denen muß man natürlich rechnen. Sie bleiben selten aus, nicht einmal beim eigenen Kind. Aber gibt es einen Stand oder irgendeine berufliche Tätigkeit ohne Probleme?

Als ich erkannte, daß ich kaum noch heiraten würde und daß der mir vorgeschriebene Weg wohl der Verzicht auf die Ehe sei, sagte ich mir: Ich will und muß damit fertig werden, aber auf Kinder möchte ich nicht verzichten. Und so nahm ich sechs fremde Kinder als meine eigenen an, drei Jungen und drei Mädchen. Der in mir schlummernden Mütterlichkeit — nur wenige Frauen besitzen sie nicht — war nun ein Betätigungsfeld gegeben.

Die Erziehung dieser sechs Kinder brachte mancherlei Probleme, aber noch mehr Freude mit sich. Allerdings blieben auch schmerzliche Erfahrungen nicht aus.

So gab ich ein sehr schwieriges Kind, das sieben Jahre lang zwischen meinen anderen Pflegesöhnen und -töchtern aufgewachsen war, wieder ab. Es hatte noch eine Mutter, der das Sorgerecht für ihr Kind zugesprochen wurde, nachdem sie sich verheiratet hatte. Bei diesem charakterlich schwierigen Kind reichten weder meine natürliche Erzieherbegabung noch das im Seminar Erlernte und ebensowenig die gesammelten Erfahrungen aus, es zu führen. Um der anderen willen, die die täglichen Auftritte mit diesem Mädchen miterlebten und durch die die Harmonie unseres Familienlebens gestört wurde, mußte ich mich schweren Herzens zu diesem Schritt entschließen.

Es gehört wohl zu meinen erschütterndsten Erlebnissen, daß sich bewahrheitete, was ich jahrelang befürchtet und vorausgesagt hatte: Ich fand dieses Kind als Erwachsenen später im Gefängnis wieder, als ich dort vor über 140 gefangenen Frauen einen Vortrag hielt. In der Schar meiner Zuhörerinnen hatte ich sie nicht erkannt. Nach meinem Vortrag wünschte sie mich zu sprechen. Erst dann, als sie mir gegenüberstand, erkannte ich die vertrauten Züge. Unter bitterlichem Weinen nannte sie mir die Ursache ihrer Strafe. Später schrieb sie: „Ich habe durch das Furchtbare, das ich erlebte, endlich zu Gott gefunden."

Jetzt könnte jemand sagen: Gerade deswegen nehme ich kein fremdes Kind an. Wer weiß, in welche Ungelegenheiten man dadurch kommt.

Das muß nicht sein, aber es kann geschehen. Darum: Wer einen leichten Weg zu gehen wünscht, der nehme solche Verantwortung nicht auf sich.

Ich persönlich würde genauso handeln wie bisher, wenn ich mein Leben noch einmal zu leben hätte. Wieviel Freude und wertvolle Lebenserfahrungen wurden mir durch meine Kinder geschenkt, denen ich nach besten Kräften Mutter gewesen bin. Wenn ich nur an die Festzeiten, an Weihnachten, an die Geburtstage oder an unsere Ferienerlebnisse zurückdenke, an die traulichen Winterabende mit unserem dreistimmigen Gesang und dem fröhlichen Spiel, dann wird mein Herz froh bewegt. Ja, es war meine Lebensbestimmung, allein zu bleiben, aber wirklich verlassen war ich deswegen nie.

Niemand bleiben auch schwere Erlebnisse nicht erspart. Darum ist es ein Irrtum zu meinen, manchen gehe alles nur nach Wunsch.

Folgende Begebenheit kommt mir da in den Sinn: Ein bewußt christliches, gut gestelltes Elternpaar erlebte Furchtbares mit seinem einzigen Sohn. Er wurde zum Mörder. Diese beiden Menschen zerbrachen beinah an dem unfaßlichen Geschehen. Eine Welle von schweren, unendlich belastenden Gedanken stürmte auf sie ein. Was würden ihre Angehörigen, Freunde und Bekannten sagen? Wie würde man in der Kirchengemeinde darauf reagieren? Würde durch das alles ihre Existenz nicht beeinträchtigt werden? Vor allem: Was sollte aus ihrem noch nicht mündigen Sohn werden? Kein Mensch konnte sich vorstellen, was sie durchmachten. Wochenlang wagten sie sich nicht mehr unter die Leute. Sie fühlten sich verfemt und ausgestoßen. Endlich bekamen sie die Erlaubnis, ihren Sohn im Gefängnis zu besuchen.

„Lieber würde ich an sein Grab treten", stöhnte der Vater unterwegs, korrigierte sich aber sofort: „Nein, Gott, halte ihn am Leben und hilf ihm zur Buße."

Und dann standen die gebeugten Eltern in dem Besuchsraum des Gefängnisses. Zwischen ihnen und dem Sohn war eine Schranke niedergelassen. Ihr Kind, von einem Beamten bewacht, wagte nicht, seinen Blick zu den Eltern zu erheben, über deren Gesicht Tränen liefen. Sie wußten, daß ihre Zeit bemessen war.

Schließlich fragte der Vater mit erstickter Stimme: „Mein Sohn, warum hast du das getan?"

Da brach dieser laut weinend zusammen.

Die Mutter aber sagte über die Schranke hinweg: „Und dennoch bleibst du unser Kind. Wir werden nicht aufhören dafür zu beten, daß wahre Reue und ernste Buße dich zu Gott treiben."

Und der Vater fügte hinzu: „So ihr aber eure Sünden bekennt, so ist Gott treu und gerecht, daß er sie vergibt; und wenn eure Sünden gleich blutrot wären, so sollen sie doch schneeweiß werden."

Waren das nur fromme Redensarten? Nein. Allein der feste Glaube und das Wissen um die Wahrheit dieser Worte gab den Eltern Tragkraft in einer Situation, in der sich andere von ihrem Kind vielleicht abgewandt oder sich der Verzweiflung hingegeben hätten.

Natürlich muß es mit Adoptiv- oder Pflegekindern solche erschütternden Erlebnisse nicht geben, aber man sollte sich von vornherein klar werden, ob man bereit ist, sie auf sich zu nehmen, wenn sie einmal eintreten sollten.

Ich persönlich rate aus eigener Erfahrung unverheirateten Frauen, die nach einem Lebensinhalt suchen und die mütterliche Fähigkeiten erkennen lassen, sich mehrere Pflegekinder zu nehmen.

Obgleich das Gedicht von Elsie Ritter bereits in einem meiner Bücher zu lesen ist, möchte ich es an dieser Stelle dennoch erneut bringen:

Das Leid der Erde wäre halb so schwer,
wenn jede Frau auch eine Mutter wär.
Nicht jede kann ein eigen Kindlein wiegen,
und doch braucht ihre Kraft nicht brach zu liegen.
In jedes echten Weibes Herzen ruht
ein heißer, schwerer Tropfen Heilandsblut,
der macht es sehend, sehend für das Leid,
macht Frauenhände weich und hilfsbereit.
Sie kann nicht anders, muß das Schwache stützen,
dem Kranken helfen, Wehrloses beschützen.
So viele Rohheit könnte nicht geschehen,
wenn Frauenaugen nach dem Rechten sähen.
Das Leid der Erde wäre halb so schwer,
wenn jede Frau auch eine Mutter wär.

Es war mir in der letzten Zeit einige Male eine besondere Freude, Frauen, die ein eigenes Haus mit Garten besaßen und mich um Rat fragten, zu ermutigen, ein „Pflegenest" zu eröffnen, um sieben bis zehn Kindern eine Heimat zu bieten. Voraussetzung dafür ist allerdings, daß sie zur Betreuung ihrer Schutzbefohlenen eine ausgebildete Kraft anstellen.

Natürlich ist das nicht der Weg, den jede unverheiratete Frau gehen kann. Aber mit Nachdruck möchte ich die Alleinstehenden vor Resignation warnen. Es liegt bei ihnen, ob sich ihr Alleinsein fruchtbar gestaltet. Sich in seine Einsamkeit versenken kann zum Fluch werden. Mit der ganzen Kraft seines Willens muß man dagegen angehen und alles Selbstmitleid bekämpfen.

Fast jeder hat Angehörige, ganz bestimmt aber Nachbarn, oder er weiß um Alte und Hilfsbedürftige, um Kranke, Lebensmüde und Verzweifelte. Hier liegt das große, gottgewollte Aufgabengebiet der Unverheirateten und der Witwen. Keine von ihnen muß einsam und ohne Liebe durchs Leben gehen. Es ist ein unumstößliches Naturgesetz, daß der Mensch erntet, was er sät. Wer Liebe sät, wird auch Liebe ernten. Warten wir doch nicht, bis der andere auf uns zukommt! Gehen wir ganz einfach denen nach, die sich verlassen fühlen. Suchen wir sie auf, und wir werden manche wertvolle Lebenserfahrung machen. Geteilte Freude ist doppelte Freude, geteiltes Leid ist halbes Leid!

Sage doch niemand, er werde mit seiner eigenen Not nicht fertig, darum könne er sich nicht noch um die andern kümmern. Hüten wir uns, unseren Jammer, unsere Enttäuschungen zu hätscheln, zu pflegen. Gerade dadurch nehmen sie ungeahnte Ausmaße an. Stellen wir unsere alltäglichen Sorgen und Enttäuschungen vielmehr ins Licht Gottes. Wir werden erkennen, wie sie dann um einiges kleiner werden.

Schlatter hat einmal gesagt: „Macht nicht aus jedem Hölzlein am Wege ein Kreuz!"

Wir alle kennen das Bibelwort: „Gott legt uns eine

Last auf, aber er hilft uns auch." Er wird uns kaum da helfen, wo wir uns unnötigerweise selber Lasten auferlegen. Wenn es nun aber im Plan Gottes liegt, daß wir allein durchs Leben gehen sollen, dann heißt das keineswegs, daß wir verlassen, schon gar nicht von Gott verlassen sind. Wem das Alleinsein zur Not wird, der handle nach der Heiligen Schrift, in der es heißt: „Rufe mich an in der Not, so will ich dich erretten, und du sollst mich preisen." Ob nicht viele diesen Vers zu billig anwenden? Sie berufen sich darauf, daß es heißt: „Rufe mich an!" Sie übersehen aber, daß am Anfang dieser Worte geschrieben steht: „Opfere Gott Dank und erfülle dem Höchsten deine Gelübde."

Vielfach ist die Ursache unseres freudlosen Christseins darin zu suchen, daß wir zu wenig danken. Sind wir nicht geneigt, in unserem Leben so oft das Negative zu betonen? Wir zählen auf, was wir entbehren und vermissen, anstatt uns ins Gedächtnis zu rufen, was wir haben. Danken kommt von Denken. Würden wir besser nachdenken über das, was unser Leben so reich macht, wir hätten mehr zu danken. Danken macht froh. Wer dankt, bleibt im Gespräch mit Gott. Das schafft eine gute Atmosphäre.

Wie ist es mit dem Bezahlen unserer Gelübde? In unserer Zeit bedeutet ein Wortbruch nicht allzuviel. Da geloben sich Menschen Liebe und Treue, vielfach sogar vor dem Altar, und brechen später bedenkenlos ihr Wort, werden zum Lügner. Der Teufel ist der Vater der Lüge. Jeder Wortbruch, jede Unwahrheit kommt aus dem Bösen. Wenn die Menschen ahnen und begreifen würden, wie sehr sie durch die Lüge unter den Einfluß der satanischen Macht geraten, manche würden erschrecken.

Weit schlimmer aber als alles andere ist es, Gott ein Versprechen zu geben, und es dann nicht zu halten. Hier wäre es angebracht, sich selbst einer unbedingt ehrlichen Prüfung zu unterziehen. Ob die Ursache mancher Freud- und Friedlosigkeit im Leben vieler Menschen nicht bei gebrochenen Gelübden Gott gegenüber zu suchen ist?

Was alles haben wir ihm versprochen, vielleicht in einer notvollen Krankheitsstunde, an der Front oder in einer Bombennacht, am Konfirmationstag, am Sterbebett oder am Grab eines geliebten Menschen!

„Erfülle dem Höchsten deine Gelübde!" Und erst dann: „Rufe mich an in der Not!" Nicht, daß Gott uns Bedingungen stellt, die wir zuerst erfüllen müßten, bevor er bereit ist, uns zu helfen. Wir dürfen zu ihm vorbehaltlos ohne jede Vorleistung kommen. Aber andererseits sollten wir uns nicht über die Forderungen Gottes leichtfertig hinwegsetzen. Seine Gelübde erfüllen ist eine solche Forderung.

Wer von uns erinnert sich nicht des Verses: „Lobe den Herrn, meine Seele, und vergiß nicht, was er dir Gutes getan hat." Wir sind so leicht geneigt, das Gute zu vergessen; aber dem Bösen, das man uns angetan hat, dem denken wir nach, damit werden wir nicht fertig. Hinzu kommen Neid und Mißgunst anderen gegenüber, denen es vielleicht besser geht als uns. Das schafft Verbitterung und prägt uns so stark, daß man uns die Unzufriedenheit schon von weitem ansieht.

Lassen wir uns die Frage gefallen: Was strahlen wir

aus? Christen sollen Menschen mit Leuchtkraft sein. Wo das Leben, auch die Vergangenheit, geordnet ist und man nicht in Ichbezogenheit durch seine Tage geht, da geschieht es ganz von selbst, ohne gewaltsame Anstrengung: man strahlt aus, wovon man erfüllt ist.

Ich kenne eine unverheiratete Frau, die ihre schöne, große Wohnung immer wieder Studenten und Studentinnen öffnet. Sie bereitet ihnen dann einen netten Abend oder lädt sie auch zu einer Ausflugsfahrt ein. Dabei wird sie selber froh.

Ich denke an ein älteres Fräulein in der Schweiz, das im Laufe der Jahre den Namen „Soldatenmutter" erhielt. Regelmäßig lud es an einem bestimmten Abend junge Soldaten der Rekrutenschule zu sich ein, bewirtete sie, machte mit ihnen Gesellschaftsspiele und ließ sie nie ohne eine kurze Andacht gehen. Viele hat es dadurch vor der Straße, vor dem Alkohol und vor dem Einfluß leichtfertiger Mädchen bewahrt. Manche Mutter, die um ihren Sohn bangte, hat es ihr gedankt. Es mag sein, daß man heute kaum noch einen Rekruten mit einer solchen Einladung erfreuen würde. Sie könnte sogar falsch ausgelegt werden, heute, wo man von anderen nur das Schlechte denkt. Dieses Erlebnis kann aber eine Anregung sein für die, denen ihr Dasein freudlos und inhaltlos scheint.

So muß es nicht sein. Wer mit offenen Augen durch die Welt geht, findet genug Möglichkeiten, anderen und damit auch sich selbst wohlzutun. Die Wahrheit des alten Verses, den man früher ins Poesiealbum schrieb, hat seine Gültigkeit behalten: „Denn die Freude, die wir geben, kehrt ins eigne Herz zurück."

Auch für die unverheiratete Frau gilt:

„Das will ich mir schreiben
in Herz und Sinn,
daß ich nicht für mich
auf Erden bin,
daß ich die Liebe, von der ich leb,
liebend an andere weitergeb."

Liebe? „Mein Leben ist lieblos", mag mancher sagen. „Das ist ja gerade meine Not, der Jammer meines Daseins. Wie kann ich Liebe weitergeben, wenn ich selber keine besitze?"

Haben wir ein Recht, so zu sprechen, wo „die Liebe Gottes ausgegossen ist auf alles Fleisch" und auch uns in Jesus Christus entgegengebracht wird? Aber ich weiß, daß es viele gibt, die diese Liebe nicht erkennen oder nicht mehr erkennen wollen. Sie warten auf eine andere Liebe, und darum werden sie so oft enttäuscht.

„Das alles, was Sie da aufzählen, nützt mich nichts", hat mir schon manche unverheiratete Frau geantwortet. „Was ich brauche ist ein Mensch, mit dem ich meine Probleme durchsprechen kann, der mich versteht. Liebe? Was meine Arbeitskameraden Liebe nennen, das könnte ich haben. Aber dafür bin ich mir zu schade. Ich gebe mich keinem Mann hin, mit dem ich nicht in der Ehe zusammenleben kann."

Es wäre gut, wenn wir viele Frauen hätten, die so denken und handeln würden. Solche möchte ich aber fragen: Haben Sie schon einmal um einen Mann gebetet? Ich meine es genauso, wie es hier steht. Voraussetzung ist natürlich, daß man an die Macht des Gebetes glaubt.

Wenn es im 55. Psalm heißt: „Wirf dein Anliegen auf den Herrn", warum sollten dann Alleinstehende mit diesem doch nicht unwesentlichen Anliegen nicht vor Gott treten können? Natürlich darf man auch eine Heiratsanzeige aufsetzen. Wenn wir an Führung Gottes in unserem Leben glauben, dann dürfte es doch gar nichts geben, was wir nicht mit ihm besprechen könnten. Ich meine, man darf Gott um einen Ehegatten bitten, man darf um eine Freundin, um einen Freund beten; aber fordern darf man nichts von Gott. Er weiß, was für uns gut ist. So seltsam es klingen mag: Gott weiß, ob die Ehe für den einzelnen das Richtige ist oder nicht. Auf keinen Fall wird er einen Menschen in grenzenloser Verlassenheit untergehen lassen, der sich vertrauensvoll an ihn wendet. Daran darf man fest glauben.

Eines Tages kam ein älteres Mädchen zur Aussprache. Es ist seit Jahren in einem Geschäft in leitender Stellung tätig und verdient gut, aber froh ist es nicht. Ich weiß gut, was ihm fehlt. Zu gerne würde es sich verheiraten. Einige Male schon ist eine Bekanntschaft wieder in Brüche gegangen.

Treuherzig erzählte sie mir, daß sie Gott nun schon so oft um einen Ehegatten gebeten hat. Es heißt doch, so sagte sie im Laufe des Gespräches: „Habe deine Lust an dem Herrn, der wird dir geben, was dein Herz wünscht."

„Sie legen die Betonung zu sehr auf den zweiten Teil des Verses", antwortete ich. „Haben Sie schon einmal ernsthaft über den ersten Teil dieses Wortes aus dem 37. Psalm nachgedacht? Wer nämlich seine Lust an dem Herrn hat, dessen Herz wünscht anders; denn er steht in einem Vertrauensverhältnis zu seinem Gott und sagt: Du weißt, was für mich gut ist. Was du mir gibst, was du mir nimmst, Glück oder Weh, das gelte mir als Segen und Geschenk von dir! Vielleicht ist es gar nicht Ihr Weg, zu heiraten. Oder aber Sie müssen sich im Warten üben."

„Und werde darüber eine unleidliche Jungfer", fiel mir das Mädchen bitter ins Wort.

„Das ist in Ihre Hand gegeben. Wenn Sie natürlich wie eine Wegwarte an der Straße Ihres Lebens sitzen und die Hände in den Schoß legen, verurteilen Sie sich selbst zur Resignation. Handeln Sie, als würden Sie nicht heiraten. Tun Sie neben Ihrem Beruf etwas Nützliches, das Sie innerlich befriedigt und erfüllt. Werden Sie Helferin im Kindergottesdienst, oder übernehmen Sie einen Mädchenkreis!"

„Dazu eigne ich mich nicht", antwortete sie nur.

„Dann besuchen Sie Kranke oder Einsame oder Alte. Gott hat für die unverheiratete Frau eine Menge an Diensten. Und oft ist es so, daß sie gerade für eine bestimmte Aufgabe frei und ungebunden bleiben muß. Sollte Gott Ihnen dann doch noch einen Ehepartner zuführen — ich glaube fest an eine Führung zur Ehe —, dann wird er es Sie wissen lassen, und Sie werden darüber froh werden. Die Ehe ist eine so tiefgreifende Angelegenheit des Lebens, daß man Gott ruhig zutrauen darf, daß er den einzelnen recht führt.

Ich weiß, Ihnen geht es wie einer todkranken Freundin, die es nicht glauben konnte, daß der große Gott sich des Einzelschicksals eines kleinen Menschen annimmt. Damals habe ich ihr geantwortet: Das ist ja gerade das Große an Gott, daß er dies tut. Als sie es endlich glauben konnte, wurde sie still und getrost, auch auf dem Sterbebett.

Sie dürfen also ohne weiteres um einen Ehepartner bitten, wenn Sie gleichzeitig bereit sind, Gottes Willen für Sie zu bejahen, auch wenn dadurch Ihre Wünsche durchkreuzt werden. Lassen Sie es sich noch einmal gesagt sein, es gibt nichts in unserem Leben, das wir nicht mit Gott besprechen können."

„So etwas dürfte ich keinem meiner Mitarbeiter sagen", erwiderte das Mädchen. „Sie würden mich für komplett verrückt erklären. Mit Gott über einen Mann sprechen."

„Das dürfen Sie Ihren Mitarbeitern nicht einmal verargen. Wer Gott nicht erlebt hat, begreift so etwas nicht. Lassen Sie mich Ihnen ein Erlebnis aus meinem persönlichen Leben erzählen. Ich stand in großer Verantwortung, hatte ein Heim zu leiten und eine Anzahl Mitarbeiter zu betreuen, die mehr oder weniger gewissenhaft ihren Dienst versahen. Die Arbeit brachte mancherlei Probleme mit sich. Oft stand ich ratlos davor. Verstandesgemäß kann man manche Frage beantworten und viele Entscheidungen treffen, aber damit ist es nicht immer getan.

In jener Zeit bat ich Gott nicht nur einmal, sondern immer wieder um einen Menschen, dem ich die Probleme unserer Arbeit vor Augen führen und mit dem ich auch darüber beten konnte. Schon damals war es mir klar, welche Macht das Gebet ist. Gott erhörte mich und gab mir eine Mitarbeiterin, wie ich sie erbeten hatte.

Aus dieser Verbindung wurde eine Freundschaft, die bis zum heutigen Tage besteht. Mehr als zwanzig Jahre sind seitdem vergangen. Auch Freunde kann Gott uns geben. Warum sollen wir ihn darum nicht bitten dürfen?"

Freundschaft ist eine Gabe Gottes. Die Bibel spricht an einigen Stellen von wertvoller Freundschaft. In Sirach heißt es: „Ein treuer Freund ist ein Trost des Lebens. Ein treuer Freund ist mit keinem Geld zu bezahlen. Wer Gott fürchtet, kriegt einen solchen Freund. Gib einen alten Freund nicht auf."

Ja, auch einen Freund darf man sich von Gott erbitten. Echte Freundschaft macht das Leben reich. Sie kann unseren Charakter fördern, unsere Arbeit, unser Familienleben. Wo aber Menschen durch ihre Freundschaft an anderen schuldig werden, vor allem an ihren Nächsten, die sie vernachlässigen oder übersehen, haben sie den wahren Sinn der Freundschaft nicht erkannt. Echte Freundschaft fördert. Nie unterstützt sie Selbstsucht.

Wie ist es nun mit der Freundschaft zwischen Menschen beiderlei Geschlechts? Ist so etwas möglich? Gibt es Freundschaft ohne Liebe? Nein, im Grunde genommen nicht. Eine solche Freundschaft muß auf geistiger und geistlicher Ebene liegen. Sie ist nur bei reifen und sauberen Menschen möglich.

Simon Dach hat über die Freundschaft folgende Gedanken in Verse gefaßt:

> Der Mensch hat nichts so eigen,
> so wohl steht ihm nichts an,

als daß er Treu erzeigen
und Freundschaft halten kann;
wenn er mit seinesgleichen
soll treten in ein Band,
verspricht sich, nicht zu weichen
mit Herzen, Mund und Hand.

Die Red ist uns gegeben,
damit wir nicht allein
für uns nur sollen leben
und fern von Leuten sein:
Wir sollen uns befragen
und sehn auf guten Rat,
das Leid einander klagen,
so uns betreten hat.

Was kann die Freude machen,
die Einsamkeit verhehlt?
Das gibt ein doppelt Lachen,
was Freunden wird erzählt.
Der kann des Leids sich wehren,
der es von Herzen sagt;
der muß sich selbst verzehren,
der insgeheim sich nagt.

Gott stehet mir vor allen,
die meine Seele liebt;
dann soll mir auch gefallen,
der mir sich herzlich gibt.
Mit diesen Bundsgesellen
verlach ich Pein und Not,
geh auf den Grund der Höllen
und breche durch den Tod.

Um sich und andere vor schweren Enttäuschungen zu bewahren, ist hier doch einiges Wesentliche zu beachten. Die Gefahr mancher Freundschaft liegt darin, daß man den andern völlig für sich allein haben will. So ist manchem die Freundschaft schon zur Last und zum Verhängnis geworden. Man muß bei allem gegenseitigen Verständnis und bei aller bestehenden Zuneigung frei voneinander bleiben, um segensreich füreinander dasein zu können. Andernfalls verursacht Freundschaft Herzeleid, und man wird ungerecht gegegenüber anderen.

Es lohnt sich, einmal darüber nachzudenken, was es heißt, frei voneinander zu sein, den andern loslassen zu können. Hier liegt vielfach auch die Not junger Ehen.

„Meine Schwiegermutter wird nicht damit fertig, daß im Leben ihres Sohnes jetzt ein anderer Mensch, seine Frau, den ersten Platz einnimmt", heißt eine wiederholte Klage. Wie oft bin ich in den Jahren meines Dienstes am Menschen solchen Nöten begegnet.

„Ich kenne meinen Sohn doch viel besser als diese junge, unerfahrene Frau, die keine Ahnung hat, wie man einen Haushalt führt, und nicht einmal richtig weiß, wann das Wasser kocht", meint eine Mutter. „Mein Sohn sagt selbst, sie bringt es nicht fertig, ihm ein Ei nach Wunsch zu kochen. Entweder ist es zu hart oder zu weich."

Solche und ähnliche Geringfügigkeiten sind meistens der Anfang zu späteren heftigen Auseinandersetzungen, die nicht selten zum radikalen Bruch in der Ehe führen. Schuld sind nicht immer, aber vielfach ungeschickte, selbstsüchtige oder gar boshafte Schwiegermütter, die ihre verheirateten Söhne und Töchter nicht loslassen wollen und sich einbilden, immer noch berechtigt zu sein, wie einst über ihre Kinder bestimmen zu können.

Jedoch nicht immer ist es Selbstsucht oder gar Boshaftigkeit. In vielen Fällen sind Mangel an Weisheit und an Takt Ursachen solcher Probleme. Manchmal ist es sogar die Angst, nun die Liebe des Sohnes oder der Tochter verlieren zu können. Darum hält man sie krampfhaft fest. Man weiß nicht, daß die verheirateten Kinder viel eher bei einem bleiben, wenn man sie losläßt, als wenn man sie in eifersüchtiger Liebe an sich binden möchte.

Wenn die Schwiegertochter wirklich nicht fähig sein sollte, ein Ei nach Wunsch zu kochen, oder wenn sie sich nach dem Staubwischen mitten ins Zimmer stellt und dort das Staubtuch ausschüttet, dann wäre es vor der Eheschließung am Platze gewesen, den Sohn auf die hausfraulichen Mängel seines Mädchens hinzuweisen. Vielfach sind sie vorher erkennbar. In einem solchen Falle hätte man vorschlagen können, das Mädchen eine Zeitlang in einen Haushalt oder in eine Haushaltsschule zu schicken. Sich später einzumischen und den jungen Leuten Rat zu geben, das ist in einer Ehe meistens fehl am Platz und sollte nur da geschehen, wo man um Rat gebeten wird. Auch dann gehört dazu viel Takt und ein Herz voller Liebe. Es gibt gewiß junge Frauen, die dafür dankbar und empfänglich sind.

Wo aber die Schwiegermutter bestimmen will und an allem etwas auszusetzen hat, da wird es nie gut gehen. Nicht umsonst heißt es: jung und alt passen nicht zusammen. Dennoch gibt es Beispiele, wo durch gegenseitige Rücksichtnahme und in der rechten inneren Haltung auch solche Schwierigkeiten überwunden werden. Zu einem guten Zusammenleben gehört ein feines Fingerspitzengefühl und die Bereitschaft, einander um Vergebung zu bitten und sie zu gewähren. Das ist besonders da nötig, wo man aus Wohnungs- und Berufsgründen gezwungen ist, miteinander unter einem Dach zu wohnen.

„Ich habe in den zwölf Jahren meiner Ehe noch nie eine eigene Küche besessen“, klagte mir eine junge Frau, die mit ihrem Mann auf dem schwiegerelterlichen Hof lebt. „Meine Schwiegermutter bestimmt, was auf den Tisch kommt. Sie versorgt meine Kinder, während ich auf dem Feld arbeite, und weist mir meine Pflichten zu.“

„Wie ist dabei Ihr gegenseitiges Verhältnis?“ fragte ich zurück.

„Einigermaßen erträglich, wenn ich schweige,“ antwortete sie mir.

Als ich sie so vor mir sah, die früh gealterte junge Bäuerin, die auch nach zwölf Jahren noch kein Mitbestimmungsrecht auf dem Hof hatte, konnte ich mich des Eindrucks nicht erwehren, daß es längst ein bitteres Schweigen geworden war.

„Aber wir müssen ja froh sein, daß wir die alten Eltern noch haben“, fuhr die Frau fort. „Wie sollten wir sonst alles schaffen, da man doch keine landwirtschaftlichen Arbeiter bekommt? Ich muß ja dankbar sein, daß die Großmutter die Kinder in meiner Abwesenheit versorgt und daß das Essen auf dem Tisch steht, wenn mein Mann und ich todmüde vom Feld heimkommen."

Ich empfand deutlich, daß es ein freudloses Arbeiten war.

Kürzlich las ich in einer Zeitung, daß bei einer Rundfrage, die eine Frauenzeitschrift durchgeführt hatte, festgestellt wurde, daß ein großer Prozentsatz von Frauen nichts aufzuzählen wußte, was ihnen Freude bereitet. Ist das nicht erschütternd! Dabei sollte es doch die Frau sein, die die Atmosphäre des Hauses bestimmt. Was aber kann sie ausstrahlen, wenn nichts mehr in sie hineinstrahlt, wenn ihr die Freude fehlt?

In dem oben genannten Fall lagen zweifellos die Verhältnisse besonders schlecht. Ich kenne aber viele junge Bäuerinnen, denen es nicht anders geht. Sie haben keine Rechte, nur Pflichten. Die Jahre ihrer Ehe gehen dahin, und sie werden schweigsam und bitter. Muß das so sein?

Glücklicherweise gibt es auch solche Fälle auf dem Lande, wo kluge Mütter ihren Schwiegertöchtern die ihnen zukommenden Rechte einräumen, wo sie trotz des gemeinsamen Haushaltes Zugeständnisse machen und sie uneingeschränkt bestimmen lassen. Sie wissen, wo sie als Schwiegermütter weise zurückstehen müssen, treten aber immer dann in Erscheinung, wenn sie gebraucht werden. Das sind die klugen Mütter, die erkannt haben, daß das Herz ihres Sohnes oder ihrer Tochter sich einem anderen Menschen zugewandt hat. Sie jammern dem Unwiederbringlichen nicht nach, sondern freuen sich über die gute Harmonie in der jungen

Ehe, obwohl es ein Ja zum persönlichen Verzicht fordert. Wo das fehlt, werden sich im gemeinsamen Leben Zusammenstöße nicht vermeiden lassen. Aus eigener Kraft ist eine solche Haltung überhaupt nicht möglich. Wo man sich aber an Gott gebunden weiß, da wird man fähig, einander zu tragen und, wo es nötig ist, auch zu ertragen.

Ich denke da an einige Frauen, die ihren Schwiegertöchtern und Schwiegersöhnen Mütter im schönsten Sinne des Wortes geworden sind. Das gegenseitige Verhältnis kann nicht besser sein.

Es gibt natürlich auch genügend Fälle, wo die jungen Frauen ihren Schwiegermüttern viel Not bereiten.

„Alle meine Tassen und Teller mußten sofort aus dem gemeinsamen Küchenschrank verschwinden", klagte mir eine alte Bäuerin, „als meine Schwiegertochter ins Haus kam. ‚Was soll ich mit deinem altmodischen Zeug, wo ich allein zur Hochzeit drei Kaffeeservices und zwei Speiseservices bekommen habe', sagte die Schwiegertochter. In meinem eigenen Hause bin ich fremd geworden", schloß die alte Bäuerin.

Ich erkannte bei ihr eine wirkliche Not. Nur da, wo man gewillt ist, gegenseitig aufeinander Rücksicht zu nehmen und wo man den anderen mit den Augen der Liebe sieht, wird das Zusammenleben erträglich sein.

Die alternde Schwiegermutter sollte versuchen, sich an die Zeit zurückzuerinnern, in der sie selbst als junge Frau in die Familie ihres Mannes kam und wie wohl ihr damals Liebe und Geduld taten. Sollte sie diese in jener Zeit nicht erfahren haben, dann müßte es ihr erst recht ein Bedürfnis sein, der Schwiegertochter oder dem

Schwiegersohn das entgegenzubringen, was sie selbst so sehr vermißt hat.

Andererseits wird es der Schwiegertochter helfen, sich vorzustellen, wie ihr zumute sein wird, wenn ihr jetzt noch kleiner Sohn in späteren Jahren als Erwachsener eine junge Frau ins Haus bringt. Was würde sie empfinden, wenn man ihr die Teller und Tassen aus dem Schrank nähme oder ihr jedes Haushaltsrecht abspräche? Darum wird sie bemüht sein, den Schwiegereltern Liebe und Verständnis entgegenzubringen und manchmal ihrem Mann noch zureden: „Geh, sieh doch wieder einmal nach deinen Eltern!" Sie wird begreifen, daß es jeder Mutter schwerfällt, ihr Kind herzugeben und wird aus der Situation, in der sie sich gerade befindet, für die Zukunft lernen.

Es geschieht viel Unrecht da, wo Schwiegereltern nicht das rechte Verständnis für die Belange der jungen Eheleute aufbringen. Sie sollten sich nicht dauernd in deren Angelegenheiten mischen und ihnen Vorschriften machen, als seien sie noch unmündige Kinder. Meinen sie aber, unbedingt raten oder eingreifen zu müssen, dann soll das mit viel Geduld und Liebe sehr behutsam geschehen, ohne daß dabei etwas entzweigeht. Im übrigen wird es nie möglich und dienlich sein, jungen Leuten alle Hindernisse aus dem Weg zu räumen. Sie müssen ihre eigenen Erfahrungen sammeln und werden aus ihren Fehlern lernen. Darum gilt es, Fehler und Schwächen zu übersehen.

Der von Gott gesandte Engel steht auch hier an unserem Weg, mahnend, wegweisend, ermutigend und helfend.

Nicht geringer sind die Pflichten junger Leute den Älteren gegenüber.

„Tagelang höre ich kein freundliches Wort von meiner Schwiegertochter", sagte mir ein alter Mann, der seinen Hof dem Sohn überschrieben hatte. „Das Schlimmste ist, daß sie es mit der Zeit fertiggebracht hat, meinen Sohn auch noch gegen mich zu beeinflussen, so daß ich ihm nichts mehr recht machen kann. Ich komme mir auf meinem eigenen Hof wie ein Fremder vor." Sinnend blickte er vor sich hin und überlegte, ob er weitersprechen soll.

Dann fuhr er fort: „Erinnern Sie sich an eine Geschichte im Lesebuch? Es ist lange her, aber sie paßt noch in unsere Zeit: Da saß ein kleiner Junge auf der Türschwelle und schnitzte mit seinem Messer an einem Stück Holz herum. ‚Was machst du da?' fragte die Mutter. Der Junge antwortete: ‚Ich schnitze eine Schüssel für den Vater, wenn er so alt ist wie der Großvater. Dann muß er ja auch auf der Ofenbank sitzen, weil seine Hände zittern und er die Suppe verschüttet und deshalb nicht mehr mit uns am Tisch essen kann.' Sehen Sie, so ist es bald bei uns", schloß der alte Mann. „Ich bin überflüssig geworden."

Das nachfolgende kleine Gedicht stammt zwar nicht aus der Feder dieses alten Mannes, aber wie oft mag er ähnlich gefühlt haben wie jene Mutter, in deren Schreibmappe man es fand. Sie lebte im gleichen Haus mit dem jungen Ehepaar, das der alten Frau gewiß nicht wehtun wollte und doch nicht merkte, wie sehr sie sich danach sehnte, daß man ihr ein wenig Zeit schenkte.

„Ich hörte auf der Treppe deine eil'gen Schritte.
Die Tür fiel zu!
Und jäh verstummte in mir Wunsch und Bitte,
es mögest du,
gezogen von der stummen Sprache meines Innern
so wie in alter Zeit und im Erinnern
ein Weilchen dich doch zu mir setzen.
Ich weiß, die Arbeit ruft! — So hetzen
wir vielleicht ungewollt vorbei am andern,
anstatt wie einst
froh miteinand' zu wandern,
im Wissen um das gleiche Ziel.
Ist das zuviel?
Ist es nicht nötig, daß wir immer wieder
Herz und auch Hände gegenseitig fühlen? —
Nie wirst du diese Zeilen vielleicht lesen.
Verbergen will ich sie an meinem Herzen
und schweigen — wenn auch unter Schmerzen.
Gedanklich gehen meine Schritte
zu dir — und meine Bitte:
Laß uns doch wissen um des andern Du,
bevor endgültig fällt die Türe zu
und keins vom andern mehr vernimmt die Schritte."

Es stimmt. Wir haben alle keine Zeit. Vor allem keine Zeit mehr für den Nächsten. Die Alten nicht für die Jungen und die Jungen nicht für die Alten. Muß das so sein? Je länger desto mehr scheint mir der Ausspruch: Ich habe keine Zeit! ein Wort des Teufels zu sein. Wir haben doch Zeit für das, was uns wichtig scheint. Wir nehmen sie uns einfach.

Oft gehen wir mit Liebe und Geduld um, als handle es

sich dabei um Mangelware. Wie kann allein schon die Bereitschaft, den anderen zu verstehen, ihn anzuhören und auf ihn einzugehen, Situationen ändern. Ach, lernten wir es doch, mit den Augen des anderen zu sehen und mit dem Herzen des anderen zu fühlen! Wie oft erkennen wir unser Versagen erst, wenn wir an Gräbern stehen. Schuldig werden am Nächsten, das ist ein sehr ernstes Kapitel unserer Tage.

Vor einigen Jahren reiste eine Ärztin aus Japan durch Deutschland. Bevor sie in ihre Heimat zurückkehrte, wurde sie gefragt, was sie auf ihrer Studienreise am meisten beeindruckt habe. Sie erwiderte: „Der ungeheure Fleiß und der Arbeitswille, das Geschick und der Geschmack, mit dem die Deutschen ihre zerstörten Städte wiederaufgebaut haben, sind anerkennungswert und rufen ehrliche Bewunderung hervor. Die vielen neuen Schulen und Kirchen, Krankenhäuser, Schwimmbäder, Anlagen und Geschäfte haben mich beeindruckt.

Eins aber gab mir zu denken: Überall fand ich Altersheime, zumeist neue. Auch sie sind zum größten Teil wunderschön und sicher zweckmäßig erstellt. Doch frage ich mich: Sind sie nötig? Behält man in Deutschland seine alten Eltern nicht im Kreise der Familie, wo man sie ehrt, ihnen einen angenehmen Lebensabend gestaltet und sie liebevoll pflegt, bis sie sterben? In Japan würde sich kein Mensch von seinen alten Eltern trennen, denen man das Leben, seine Erziehung, seine Ausbildung verdankt, wenn es nicht unumgänglich ist. Das Wort oder der Wille des Vaters oder der Mutter wird auch von den längst erwachsenen Kindern respektiert und weitmöglichst befolgt. Warum habt ihr so viele Altersheime erstellt? Ein Volk, das seine Alten nicht ehrt, gräbt sich sein eigenes Grab."

Das war unzweideutig gesprochen. Sicher, manche Wohnungsverhältnisse lassen ein Zusammenleben einfach nicht zu. Und oft mag es besser sein, wenn jung und alt sich trennen, als daß sie in ständigem Unfrieden zusammenleben. Aber für manchen alten Menschen ist die Unterbringung in einem Altersheim nichts anderes als ein Abgeschobenwerden auf die Ofenbank, wie es in der erwähnten Lesebuchgeschichte hieß. Die Alten sind vielen einfach lästig. Da spielt Geld keine Rolle, um sie los zu werden. Man beruhigt sein Gewissen, daß man sie in solchen Häusern gut versorgt weiß. Dort sind sie unter ihresgleichen und können sich ganz ihren persönlichen Interessen widmen. Man selbst aber hat keine Scherereien mit ihnen. Hin und wieder, an den Geburtstagen, zu Weihnachten oder zum Muttertag, besucht man sie und erfüllt damit vermeintlich seine Pflicht. Wage niemand zu behaupten, daß man seine Alten vernachlässigt!

Altersheime sind unbedingt notwendig. Sie sind sogar eine segensreiche Einrichtung. In vielen Fällen ist es der Wunsch alter Leute, dort untergebracht zu werden. Oft geschieht aber auch ein großes Unrecht an denen, die man einfach abschiebt, weil sie einem unbequem und lästig geworden sind. Wo immer die Möglichkeit dazu vorhanden ist, sollten unsere Betagten in ihrer vertrauten Umgebung gelassen werden. Es heißt: Einen alten Baum sollst du nicht verpflanzen.

Ich durfte meine Mutter bis zu ihrem 86. Lebensjahr bei mir behalten. In meinem Buch „Als flögen wir davon" habe ich sie meinen „goldenen Anhänger" genannt. Sie war eine intelligente, geistreiche Frau, belesen und aufgeschlossen für alles Fortschrittliche, in keiner Weise kleinlich oder engherzig, aber unbedingt geradlinig und kompromißlos, wo es um christliche Überzeugung ging. Nie wieder bin ich einem Menschen begegnet, der bewußter und freudiger — ich betone es vorsätzlich — seinen Weg in der Nachfolge Christi ging.

Gott hatte meiner Mutter auch eine außerordentliche Redegabe verliehen. Diese hat sie an der Seite meines Vaters, dessen Berufsleben in der Reichsgottesarbeit sie teilte, im In- und Ausland vor Hunderten von Menschen ausgeübt. Durch die vielen Lieder, die sie dichtete, sowie durch Artikel, die aus ihrer Feder stammten, hat sie weite Kreise erreicht. Viele Menschen wurden durch sie gesegnet.

Diese geistvolle Frau wurde ebensowenig von den Begleiterscheinungen des Alters verschont wie andere. Erst langsam, dann aber immer merklicher ließ das Gedächtnis nach. Sie konnte sich von einem Augenblick zum andern an nichts mehr erinnern, lebte dafür aber um so stärker in der Vergangenheit. Sie brachte Gegenwart und Vergangenheit durcheinander und erzählte mir manchmal täglich zehnmal dasselbe. Ich gebe ehrlich zu: es war nicht immer ganz einfach für mich, die ich intensiv an meinem Schreibtisch zu arbeiten hatte oder die Gäste unseres Hauses betreuen mußte. Vor allem meine schriftstellerische Aufgabe erforderte ganze Konzentration. Doch meine Mutter empfand es keineswegs als Störung, wenn sie mich immer wieder in meiner Arbeit unterbrach und mir ausgiebig dieses oder jenes erzählte, was sie gerade beschäftigte. Für mich war es wohl die nötige Schule der Geduld, in der ich mich zu üben hatte.

Sie nahm es mir allerdings auch nicht übel, wenn ich sie bat: „Nun darfst du mir eine Weile nichts erzählen, denn ich muß unbedingt diese Arbeit zu Ende bringen." Dann saß sie einige Minuten still neben meinem Schreibtisch und strickte für ihre Urenkel oder die Kinder meiner Mitarbeiterin, um gleich darauf wieder aus ihrer Kindheit und Jugendzeit zu erzählen, die ihr so eigentümlich nahe gerückt war. Manches Mal habe ich dann wohl ein wenig geseufzt. Ach, und was gäbe ich heute darum, wenn sie noch strickend neben meinem Schreibtisch sitzen und mich in meiner Arbeit unterbrechen würde. Je länger desto mehr vermisse ich meinen „goldenen Anhänger".

Mein Vater starb bereits 25 Jahre vor ihr, aber noch heute, wo ich schon selber ein alternder Mensch geworden bin, empfinde ich die innige Verbundenheit mit ihm und vermisse ihn sehr, mit dem ich so viel Wesensverwandtes habe.

Das Verhältnis zu meiner Mutter wandelte sich in den letzten zwei Jahren ihres Lebens völlig. Wir tauschten die Rollen. Ich wurde gewissermaßen die Mutter und sie mein Kind, das ich zu betreuen hatte. Zuletzt kam es einige Male vor, daß sie nachts, wenn sie nicht schlafen konnte, in mein Zimmer trat, vor meinem Bett stand und mich mit dem Anruf weckte: „Mutter, Mutter!"

Es gab in jener Zeit auch originelle Erlebnisse, an die ich noch heute schmunzelnd zurückdenke. Eines Tages sagte ich ihr, nachdem sie mir allerlei gutgemeinte Vorschriften gemacht hatte: „Mama, das mußt du mir schon selbst überlassen. Ich bin immerhin 55 Jahre alt und weiß, wie ich mich zu entscheiden habe."

Darauf antwortete sie mir: „Das hat gar keinen Zweck, daß du mir sagst, wie alt du bist, denn morgen habe ich es bereits wieder vergessen. Aber deswegen bist und bleibst du doch mein Kind und hast mir zu gehorchen."

Ach ja, man bleibt seiner Mutter Kind. Daß wir es doch nie vergessen mögen!

Es wurde dann noch recht beschwerlich mit meiner Mutter. Eine starke Altersunruhe kam über sie. Oft bin ich zehn-, zwölfmal des Nachts aufgestanden und habe sie wieder zu Bett gebracht. Ihr Zeitbegriff war völlig durcheinander geraten. Immer meinte sie, es wäre schon Zeit, aufzustehen und an die Arbeit zu gehen. Ihr reger Geist kam nicht zur Ruhe.

Ich erinnere mich, wie mein ältester Bruder, der nun auch schon in der anderen Welt weilt, mit seiner Frau zu uns kam und sagte: „Heute nacht übernehme ich es, nach Mama zu schauen, damit du einmal ungestört schlafen kannst."

Abgesehen davon, daß ich trotzdem wenig Ruhe fand, weil ich immer wieder voller Sorge nach unten horchte, stellte ich mich am anderen Morgen bereits vor sechs Uhr wieder ein, um zu sehen, wie mein Bruder mit der unruhigen Mutter fertig geworden war.

Übernächtigt kam er mir entgegen: „Einundzwanzig Mal bin ich aufgestanden, weil sie immer wieder das Bett verließ."

Alle Schlafmittel nützten nichts. Sie verwirrten sie nur noch mehr. Ihre Unruhe steigerte sich derartig, daß sie schließlich jeden Abend eine Spritze bekommen mußte. So ging ein ganzes Jahr hin. Aber immer wieder habe ich beten müssen: „Hilf mir, o Gott, daß ich sie nicht noch wegbringen muß! Gib, daß ich sie bis zuletzt behalten darf, und laß mich in keiner Weise an ihr schuldig werden." Heute wünschte ich, ich hätte noch mehr für sie getan.

Sie wurde schließlich so schwach, daß sie das Bett nicht mehr verlassen konnte. Monatelang meinten wir täglich, sie werde sterben. Wie gut, wenn in solchen Fällen die Angehörigen zusammenstehen und sich in der Pflege ablösen, wie ich es mit einer verwitweten Schwägerin erleben durfte.

Gott erhörte mein Gebet, so daß ich meine liebe Mutter bis zu ihrem letzten Augenblick pflegen konnte. Manches Mal habe ich zu ihr gesagt, wenn ich abends an ihrem Bett saß und mit ihr betete, nachdem ich sie für die Nacht zurechtgemacht hatte: „Mama, wenn du nun auch nicht mehr imstande bist, den Namen Jesu auszurufen - er kennt dich, er weiß, wo du wohnst und daß du ihm gehörst, und er spricht zu dir: Ich habe dich bei deinem Namen gerufen, du bist mein, und niemand soll dich aus meiner Hand reißen." Immer wieder sprach ich ihr auch Verse aus dem 23. Psalm vor: „Und ob ich schon wanderte im finstern Tal, fürchte ich kein Unglück, denn du bist bei mir, dein Stecken und Stab trösten mich."

Ja, sie brauchen uns, unsere Alten, sie brauchen unsere Fürsorge, unseren Dank, den wir ihnen schulden. Außerdem entspricht es den Forderungen Gottes. In Sirach 3 lesen wir: „Liebes Kind, pflege deinen Vater im Alter. Verachte das Alter nicht.“ In 1. Timotheus 5 heißt es: „Einen Alten schilt nicht, sondern ermahne ihn. Ihr Jungen seid untertan den Ältesten.“ Sirach sagt: „Verachte deine Mutter nicht, wenn sie alt wird.“ In Hiob steht: „Der Verstand ist bei den Alten.“ In 3. Mose 19 und auch an anderen Stellen heißt es, daß man die Alten ehren soll: „Vor einem grauen Haupt sollst du aufstehen.“ Allen ist das Gebot bekannt: „Du sollst deinen Vater und deine Mutter ehren, auf daß du lange lebest in dem Lande, das dir der Herr, dein Gott, geben wird.“ In Sprüche 16 steht: „Graue Haare sind eine Krone der Ehre.“

Ob es nicht auch das gibt, daß man seinen Vater oder seine Mutter nicht ehren kann? Ich denke da an die Eltern des größten Teiles der Kinder in unserem Kinderheim. Wie sollen sie ihre Väter oder auch ihre Mütter ehren können, an denen sie so viel Verabscheuungswürdiges erlebt haben? Mißhandlungen und Erniedrigungen der Mütter durch die trunksüchtigen Väter, Treuebruch und sittliche Entgleisung. Muß es da nicht schwerfallen, ihnen Achtung entgegenzubringen?

Unvergeßlich ist mir, was ein Fräulein, Gast unseres Hauses, mir einmal erzählte. Ihr Verhältnis zu ihrem Vater war sehr schlecht. Obgleich sie einem christlichen Kreis angehörte, ließ sie sich zu der Äußerung hinreißen: „Ich hasse meinen Vater.“ Nach dem Tode ihrer Mutter mußte sie ihm gezwungenermaßen den Haushalt führen. Sie hätte es nicht getan, wenn sie nicht befürchten mußte, von ihm enterbt zu werden.

Die Ursache ihrer Haltung lag in einem Geschehen, das viele Jahre zurückreichte. Als sie noch ein kleines Kind war, hatte der Vater sie buchstäblich verkaufen wollen. Mit einem kinderlosen Ehepaar war bereits eine Summe vereinbart worden, die für das Mädchen bezahlt werden sollte. „Verschachern wollte er mich", sagte sie bitter, geradezu haßerfüllt. Der Vater hatte sich einen Sohn gewünscht, der später einmal sein Geschäft weiterführen sollte. Nun war es eine Tochter geworden. Mit ihr wußte er nichts anzufangen. Solange die Mutter lebte, versuchte diese das gespannte Verhältnis zu überbrücken. Als sie gestorben war, wurde die Spannung zwischen Vater und Tochter immer unerträglicher.

„Beten Sie eigentlich für ihn?" fragte ich das Fräulein.

Empört brauste sie auf. „Für den auch noch beten? Was muten Sie mir zu?"

Ich fuhr fort: „Wenn ich einen Menschen — in Ihrem Fall wäre es Ihr Vater — aus irgendeinem Grund nicht achten kann, so ehre ich ihn dadurch — und das wird von uns Christen gefordert —, daß ich für ihn bete. Ich versuche, ihn mit den Augen Gottes zu sehen. Ich weiß, Gott will, daß allen Menschen geholfen wird, also auch ihm."

Kann jemand seinen Vater oder seine Mutter nicht achten, dann wandelt sich dieses Gefühl, wenn er bemüht ist, sie mit den Augen Gottes zu sehen. In solchen Fällen scheint es vielleicht sinnlos, mit ihnen über Gott zu reden. Desto mehr sollte man mit Gott über sie sprechen.

Viele Dinge, Verhältnisse und Situationen wandeln

sich, wenn man sie vor Gott ausbreitet. In der Bibel ist von dem König Hiskia die Rede, der den Drohbrief, den einer seiner Feinde ihm geschrieben hatte, vor Gott ausbreitete. Man kann nichts Besseres tun, als die Not, die uns andere Menschen zufügen — und wenn es die eigenen sind — vor Gott auszubreiten. Wer das will erfährt, daß sich Abneigung in Tragkraft wandelt. Es kann sogar Liebe daraus werden. Menschen, deren Handlungsweise ich nicht verstehe, kann ich nicht oft genug vor Gott bringen.

In meinem Buch „Der dunkle Punkt" erzähle ich von einer Frau, deren Vater ein Trinker war. Das Kind und seine Mutter hatten unter der Trunksucht und Haltlosigkeit dieses Mannes derartig gelitten, daß die Mutter buchstäblich an Gram zugrunde ging und die neunjährige Tochter, als sie die furchtbaren Mißhandlungen des stets betrunkenen und bereits degenerierten Vaters nicht länger ertragen konnte, einen Selbstmordversuch unternahm. Sie drehte den Gashahn auf. In letzter Minute konnten Hausbewohner, die durch den Gasgeruch aufmerksam geworden waren, die Polizei benachrichtigen, so daß das Kind gerettet wurde. Ich selbst kam hinzu, als es besinnungslos auf den Armen eines Sanitäters ins Krankenhaus eingeliefert wurde. Zeitungsberichte schilderten das tragische Schicksal dieses neunjährigen Kindes, das lieber aus dem Leben scheiden wollte, als länger mit seinem Vater zusammenzuleben.

Es meldeten sich kinderlose und andere Ehepaare, auch unverheiratete Frauen, die das Mädchen an Kindesstatt annehmen wollten. Einem älteren Fräulein wurde die Kleine dann zugesprochen. Sie fand in ihm eine wahre Mutter, wuchs in einem gepflegten, freundlichen Heim heran und durfte gute Schulen besuchen. Nach und nach verblaßte die Erinnerung an die trostlosen Jahre ihrer Kindheit. Den Gedanken an den Vater, der sich nie mehr um sein Kind gekümmert hatte und der nach Verbüßung einer erneuten Gefängnisstrafe verschollen blieb, schob das Mädchen bewußt beiseite. Es wollte nichts mehr mit ihm zu tun haben.

Durch die Pflegemutter wurde die Heranwachsende in Gesellschaftskreise eingeführt, in die sie, ihrem Herkommen nach, sonst nie gelangt wäre. Sie heiratete einen Mann in guter Position, schenkte ihm vier Kinder und war glücklich. Sie bewegte sich in ihren Kreisen wie eine Dame, die nie etwas anderes gekannt hat. Nichts erinnerte mehr an die Zeit, wo sie sich, in Lumpen gehüllt, in der eiskalten Dachkammer, zitternd vor Angst und Kälte, an die Wand gedrückt hatte, wenn der total betrunkene Vater mit erhobener Faust auf sie einschlug. Sie dachte kaum noch an jene Verzweiflungsstunde in der Silversternacht, in der sie den Gashahn aufgedreht hatte, weil ihr das Leben unerträglich schien. So gingen die Jahre dahin. Drei ihrer Kinder waren bereits erwachsen.

Und dann erlebte diese Frau eine Evangelisation, in der es ihr wie Schuppen von den Augen fiel. Ihr wurde klar, daß auch in ihrem Leben nicht alles in Ordnung ist. Sie entschloß sich, aufzuräumen. Vor allem fiel es ihr schwer auf die Seele, daß sie sich in den Jahren ihres Wohllebens nie um den Vater gekümmert hatte. Bisher kannte sie deswegen keine Schuldgefühle. Doch das war jetzt anders geworden. Dennoch meinte sie, den alten Mann nach all dem Vorausgegangenen nicht mehr achten zu können. Es kostete sie eine große Überwindung, sich vorzustellen, daß der längst Verschollene eines Tages wieder in ihr Leben treten könnte. Aber nachdem ihr während der Evangelisation klar geworden war, daß ihr Leben geordnet werden muß, stand plötzlich auch die Kindespflicht vor ihr.

Sie begann nach dem Vater zu forschen. Nach monatelangem Suchen fand sie tatsächlich eine Spur von dem Verschollenen und war gewillt, neu mit ihm die Verbindung aufzunehmen. Das schien ihr genauso schwer wie das andere, nämlich ihrer Familie, die von dem Vorhandensein dieses Schwieger- und Großvaters nichts wußte, zu offenbaren, daß er noch lebte. Aus Scham über ihre Herkunft hatte sie bisher darüber geschwiegen. Das alte Fräulein, das sie aufgenommen und erzogen hatte, galt ganz selbstverständlich als Schwieger- und Großmutter. Und da der Zweite Weltkrieg dazwischenlag, war der Bericht von dem verschollenen, alten Vater unbedingt glaubwürdig.

In meinem Buch „Der dunkle Punkt" erzähle ich dann von dem Aufruhr, den es in der Familie bei der Eröffnung dieser Tatsache gab. Ich schildere das Erschrecken bei der Tochter und deren Angehörigen, als der alte Vater und Großvater völlig verkommen und durch den Trunk verblödet in einem Altersheim aufgestöbert wurde. Eine Kette von Verwirrungen und Schwierigkeiten folgte. Aber diese Frau, deren inneren Augen für ihre Aufgabe geöffnet worden war, ging ihren schweren Weg und ehrte den alten, verkommenenen Vater dadurch, daß sie ihn aufnahm und versorgte. Und wo es ihr unmöglich schien, ihn zu lieben, da begann sie ihn mit den Augen Gottes zu sehen und liebte seine arme, zerrüttete Seele.

Nur von dieser Sicht her kann man in einem solchen Fall lieben, und das nur mit der Liebe dessen, der sterbend am Kreuz für seine Feinde bat: „Vater, vergib ihnen, denn sie wissen nicht, was sie tun!"

Ein weiteres Erlebnis soll das ebenfalls verdeutlichen: Ein elegantes Auto hielt vor unserem Heim. Ihm entstieg ein sehr vornehmes Ehepaar. „Meine Schwiegermutter kommt für sechs Wochen zu uns aus dem Rheinland", erklärte die mondäne Dame. „Ich möchte ihr, wenn sie zwei, drei Tage bei uns gewesen ist, einen schönen Erholungsurlaub in einem gepflegten Haus ermöglichen und dachte dabei an Ihr schönes Heim. Kann ich gleich jetzt ein Zimmer für fünf Wochen bestellen?"

Sie sprach nur in der Einzahl und bezog ihren Mann überhaupt nicht in ihre Wünsche und Forderungen ein. Er schwieg. Aus ihren Reden gewann man den Eindruck, als dulde sie ihre Schwiegermutter unter keinen Umständen länger als drei Tage in ihrem Haus. Da die Dame weit über 80 Jahre alt sein mußte, fragte ich, ob sie sich selbst versorgen könne und sich in der fremden Umgebung zurechtfinden würde. Es sei uns unmöglich, Pflegepersonal zu stellen.

„Aber selbstverständlich", war die rasche Antwort der übereifrigen Schwiegertochter. „Meine Schwiegermutter ist noch rüstig und geistig sehr frisch. Sie führt ihren eigenen Haushalt, allerdings mit einer langjährigen Stütze. Sie lebt mit ihrem ältesten Sohn, einem Arzt, im gleichen Haus zusammen."

Kurzum, die alte Dame kam zu uns. Sie machte einen bescheidenen, etwas ängstlichen Eindruck. Ihre Angehörigen verabschiedeten sich kurz. Der Sohn blieb auch jetzt stumm, und doch meinte ich in seinen Augen einen warmen Schein gesehen zu haben, als er seiner Mutter fast scheu über das weiße Haar strich.

Bereits am ersten Abend zeigten sich bei der alten Dame gewisse Störungen. Die Reise vom Rheinland nach Süddeutschland war für sie schon eine Anstrengung gewesen. Sie hatte sie nur auf sich genommen, um ihren Sohn noch einmal zu sehen. Der frostige Empfang der Schwiegertochter, die nur darauf bedacht war, sie so schnell wie möglich wieder loszuwerden — das alles hatte sie stark mitgenommen. Hinzu kam unser fremdes Haus und die für sie unbekannte Umgebung. So saß sie völlig hilflos in unserem Speisesaal und schien ganz durcheinander zu sein. Ich mußte sie von der Mahlzeit weg in ihr Zimmer führen und sie zu Bett bringen.

Einige Stunden später, als es schon dunkel geworden war, kam ein Herr zu uns herüber ins Familienhäuschen. „Die alte Dame, die heute eingetroffen ist, steht fix und fertig angezogen mit gepackten Koffern vor dem Haus, um fortzugehen. Nur mit Mühe konnte ich sie dazu bewegen, sich in die Diele zu setzen und zu warten, bis ich Sie hole."

Mit großer Besorgnis eilte ich hinüber ins Gästehaus. „Aber liebe Frau B., wo wollen Sie denn hin?"

„Nach Hause", sagte sie müde. Heimweh zeichnete

ihr Gesicht. „Ich will nach Hause. Es ist gar nicht weit, gleich hinter dem Wald. Ich finde gut alleine hin."

Sie war völlig verwirrt. Es gelang mir, sie zu beruhigen. Ich versprach, ihren Sohn anzurufen, daß er sie noch in dieser Nacht hole.

Die Herrschaften waren ausgegangen und mußten erst gesucht werden. In einem Weinlokal fand man sie. Natürlich paßte es keineswegs in die Pläne der Schwiegertochter, die alte Frau noch in derselben Nacht zurückzuholen. Man versuchte uns zu überreden, die alte Dame zu behalten. Wir ließen uns jedoch auf nichts ein. Die Verantwortung war zu groß. Währenddessen saß unser hochbetagter Gast, nichts Gutes ahnend, ängstlich lauschend, bei mir in der Diele unseres Gästehauses und spürte, wie unwillig sich ihre Kinder auf den Weg gemacht hatten, um sie zu holen.

„Meinen Sie, man wird mich ausschimpfen?" fragte sie. Ehe ich antworten konnte, fügte sie hinzu: „Glauben Sie, daß meine Schwiegertochter einen Stock mitbringt und mich schlägt?"

Wie tat mir diese alte Frau leid. Um Mitternacht fuhr der elegante Wagen wieder vor. Die mondäne Dame stieg aus, ohne die Schwiegermutter auch nur eines Blickes zu würdigen. „Was sind wir Ihnen schuldig?" fragte sie mich. Lässig warf sie einen Geldschein auf den Tisch.

Ich antwortete ihr: „Die alte Dame hat ja nur ein paar Bissen beim Abendessen zu sich genommen."

„Wir hätten Sie reichlich bezahlt, wenn Sie meine Schwiegermutter hier behalten hätten", sagte sie ärgerlich.

Mit Geld ist nicht alles zu erledigen.

Der Sohn fand endlich ein Wort. Seine alte Mutter mochte ihm leid tun. „Aber Mama, was machst du denn für Sachen? Hier hättest du es doch so schön gehabt!"

„Ich will nach Hause! Bringt mich nach Hause", schluchzte die alte Frau.

Ich geleitete sie zum Auto und vergewisserte mich, daß sie bequem saß, nachdem ich ihr zugesprochen hatte, ihr Sohn werde gewiß für eine schnelle Heimkehr sorgen.

Danach wandte ich mich diesem zu: „Sollten wir nicht daran denken, daß wir vielleicht auch einmal alt werden? Keiner von uns weiß, wie wir dann sein werden. Eins aber ist sicher: Jedes freundliche und verständnisvolle Wort wird uns dann wohltun!"

Daß wir doch nicht an unseren Alten schuldig werden! Wir strafen uns damit selber, denn alle Lieblosigkeit und alle Ungeduld fällt auf uns zurück.

Es ist nicht faßbar, was die Pfarrvikarin im hiesigen Krankenhaus erlebte. Dort lag eine alte Frau, die sieben Töchter und Söhne großgezogen hatte, aber von keinem ihrer Kinder besucht wurde. Welche Gründe diese Haltung auch immer haben mochte, jedenfalls ist es mehr als tragisch, wenn eine Mutter von ihren sieben Kindern völlig ignoriert wird.

Ich habe mir von Heimleitern sagen lassen, daß solch ein Verhalten in Altersheimen kein Sonderfall ist. Es gibt völlig verlassene, ja scheinbar vergessene Väter und Mütter. Ein erschütterndes Bild unserer Zeit.

Altwerden ist ganz gewiß nicht leicht. Darum sollte

man die Kunst erlernen, mit frohem Herzen alt zu werden. Wann beginnt überhaupt das Altwerden?

Für jeden Menschen kommt die Zeit, in der er erkennt, daß er sich auf der absteigenden Linie des Lebens befindet. Wann etwa ist das? Darüber gehen die Meinungen auseinander. Die Bibel sagt: „Unser Leben währet siebzig Jahre, und wenn's hoch kommt, so sind's achtzig Jahre, und was daran köstlich scheint, ist doch nur vergebliche Mühe." Demnach befindet man sich mit vierzig Jahren auf der absteigenden Linie.

Dagegen werden manche protestieren: „Was, mit vierzig Jahren? Da ist man doch gerade im besten Alter." Richtig! Man befindet sich auf der Höhe des Lebens. Aber ist es nicht so: Wenn man auf dem Höhepunkt angelangt ist — denken wir nur an eine Bergbesteigung — geht es bekanntlich wieder herunter. Bei der heute durchschnittlich längeren Lebenserwartung liegt der Höhepunkt des Lebens vielleicht bei 45 Jahren. Von da ab geht es aber zumindest körperlich abwärts.

Ich persönlich konnte unzweideutig feststellen, wie sich der Weg ganz langsam senkte. Ich will hier nicht falsch verstanden werden. Mit meinen fast 65 Lebensjahren bin ich noch erstaunlich leistungsfähig, wenn ich auch nicht mehr wie einst den Berg hinaufstürmen kann.

Zu diesem langsamen, kaum merklichen Schwinden der Kräfte heißt es ein bewußtes Ja zu finden. Das aber vermögen viele nicht. Ich erinnere mich, als ich fünfzig Jahre alt war, besuchte mich eine gleichaltrige Freundin. Sie ließ sich in einen Sessel fallen, rang in halb gespieltem, aber auch echtem Entsetzen die Hände und rief: „Elisabeth, fünfzig Jahre sind wir jetzt alt. Stell dir vor, ein halbes Jahrhundert!"

„Und?" fragte ich zurück, „was findest du daran so schrecklich?"

„Das willst du wissen? Sieh meine grauen Haare an, die vielen Falten im Gesicht. Heute tut es mir hier weh, morgen da. Ich finde es schrecklich, bei lebendigem Leib sein Älterwerden beobachten zu müssen."

Ich lachte. „Du tust gut daran, zu diesen Erscheinungen ja zu sagen."

„Hör mal", begehrte sie auf. „Glaubst du vielleicht, die verflossenen Jahre sind an dir spurlos vorübergegangen? Du bildest dir doch nicht ein, du bist jünger geworden? Ich habe den Eindruck, du nimmst mich nicht ernst."

„Doch, ganz gewiß", beruhigte ich die tatsächlich Aufgebrachte. „Aber warum regst du dich so auf? Ich will dich nicht mit billigem Trost zu beruhigen suchen. Man ist so alt, wie man sich fühlt. Der eine fühlt sich je nach Wesensart, Veranlagung und körperlicher Verfassung länger jung als der andere. Aber ich finde, daß es wichtig ist, zu jeder Epoche seines Lebens ja zu sagen. Glaube mir, ich habe noch nie so bewußt gelebt wie jetzt, und ich meine, das steigert sich, je älter ich werde. Selbst wenn die körperlichen Kräfte nachlassen, geistig und geistlich haben wir noch unbegrenzte Wachstumsmöglichkeiten."

In jedem Fall: Beim Älter- und Reiferwerden konzentrieren wir uns stärker auf das Wesentliche, nehmen bewußt Abstand von Nebensächlichkeiten und sammeln dabei ganz wunderbare Lebenserfahrungen, die in uns eine geheimnisvolle Wandlung zustande bringen. Diese könnte darin bestehen, daß wir uns trotz der abnehmenden körperlichen Kräfte irgendwie verjüngt fühlen. Das ist nicht etwa Einbildung oder Selbstsuggestion. Wir haben dafür eine Erklärung: Wo der Mensch, ob jung oder alt, offen ist für die Geschehnisse der unsichtbaren, göttlichen Welt, fließen ihm aus ihr wundersame Kräfte zu. Man kann alte Menschen finden, die aus diesen Quellen schöpfen und deshalb erstaunlich ausgeglichen und gereift sind. Sie strahlen eine Atmosphäre des Friedens aus und sind ihrer Umgebung zum großen Segen. Sie haben die Kunst gelernt, mit frohem Herzen alt zu werden.

Wir haben uns vorhin gefragt, wann man zu altern beginnt. Das wird von Menschen der verschiedenen Altersstufen verschieden beurteilt.

Ich erinnere mich noch gut, wie einer meiner Pflegesöhne, damals war er etwa acht Jahre alt, zu mir kam und sagte: „Mutti, draußen ist eine alte Frau, die möchte dich sprechen."

„So", fragte ich zurück, „wie alt ist sie denn?"

„Na, etwa so alt wie du."

Ich war zweiundvierzig Jahre alt.

Als ich ein Schulkind war, schien mir meine Lehrerin bereits betagt. Sie war gewiß nicht viel älter als dreißig Jahre.

Kinder äußern sich auf diesem Gebiet unverblümt. Ich habe einen braunen Langhaardackel, der auf den Namen Kobold hört. Die beiden Kinder meiner langjährigen Mitarbeiterin wollten mich unbedingt dazu überreden, ihnen den Hund zu schenken, mit dem sie täglich spielen und schon die tollsten „Künste" durchführen.

„Ihr bekommt ihn, wenn ich nicht mehr lebe", versprach ich ihnen. „Solange dürft ihr weiter mit ihm spielen."

„Ach, gib ihn uns doch jetzt schon", bettelte Angelika. „Das dauert noch so lange, bis du stirbst."

Ihr jüngerer Bruder aber tröstete sie: „O nein, die Omi stirbt bald, die ist doch schon so alt."

Damals hatte ich gerade meinen sechzigsten Geburtstag gefeiert.

Die Kinder meinten es ganz gewiß nicht böse oder lieblos. Für sie war es einfach eine sachliche Feststellung meines Alters. Mit sechzig Jahren ist man in den Augen eines Kindes nicht nur alt, sondern schon uralt.

Hans Albert war es auch, der schon viel früher feststellte — damals besuchte er noch nicht die Schule: „Omi, du kannst aber auch gar nichts mehr."

Es ging darum, daß unsere Mitarbeiter mit seinem Vater auf den Acker fuhren, um Kartoffeln zu stecken. Der Kleine, der dabei eifrig half, hatte mich auch dazu aufgefordert.

Ich enttäuschte ihn sichtlich, als ich sagte: „Nein, das kann ich leider nicht. Du weißt doch, daß mir schwindlig wird, wenn ich mich bücke."

Darauf folgte sein vernichtendes Urteil: „Du kannst aber auch gar nichts."

Sein Schwesterchen meinte mich verteidigen zu müssen: „Doch, die Omi kann noch was: die kann Andacht halten und Geschenke machen."

Das war immerhin etwas.

Ja, das ist auch eine Erkenntnis, der wir Ältergewordenen uns stellen müssen, daß wir nicht mehr alles so wie früher können. Aber dabei sollten wir nicht stehenbleiben und resignieren. Die körperlichen Kräfte lassen nun einmal langsam nach. Haare und Zähne fallen vielfach aus, und für alles gibt es nun einmal keinen Ersatz, wenn auf diesem Sektor auch Erstaunliches geleistet wird. Auf dem Gebiet der „Farbtechnik" kann man ebenfalls allerlei erleben, aber das ist Geschmacks- und Ansichtssache. Auch die sorgfältigste Kosmetik kann darüber nicht hinwegtäuschen, daß man älter wird. Wir müssen uns damit abfinden.

Der älter werdende Mensch, der keineswegs stumpfer, gleichgültiger oder geistloser werden muß, sollte sich so jung wie möglich halten und sich nicht gehen lassen. Ich freue mich immer, wenn ich gepflegte und gut gekleidete ältere Damen und Herren sehe. Einem älteren Menschen darf es nicht gleichgültig sein, wie er auf seine Umgebung wirkt. Das ist bis zu einem gewissen Grade eine Erziehungs- und Gewohnheitssache. Wer sich in jüngeren Jahren nicht sauber und ordentlich gekleidet hat, der wird im Alter schwerlich damit anfangen können.

An einem schönen Sommertage ging ich einmal mit meinen damals noch schulpflichtigen Pflegekindern spazieren. Wir kamen am Rande der Stadt an vielen Schrebergärten vorbei. Ich habe schon immer eine besondere Vorliebe für Schrebergärten. In meinem nächsten Kinderbuch, das ich schreiben möchte, erzähle ich von einem Schrebergarten, den ein Lebenskünstler für sich und seine Familie erstellt hatte.

Während ich damals mit meinen Pflegekindern durch eine solche Schrebergartenanlage ging, rief plötzlich eins der Kinder: „O seht, wie schön! Hier sind viele kleine Zwerge!"

Tatsächlich, inmitten einer Fülle sommerlicher Blumen, berauschend duftender Rosen und Jasminbüsche standen viele kleine und größere Gartenzwerge, wie man sie in Warenhäusern kaufen kann.

„Sind sie nicht reizend?" fragte eines meiner Kinder noch einmal.

Ich wollte ihnen die Freude an den kleinen bunten Gipszwergen nicht nehmen. Andererseits war es mir wichtig, ihnen die Augen zu öffnen für das, was wirklich schön und was Kitsch ist. „Mir gefallen die vielen Zwerge zwischen den Blumen nicht", sagte ich.

Im gleichen Augenblick erschrak ich. Durch das Fenster hatte ich im Innern des Gartenhäuschens einen älteren Mann gesehen, der ruhend in einem Sessel saß. Wie mußte ihn meine rasche Beurteilung der kleinen harmlosen Gartenzwerge verletzt haben. Wenn sie ihm nicht gefallen würden, hätte er sie nicht aufgestellt.

Irgendwie hatte ich das Gefühl, hier etwas wiedergutmachen zu müssen. So sprach ich zu den Kindern, als sähe ich den Mann nicht: „Wißt ihr, das sind Geschmackssachen. Euch gefallen die kleinen Zwerge ja auch. Ich persönlich finde, daß dieser wunderschöne, gut gepflegte Garten mit seinen herrlichen duftenden Blumen und Sträuchern auch ohne die Gartenzwerge so prächtig ist, daß man auf sie verzichten könnte. Wenn sie aber dem Besitzer des Gartens gefallen, dann ist es sein gutes Recht, sie aufzustellen. Jedenfalls ist es ein zauberhaftes Fleckchen Erde, ein kleines Märchenreich mit gepflegten Wegen, sauber eingefaßten Blumenrabatten, und in ein Märchenreich passen sogar kleine Zwerge."

Ich hoffte, mit diesen Worten den Besitzer des kleinen Gartens versöhnt zu haben. Wie staunten wir, als wir etwa zwei Stunden später wieder an dem Schrebergarten vorbeikamen: alle Zwerge waren verschwunden. Jetzt gefiel mir dieses Schmuckstück von einem Garten noch besser.

Vielleicht liest irgendein alter Mensch, der sich bisher keine Gedanken darüber gemacht hat, wie er auf andere wirkt, diese Gartenzwerg-Episode und läßt sich davon überzeugen, daß es keineswegs unwichtig ist, wie man auf seine Umgebung wirkt.

Manche sagen: Wem soll ich in meinem Alter noch gefallen? Es ist doch gleichgültig, ob mein Strumpf rutscht oder mein Hut schief sitzt, ob meine Schuhe glänzen oder mein Halstuch verschwitzt ist? Nein, das ist nicht egal. Wir Älteren sollten erst recht auf unser Aussehen achten und uns geschmackvoll kleiden, was keineswegs eine Belastung der knapp bemessenen Rente oder Pension sein muß. Der äußere Mensch ist mehr oder weniger das Spiegelbild des inneren Menschen. Daher können Christen es sich nicht leisten, ungepflegt herumzulaufen, und wer gar meint, an Wasser und Seife sparen zu müssen, der darf sich nicht wundern, wenn andere von ihm abrücken.

Das extreme Gegenteil ist genauso verkehrt. Es wirkt mehr als lächerlich, wenn eine alte Dame unbedingt jung erscheinen will und deshalb im Minirock über die

Straße läuft oder wenn ein alter Herr wie ein junger Geck aussehen möchte.

Ich habe noch andere Extreme erlebt. In Wien wohnte ich einmal im Hause von zwei prächtigen alten Damen, die als bewußte Christen viel Gutes taten. Sie waren jedoch der törichten Meinung, jegliches Zugeständnis gegenüber der im Augenblick herrschenden Mode strickt verneinen zu müssen und trugen aus Protest Kleider aus dem vorigen Jahrhundert, deren Röcke so lang waren, daß sie damit die Straße fegten. Sie sahen darin wirklich unmöglich aus und reizten Kinder und Jugendliche dauernd zum Spott. Kopfschüttelnd und mitleidig blickten die Erwachsenen ihnen nach.

Als ich lange genug bei ihnen wohnte, wagte ich eines Tages sie zu fragen, welches eigentlich die Ursache ihrer seltsamen Aufmachung sei und was sie damit bezwecken wollten.

„Wir möchten als Christen auf diese Art gegen die Auswüchse der Mode Protest erheben", sagten sie.

„Dabei vergessen Sie, daß diese Kleidung, die Sie jetzt zur Schau tragen, einmal neueste Mode war. Sie bedienen sich ihrer nur fünfzig Jahre später und machen sich dadurch in der Öffentlichkeit lächerlich", erwiderte ich ihnen. „Außerdem meine ich, daß Sie dem Christentum damit keinen Dienst erweisen. Niemand zwingt Sie, geschmacklose oder gar unsittliche Modetorheiten mitzumachen. Der Christ sollte weder durch das eine noch durch das andere Extrem auffallen. Gott hat uns doch auch den Schönheitssinn gegeben. Wir dürfen tragen, was uns gut steht, ohne dabei zu Sklaven der Mode zu werden."

Die beiden alten Damen ließen sich das von mir sagen. Es war zu nett, zu beobachten, wie sie sich bemühten, sich in ihrer Kleidung umzustellen. Wenn sie in die Stadt gehen wollten, klopften sie vorher an meine Tür und fragten: „Meinen Sie, daß wir so gehen können und nicht zum Anstoß werden?"

Also laßt uns die unnötigen Gartenzwerge entfernen. Es darf uns nicht gleichgültig sein, welchen Eindruck diejenigen bekommen, die einen Blick über den Zaun unseres „Schrebergartens" werfen. Weder durch verkehrtes Handeln noch durch unüberlegtes Reden, aber ebensowenig durch ein anstößiges Äußeres.

Es gibt wirklich verschrobene alte Menschen, die sich allerlei Torheiten und — wie man in Süddeutschland sagt — Mödele angewöhnt haben, weil niemand sie zurechtweist oder weil sie keinem gestatten, über ihren Gartenzaun zu blicken.

Gut gemeinte Ratschläge sollte man annehmen, selbst wenn sie von jüngeren Leuten stammen. Hüten wir uns davor, nachlässig zu werden. Nur so können wir die Kunst erlernen, mit frohem Herzen alt zu werden.

Mit frohem Herzen — hier liegt der Schwerpunkt. Wir sollten uns mit ganzer Kraft dagegen wehren, griesgrämig, launisch, unzufrieden und ungenießbar zu werden.

Ein kleiner Junge sagte einmal zu seinem Großvater: „Opa, du bist ein richtiger Frohmacher! Wenn du uns besuchst, gibt es soviel Spaß, und alle werden richtig fröhlich." Welch prächtiges Zeugnis stellte das Kind dem alten Herrn aus.

Sind wir Frohmacher? Das Gegenstück erlebte ich vor Jahren in Herrenalb, wo wir auch Feriengäste aufnahmen. Ein alter Herr wohnte einige Monate in unserem Hause. Er war ein dauernder Nörgler, mit nichts zufrieden, immer in Opposition. Wäre er der Besitzer des Schrebergartens gewesen, von dem ich vorhin erzählte, er hätte bis zu unserer Rückkehr bestimmt noch ein halbes Dutzend weiterer Gartenzwerge zwischen die Blumen gesetzt. Nichts konnten wir ihm recht machen. Einmal war es ihm in seinem Zimmer zu heiß, ein anderes Mal zu kalt. Einmal lag er in seinem Bett zu weich, dann wieder zu hart. An einem Tage war ihm das Essen zu scharf gesalzen, am anderen zu mild. Was wir auch versuchten, immer machten wir es ihm falsch.

Eines Tages hatte ich genug. Ich bat ihn, sich eine andere Pension zu suchen.

„Warum denn", fragte er.

„Weil Sie mit nichts zufrieden sind!"

„Wieso? Ich bin sehr zufrieden, und ich denke gar nicht daran, auszuziehen", antwortete er.

„Aber warum kritisieren und nörgeln Sie an allem herum?" fragte ich.

„Das ist Taktik", lachte er pfiffig. „Wissen Sie, solange ich etwas auszusetzen habe, werden Sie sich Mühe geben, in Ihren Leistungen nicht nachzulassen. Tue ich aber, als sei ich zufrieden, dann werden Sie gewiß gleichgültiger."

„Das ist auch eine Auffassung", sagte ich und mußte trotz allem lachen. Er blieb also.

Wenige Tage später kam mein kleiner Pflegesohn zu mir gelaufen. Er befand sich im ersten Schuljahr und buchstabierte an allem Gedruckten oder Geschriebenen herum. Damals hatte man noch öfter Bibelsprüche an der Wand hängen.

„Mutti, der Vers paßt gut zu Herrn Bär, der bei ihm an der Wand hängt", sagte er.

Ich wußte nicht gleich, was er meinte. „Ich verstehe dich nicht, Walter."

„Der Spruch, Mutti, der in seinem Zimmer über dem Bett hängt."

„Ich weiß ihn beim besten Willen nicht. Sage du mir, was dort steht!"

„Dort hängt der Spruch: Er ist un-zu-frie-den", buchstabierte der Junge.

Hellauf lachte ich. „Aber Kind, was hast du da wieder zusammengelesen. Das heißt doch: ‚Er ist unser Friede', und damit ist der Herr Jesus gemeint."

Walter war überzeugt gewesen, etwas zu wissen, und nun war es wieder nichts. Nachdem er den Vers — wie er meinte — entziffert hatte, schienen ihm die Zusammenhänge klar zu sein. Über dem Bett des dauernd kritisierenden und nörgelnden alten Herrn konnte doch schließlich keine andere personale Beschreibung stehen als diese: Er ist unzufrieden.

Was müßte, von daher gesehen, wohl an unserer Zimmerwand zu lesen sein?

Mit frohem Herzen alt werden! Frohmacher sein, sich an kleinen Dingen freuen können, nicht dauernd Vergangenem nachtrauern und es aufzählen, sondern dankbar erkennen, was man noch hat und kann! Dankbar sein für jede Möglichkeit.

Es ist gut, sich immer wieder ins Gedächtnis zu ruten: Das Gestern gehört uns nicht mehr, das Morgen gehört uns noch nicht, das Heute ist unser Besitz; und heute hilft uns der Herr.

Wie kann nun ein alter Mensch dahin kommen, daß er innerlich aufgeschlossen und fröhlich bleibt — trotz der abnehmenden Kräfte, trotz der Erkenntnis, daß seine Tage gezählt sind? Wie kann der Pensionär oder der Rentner, dem die Arbeit aus der Hand genommen wurde, obgleich er gerne länger tätig gewesen wäre, in seinem Dasein noch einen Sinn erkennen?

Schlagen wir unsere Bibel auf. Da wird in Lukas 2 von der alten Hanna erzählt, einer 84jährigen Witwe: „Sie kam nimmer vom Tempel, diente Gott mit Fasten und Beten Tag und Nacht. Sie trat hinzu zu derselben Stunde und redete von ihm zu allen, die auf die Erlösung Jerusalems warteten."

Welch gesegneter Dienst eines alten Menschen! Darauf kommt es an: Im Hause des Herrn zu bleiben immerdar. Das bedeutet: Gemeinschaft mit Gott pflegen, unter seinem Einfluß zu bleiben, in der Gemeinde der Gläubigen seinen Platz auszufüllen und sich auf das Zukünftige vorzubereiten.

Von Hanna heißt es: „Sie redete von ihm zu allen, die auf die Erlösung warteten." Worüber und wovon reden wir älteren Menschen? Haben auch wir noch eine Botschaft auszurichten und einen Auftrag zu erfüllen? Von Gott her ganz gewiß.

Ich habe in meinem Leben schon viele Vorträge gehalten, in der Hauptsache evangelistische. Jedesmal hat es mich tief erschüttert, wenn alte Menschen vor mir saßen, die mich aus stumpfen, vielfach leeren Augen ansahen und nicht mehr in der Lage schienen, das aufzunehmen, was ihnen gesagt wurde.

Nicht umsonst heißt es in der Bibel: „Gedenke an deinen Schöpfer in deiner Jugend, ehe denn die bösen Tage kommen, von denen du sagst, sie gefallen mir nicht." Unter den Greisen sind mir mehrfach solche aufgefallen, die in der Jugend zu Jesus Christus hingefunden hatten und deren Leben dadurch geprägt worden war.

Die Erfahrung, die ich auf diesem Gebiet mit meiner Mutter machte, bestätigte es mir. Wenn ihr Gedächtnis auch noch so sehr nachließ und ihr armer Kopf nichts mehr fassen konnte, auf geistlichem Gebiet war sie hellwach. Ihr Alter war geadelt und erhellt durch ihren Umgang mit Gott. Es war direkt erstaunlich, wie sie Worte fand und formulieren konnte, wenn sie betete. Der Wendepunkt ihres Lebens, durch den sie geprägt worden war, ist ihre bewußte Entscheidung für Christus gewesen, die sie als Siebzehnjährige getroffen hatte. Darüber blieb sie froh, obgleich auch in ihrem Leben viel Schweres lag. Sie wußte, etwas Größeres konnte sie in ihrem Dasein nicht erwarten, weder in ihrer Ehe noch im Familienleben, als die Gemeinschaft mit Jesus Christus. Es war, als trüge sie durch ihr ganzes Leben ein Licht in ihren Händen.

Simeon, der auf den Bildern alter Meister auch als ein Greis dargestellt wird, hat diese Wahrheit erfaßt: „Herr, nun läßest du deinen Diener im Frieden fahren, denn meine Augen haben deinen Heiland gesehen." Von ihm heißt es: „Er war fromm und gottesfürchtig und wartete auf den Trost Israels, und der heilige Geist war mit ihm.“ Kann man etwas Größeres von einem alten Menschen sagen?

Worauf warten wir? Worauf warten die alten Menschen unserer Umgebung? Gibt es bei ihnen überhaupt noch ein Warten? Wohl dem, dessen Warten seine Erfüllung in Gott findet. Gut ist es, seine Glaubensentscheidung nicht bis ins Alter aufzuschieben. Vielfach ist man dann dazu nicht mehr imstande, weil man nicht mehr erfassen kann, um was es geht.

Natürlich soll das nicht heißen, daß es für einen alten Menschen keine Möglichkeit mehr gibt, das Heil in Jesus Christus zu erfassen. Ich erinnere nur an jene Frau, von der ich erzählte, die darüber tieftraurig war, daß sie das Heil in Jesus Christus erst so spät erkannte, aber im Glauben an ihren Erlöser starb. Die Erfahrung lehrt, daß es zweifellos schwerer ist, im Alter zu Jesus Christus zu finden. Eins ist sicher: Die Beschwerden des Alters sind weitaus leichter zu tragen im Glauben an das Walten Gottes und im Wissen um das ewige herrliche Ziel.

Trostlos und zum Verzweifeln wäre es allerdings, wenn der Kräfteschwund, die Hilflosigkeit und schließlich die Abhängigkeit von anderen das letzte wäre. Würde es sich lohnen, dafür zu leben und zu sterben? Nein! Es ist auch nicht das letzte. Es geht weiter. Und die Schrift sagt, daß er, der Herr, dessen Namen wir als Christen tragen, einst abwischen wird alle Tränen, und kein Leid und kein Geschrei und keine Krankheit und keine Altersbeschwerden werden mehr sein. Er hat gesagt: „Ja, ich will euch tragen bis ins Alter, bis ihr grau werdet.“ Im Wissen darum kann jeder von uns getrost der Zukunft entgegengehen und die Kunst erlernen, mit frohem Herzen alt zu werden.

Es ist wesentlich, die Würde und die Schönheit des Alters zu erkennen und nicht immer nur den Abschluß, das Ende des Lebens zu sehen. Wir sollten vielmehr in ständiger Erwartung bleiben und im getrosten Hoffen auf das Kommende durch unsere Tage gehen.

Haben wir schon einmal erlebt, welche Bereicherung es ist, mit einem gereiften, innerlich abgeklärten Menschen Umgang zu pflegen? Ein solcher wird sich hüten, seiner Umgebung dauernd Ratschläge zu erteilen. Er wird sich nicht ständig in die Angelegenheiten anderer einmischen und meinen, er allein verfüge über eine reichhaltige Lebenserfahrung. Gerade deshalb wird er zurückhaltend sein, bewußter zuhören und weniger reden und durch die Ausgeglichenheit seines Herzens Milde und Güte ausstrahlen. Ihn umgibt der kräftige Duft einer ausgereiften Frucht. An ihm bestätigt sich das Wort der Bibel: „Um den Abend wird es licht sein." Ein solcher Mensch ist kein Schwätzer. Er wägt seine Worte, ist vorsichtig im Urteil und behutsam in der Kritik.

Kürzlich hörte ich den Ausspruch: Man muß erst lange geschwiegen haben, um reden zu können. Es ist etwas Erhabenes um die Weisheit des Alters und nur zu bedauern, daß viele sie sich nicht zu eigen machen. Sie ist unabhängig von einer hohen Rente oder vorzüglichen Wohnverhältnissen, obgleich diese lebenswichtigen Dinge nicht unwesentlich sind. In geordneten, guten Verhältnissen lebt es sich leichter als in beengten und zwischen unleidlichen, gereizten Mitbewohnern.

Aber der ältere, gereifte Mensch wird, wenn er aus den ewigen Quellen schöpft, auch in schwierigen Situationen seine Würde nicht verleugnen. Zutiefst bedauernd wird er Altersgenossen gegenübertreten, die in ständiger Rebellion und Auflehnung Gott und Menschen anklagen, an allem und jedem etwas auszusetzen haben und sich selbst damit ihren Lebensabend verderben und anderen zur Last werden.

Sollte uns da das „Gebet einer unbekannten Äbtissin“ nicht manches zu sagen haben, das ich in dem Buch von Margot Benary-Isbert „Das Abenteuer des Alterns“ fand?

„Herr, du weißt, daß ich altere und bald alt sein werde. Bewahre mich davor, schwatzhaft zu werden, und besonders vor der fatalen Gewohnheit, bei jeder Gelegenheit und über jedes Thema mitreden zu wollen. Befreie mich von der Einbildung, ich müsse anderer Leute Angelegenheiten in Ordnung bringen. Bei meinem ungeheuren Schatz an Erfahrung und Weisheit ist's freilich ein Jammer, nicht jedermann daran teilnehmen zu lassen. Aber du weißt, Herr, daß ich am Ende ein paar Freunde brauche!

Ich wage nicht, dich um die Fähigkeit zu bitten, die Klagen meiner Mitmenschen über ihre Leiden mit nie versagender Teilnahme anzuhören. Hilf mir nur, sie mit Geduld zu ertragen, und versiegle meinen Mund, wenn es sich um meine eigenen Kümmernisse und Gebresten handelt. Sie nehmen zu mit den Jahren, und meine Neigung, sie aufzuzählen, wächst mit ihnen.

Ich will dich auch nicht um ein besseres Gedächtnis bitten, nur um etwas mehr Demut und weniger Selbstsicherheit, wenn meine Erinnerung nicht mit der anderer übereinstimmt. Schenk mir die wichtige Einsicht, daß ich mich gelegentlich irren kann. –

Hilf mir, einigermaßen milde zu bleiben. Ich habe nicht den Ehrgeiz, eine Heilige zu werden (mit manchen von ihnen ist so schwer auszukommen!), aber ein scharfes altes Weib ist eins der Meisterwerke des Teufels.

Mach mich teilnehmend, aber nicht sentimental, hilfsbereit, aber nicht aufdringlich.

Gewähre mir, daß ich Gutes finde, wo ich es nicht vermutet habe, und Talente bei Leuten, denen ich sie nicht zugetraut hätte. Und schenke mir, Herr, die Liebenswürdigkeit, es ihnen zu sagen."

Auch ein alternder Mensch sollte noch an sich arbeiten. Er wird staunen, was in späten Jahren noch an ihm geschehen kann. Im gewissen Sinn sollte ihm die Selbstzucht nicht zu schwer fallen, hat er doch Abstand genommen von manchem, was ihn früher belastete und erregte. In der Lebensschule Gottes gibt es so manche Lektion zu lernen. Manchmal läßt Gott uns auch eine Klasse wiederholen, bis wir das Pensum der vorhergehenden Klasse wirklich gelernt haben. Gott kann uns nicht mit Größerem beauftragen, wenn wir das Kleinere noch nicht gemeistert haben. Natürlich gilt das genauso jüngeren Menschen.

Ich möchte jedenfalls Mut zum Altern machen. Wäre ich noch ein junger Mensch, könnte man sich weigern, mir diese Worte abzunehmen. Da ich nun aber in der gleichen Situation stehe und mich bemühe, die kleinen täglichen Freuden zu sehen und meine Gelegenheiten im Umgang mit den Menschen, die Gott mir an den Weg gestellt hat, wahrzunehmen, hoffe ich, daß man meinen Rat nicht ablehnt.

Kürzlich fand ich ein feines Gedicht. Ich habe die Verfasserin um Erlaubnis gebeten, es hier veröffentlichen zu dürfen, weil ich meine, es hat uns allen etwas zu sagen:

Manche sagen: Früh am Morgen
ist die Welt für mich am schönsten.
Sonn und Blumen gehen auf,
und der Tag ist noch am längsten.
Da beginn ich meinen Lauf
voller Hoffnung, ohne Sorgen.

Andere sagen: Sieh, der Mittag,
der ist stark und hell und heiß.
Mitten in der Arbeit steh ich,
seh das Ziel und lieb den Fleiß.
Schaffen macht mich reich und glücklich,
vorwärts komm' ich, ohne Frag'.

Aber ich, ich lieb den Abend
und das Tun, das er uns stellt:
Arbeit ist es, ohne Hetze,
fragen nach dem Sinn der Welt.
Weg sind Müssen und Gesetze.
Was ich schaffe, es ist labend.

Ist das Licht nicht jetzt am besten,
nicht mehr grell und doch noch warm?
Alle Farben sind nun glühend!

Nein, der Abend macht nicht arm.
Sterne gehen auf und leuchten,
steht die Sonne auch im Westen,
sie ist da, vergehet nie.

Ruth Schlatter

Schön ist es, jung zu sein und die Zukunft vor sich zu haben. Köstlich ist es, auf der Höhe des Lebens zu stehen und seine Kraft und Möglichkeiten zu fühlen. Beglückend ist es, auf die reichen Führungen und Erfahrungen seines Lebens zurückblicken zu können in dem Wissen, daß es keine Sinnlosigkeit gibt.

Unlängst kam ein Zeitungsreporter und bat mich, aus meinem Leben und meiner Tätigkeit zu berichten. Seine Zeitung wollte darüber einen Artikel veröffentlichen. Am Ende des Interviews sagte er: „Nun hätte ich zum Schluß noch gerne einen Ausspruch von Ihnen, der in kurzen Worten irgend etwas besagt, was Ihnen von besonderer Wichtigkeit zu sein scheint."

Ich besann mich einen Augenblick, dann antwortete ich: „Es ist mir klar geworden, daß es sehr wichtig ist, sich täglich mit dem Tode zu beschäftigen, um die rechte Art des Lebens zu lernen."

Der fragende Blick des Reporters veranlaßte mich, ihm klarzumachen, daß ich keineswegs lebensmüde oder weltflüchtig sei, sondern im Gegenteil sehr gerne lebe und hoffe, noch eine Weile meine Aufgaben erfüllen zu können. Aber nichts sei so sicher wie der Tod, deshalb müsse man sich mit ihm intensiv beschäftigen.

Der Reporter, ein noch junger Mann, stimmte mir nicht bei, hörte aber sichtlich interessiert zu. Mir schien es eine der Gelegenheiten zu sein, die Gott uns immer wieder gibt, einem Menschen etwas von dem mitzuteilen, was unsere innerste Überzeugung geworden ist, und was wir nicht für uns behalten dürfen.

Ich hörte einmal einen Missionar sagen: „Nie mit Gewalt eine verschlossene Tür aufbrechen, aber auch nie an einer offenen Tür vorübergehen!“

Wir haben heute viele offene Türen. Gott muß uns nur den Blick dafür öffnen. Jetzt war dieser Reporter die mir von Gott gegebene Gelegenheit.

Der junge Mann zeigte sich ansprechbar und meinte: „Ich finde es schrecklich, wenn man jeden Tag an seinen Tod denkt.“

„Im Gegenteil“, erwiderte ich. „Hier geht es um ein Geheimnis, das die wenigsten Menschen kennen. Man wird geradezu zum Lebenskünstler, wenn man sich täglich mit dem Gedanken an den Tod beschäftigt. Man lebt nämlich anders. Man lebt bewußter, man handelt vorsichtiger. Vorausgesetzt natürlich, daß man an ein Weiterleben nach dem Tode glaubt.“

„Aber woher wollen Sie wissen, daß es nach dem Sterben weitergeht?“

„Die Bibel sagt es uns“, antwortete ich.

„Ist die für Sie maßgebend“, erkundigte er sich.

„Darf ich Ihnen eine Gegenfrage stellen?“ fragte ich.

„Aber natürlich!“ sagte er großzügig.

„Nennen Sie sich Christ?“

Der Reporter, der bisher sehr redegewandt war, begann ein wenig zu stottern: „Ob ich mich Christ nenne? Es kommt darauf an, was Sie darunter verstehen?“

Ich mußte lächeln. „Sie haben recht! Sich Christ nennen bedeutet noch längst nicht, wirklich ein Christ zu sein. Sie sind gewiß getauft und konfirmiert, oder wenn Sie katholisch sind —"

„Ich bin evangelisch", unterbrach er mich.

„Sie zahlen sicher Kirchensteuer, sind kirchlich getraut — aber das wird so ziemlich die einzige Bindung an Kirche und Christentum sein."

„Genauso ist es!" gab er zu.

„Sehen Sie, das genügt eben nicht! Wer sich Christ nennt, muß ein persönliches Verhältnis zu Christus haben. Das setzt voraus, daß er sich als erlösungsbedürftig erkannt und Christus als seinen Retter und Herrn angenommen hat. Dann besitzt er auch ein Verhältnis zur Bibel, die ja Gottes Wort ist, und braucht das Gebet. Ein Mensch, der nicht betet, hört auf ein Christ zu sein."

„O je", nahm der Reporter das zur Kenntnis und verriet mit diesem Ausruf seine Stellung.

„Sehen Sie", fuhr ich fort, „die Bibel ist der Brief Gottes an uns, die wir seine Kinder sein sollen. Was tut man mit einem Brief?"

„Lesen natürlich", stimmte der junge Mann mir zu.

„Und wenn er von einem geliebten Menschen kommt, nicht nur einmal, sondern immer wieder. Das wissen Sie ja auch, daß man einen Menschen tief verletzt, wenn man die Annahme seines Briefes verweigert. Das ist ein Zeichen größter Nichtachtung ihm gegenüber."

„Ja, das stimmt", gab er zu.

„Sehen Sie, so machen es die Menschen, die nicht in der Bibel lesen, denen sie nichts bedeutet. Sie verweigern die Annahme der göttlichen Botschaft. Ja, und eben aus dieser Bibel weiß ich, daß es nach dem Tode nicht aus ist.

In ihr heißt es zum Beispiel: Bestelle dein Haus, denn du mußt sterben. Das bezieht sich nicht etwa auf das Testament oder nur auf die Geschichte vom reichen Kornbauern. Die kennen Sie doch?"

„Kann mich nicht erinnern, sie je gelesen zu haben."

„Zum Kornbauer sprach Gott: ‚Du Narr, diese Nacht wird man deine Seele von dir fordern, und was ist's, was du bereitet hast?'

Wäre es mit dem Tode aus, würde es nicht so formuliert sein. Es ist nämlich so zu verstehen: Wie hast du dich für das Leben nach dem Tode vorbereitet? Jesus gibt in einer Geschichte, die er erzählt, sogar ein Zeichen dafür, wie es nach dem Tode weitergeht. Da ist die Rede von dem reichen Mann, der zu seinen Lebzeiten alles besaß, was sein Herz begehrte, aber den Armen und Kranken übersah, der bettelnd vor seiner Tür lag. Dessen Körper war mit Wunden bedeckt, die ihm die herumstreunenden Hunde leckten, weil sich kein anderer um ihn kümmerte. Beide Männer starben zur gleichen Zeit. Der Reiche hatte ein großes Begräbnis. Der Arme, so erzählt Jesus, wurde in Abrahams Schoß getragen. Diese Bezeichnung hatten die Juden für den Ort der Seligkeit der Verstorbenen. Der Reiche aber kam in die Hölle. Die Qualen, die er dort auszustehen hatte, waren so furchtbar, daß er bat, der arme Lazarus möge seinen Finger ins Wasser tauchen und kommen und ihm die Zunge kühlen. Darauf wurde ihm gesagt, daß von dem Ort der Seligen zu dem Ort der Verdammten kein Weg führt. Da bat er, es möge einer aus dem Totenreich zur Erde geschickt werden, der seine Brüder warnt, damit sie sich rechtzeitig vorbereiten und nicht auch an den Ort der Qual kommen. Wiederum erhielt er zur Antwort, daß das nicht möglich ist. Sie haben Gottes Wort und die Propheten, hieß es, mögen sie diese hören."

Der Reporter erhob sich. Ich hatte den Eindruck, ihm wurde es unbehaglich zumute.

„Und sehen Sie", schloß ich meine Ausführungen, „man lebt anders, wenn man von alledem weiß; man schreitet vorsichtiger durch seine Tage."

Der Reporter bestieg sein Auto, hob noch einmal grüßend die Hand und fuhr mit einem nachdenklichen Gesicht davon.

Es ist so wichtig, sich täglich mit dem Gedanken an den Tod zu beschäftigen und damit in der Vorbereitung auf das Kommende zu leben. Unsere Zeit ist geprägt von Lebensangst und Todesfurcht. Noch nie waren die Nervenkliniken derartig überfüllt wie in unseren Tagen.

Kürzlich las ich, daß in Deutschland jeder vierte Mensch Krebs hat, die am weitesten verbreitete Krankheit. Die Leiden der Gemütskranken greifen jedoch in noch viel stärkerem Maße um sich. Sie sind größtenteils eine Folge der Lebensangst oder der Todesfurcht. Welches ist eigentlich die Ursache der Angst vor dem Tode? Die Menschen betrügen sich selbst, wenn sie behaupten, eine solche Angst nicht zu kennen. Sie ist nur allzu natürlich, aber man kann von ihr befreit werden und dem Tod furchtlos entgegenblicken.

In meinem Buch „Als flögen wir davon" habe ich erzählt, wie mein Vater während einer Predigt in die Ewigkeit gerufen wurde. Wir konnten ihn gerade noch in die erste Zuhörerreihe führen, wo meine Mutter saß. In ihren Armen verschied er ohne Angst und Zagen. Die singende Gemeinde gab ihm das Geleit bis zur Schwelle, wo Zeit und Ewigkeit ineinander übergehen. Sein Heimgang war so überwältigend schön, daß wir auf seinen Grabstein die Worte setzten: Er hat den Tod nicht gesehen.

Aber auch er, ein großer, stattlicher Mann, kannte die Todesfurcht. Doch wurde sie ihm genommen.

Keiner braucht sich seiner Todesfurcht zu schämen, denn sie ist ganz natürlich. Der Tod lag nicht in Gottes Schöpferplan. Er ist ein Fremdkörper, die schreckliche und erschütternde Folge der Sünde. In der Bibel wird er der letzte Feind genannt, der überwunden werden muß.

Nie werde ich vergessen, wie ein ehemaliger hoher Offizier, der jahrelang an der Front gestanden und ungezählte Male dem Tod ins Angesicht geblickt hatte, mir sagte: „Wir haben alle Angst vor dem Sterben gehabt, namenlose Angst. Da war nicht einer, der es hätte leugnen können."

Gott kann uns diese Angst nehmen. Immer wieder darf man erleben, wie bewußte Christen einen geradezu triumphalen Heimgang haben, wie Gott ihnen einen Einblick in die andere Welt gewährt, so wunderbar, daß auch ihre Angehörigen durch ein solches Sterben unvergeßlich beeindruckt werden.

Warum Todesfurcht? Das hat mancherlei Gründe: Einmal die Ungewißheit: Und wenn es doch wahr ist, daß es nach dem Tode ein Weiterleben gibt? Und wenn es tatsächlich ein Gottesgericht gibt? Undenkbar und entsetzlich, wenn alles, was hier auf Erden geschah, offenbar wird und unser Leben vor unseren Augen wie ein Film abläuft. Wenn es stimmt — und Gottes Wort täuscht uns nicht —, daß wir von jedem unnützen Wort Rechenschaft ablegen müssen, wer kann da vor Gott bestehen?

Der andere Grund der Todesfurcht drückt sich in der Klage aus: Müßte man diesen Weg doch nicht alleine gehen!

Ich denke da an die nette Geschichte eines kleinen Jungen, der innig an seiner Mutter hing. Eines Tages sagte er: „Mutti, wenn ich groß bin, dann heirate ich dich."

Die Mutter erklärte ihm: „Das geht nicht, mein Kind. Wenn du groß bist, wird dir ein nettes junges Mädchen begegnen. Das wird dir so gut gefallen, daß du es fragst, ob es deine Frau werden will. Und dann wirst du es heiraten."

Daraufhin sagte der kleine Junge treuherzig: „Aber Mutti, nicht wahr, sterben muß ich nicht mit der fremden Frau, sterben darf ich mit dir?"

Ja, das alleine Sterbenmüssen! Wem hätte dieser Gedanke noch nie Angst gemacht? Das alte Ehepaar, Geschäftsleute in einer süddeutschen Stadt, hatte es sich wohl auch so vorgestellt, daß es zusammen sterben könnte, als es gemeinsam aus dem Leben schied. Und doch mußte jeder von ihnen alleine gehen.

Wenn wenigstens einer zurückkommen würde, der das Sterben erlebt hat! Ja, einer ist zurückgekehrt:

Jesus Christus. Er hat dem Tode die Macht genommen. Und er sagt: „Wer an mich glaubt, der wird leben, ob er gleich stürbe." Nur wenige halten das für wahr und glauben an ihn. Und gerade hier liegt das Geheimnis, alle Todesfurcht überwinden zu können: Im Glauben an den Sohn Gottes.

Wenn es einem immer noch bange ist vor der letzten Stunde, dann spreche man mit Paul Gerhardt: „Wenn ich einmal soll scheiden, so scheide nicht von mir; wenn ich den Tod soll leiden, so tritt du dann herfür; wenn mir am allerbängsten wird um das Herze sein, so reiß mich aus den Ängsten, kraft deiner Angst und Pein."

Die Geschichte des Joseph von Arimathia hat mir dazu manches zu sagen. Wie oft mag er vor seinem Felsengrab gestanden haben: Hier also wird man mich einmal zur letzten Ruhe betten. Ob ihm dabei wehmütig ums Herz gewesen war, oder ob er auch Angst hatte? Und dann kam jener unvergeßliche Freitag: Die Kreuzigung Jesu. Gewiß war es ein Opfer, das Josef von Arimathia für Jesus brachte, als er ihm sein eigenes Grab überließ. Nun besaß er selbst ja keines mehr. Der, den seine Menschenfurcht daran gehindert hatte, sich zu Jesu Lebzeiten zu ihm zu bekennen, der wollte wenigstens für den gekreuzigten Herrn ein bewußtes Opfer bringen. Und er gab ihm sein Grab. Fassungslos erlebte er dann den Ostermorgen. Eine große Freude drang in sein Herz: Jesus, der Messias, ist durch mein Grab hindurchgegangen.

Ich könnte mir denken, daß alle Todesfurcht von ihm abfiel und er ganz getrost wurde. Sollte der, den er selbst in sein Grab gelegt hatte und der daraus siegreich auferstand, sollte der nicht auch imstande sein, ihn nach dem irdischen Tod zum ewigen Leben zu erwekken? Er vermag es.

Paulus konnte später triumphieren: „Tod, wo ist dein Stachel? Hölle, wo ist dein Sieg? Gott aber sei Dank, der uns den Sieg gibt durch unsern Herrn Jesus Christus!"

Die Frau meines ältesten Bruders, der wie der jüngste Prediger war, hatte manches Mal zu ihm gesagt: „Ich fürchte mich vor dem Sterben. Nicht wahr, wenn ich vor dir zu gehen habe, dann hältst du meine Hand in der deinen — bis zuletzt."

Ach, wie verständlich ist das doch! Wer von uns würde nicht wünschen, auf dieser letzten Wegstrecke bis hin zur Grenze von einem geliebten Menschen begleitet zu werden.

„Mama, deine Hand", sagte die Tochter meiner Mitarbeiterin, und streckte ihr Kinderhändchen hinter dem Röntgenschirm hervor, als es zur Aufnahme plötzlich dunkel wurde.

Mein Bruder sprach damals zu seiner Frau: „Du mußt keine Angst haben, wenn es dunkel um dich wird! Es ist nur ein Schritt vom Diesseits zum Jenseits, und auf der anderen Seite steht Jesus."

Welch eine kindlich vertrauende Glaubenszuversicht! Sie ist auch eines Mannes nicht unwürdig. Wie manch einer muß erst einen schweren Leidensweg gehen, einen Weg durch lange, bange Dunkelheit, bis er auf der anderen Seite anlangt. Aber er wird auch auf diesem Weg nicht allein gelassen.

Meinem Bruder Gideon war es nicht vergönnt, seiner Gattin das letzte Geleit zu geben. Er verließ sie ohne Kampf und Todesnot, ganz still und unmerklich. Als seine Frau am Morgen erwachte, fand sie ihn tot neben sich liegen, zwei Tage nach seiner Pensionierung und dem Umzug in eine neue Wohnung. So plötzlich und unerwartet kann der Ruf kommen.

Noch muß gelitten und gestorben werden. Noch ist der Tod nicht abgetan. Aber seitdem uns das gewaltige Ostergeschehen die Auferstehung von den Toten lehrt, dürfen wir trotz allen Seufzens und aller Todesfurcht uns einfach in die Arme dessen fallen lassen, der für uns nicht nur am Kreuze gestorben, sondern auch durch unser Grab hindurchgegangen ist und ein für allemal den Tod besiegt hat. Nicht der Tod hat das letzte Wort, sondern er, der das Grab sprengte: Jesus Christus.

Die Überwindung der Todesfurcht ist deshalb nicht einer Versicherung zu vergleichen, für die man zahlt und deren Gegenleistung man beanspruchen kann. Nein, man muß sie sich immer wieder neu erbitten und von Christus schenken lassen. Es kann sein, daß man heute ruhig und gelassen an sein Sterben denkt, aber schon morgen von einer unbeschreiblichen Unruhe und Angst befallen wird, wenn man an den Tod denkt. Niemand kann sich dessen rühmen, für alle Zeiten der Todesfurcht entronnen zu sein. Aber immer dann, wenn sie uns neu überfällt, dürfen wir unsere Hand ausstrecken: „Herr, halte mich fest! Laß mich dein sein und bleiben, im Leben und im Tod." Gott schenkt uns manchmal Vorbereitungszeiten und zwingt uns durch Krankheit zur Stille, damit wir uns mit alledem auseinandersetzen können, was so oft das Herz mit Angst und Sorge erfüllt.

Nie werde ich vergessen, wie mein jüngster Bruder, der am 3. Weihnachtstag des vorigen Jahres starb, mir bei einem Krankenhausbesuch sagte: „Weißt du, wenn man so wie ich hier liegt und mit dem letzten rechnen muß, sieht man manche Dinge seines Lebens von einer ganz anderen Seite."

Er erkannte und sprach es auch aus, was in Römer 8, 18 zu lesen ist: „Denn ich halte dafür, daß dieser Zeit Leiden der Herrlichkeit nicht wert sei, die an uns soll offenbart werden." Das ist bewußte Vorbereitung auf das Sterben.

Ich persönlich bete immer wieder, weil ich mein ängstliches Herz genau kenne: „Laß mein Leben und mein Sterben eine Ehre für dich sein. Ich habe zwar kein Recht, um einen sanften Tod zu bitten, wo so viele unsagbare Qualen zu erleiden haben. Doch darum bitte ich, daß ich dir keine Unehre bereite und mich nicht gegen deine Schickungen auflehne. Laß mich auch zu meinem Tod ein bewußtes und getrostes Ja finden!"

Manche bewegt das Problem, das schon Anlaß zu heftigen Streitfragen geworden ist: Wie geht es nach dem Tode weiter? Wo befindet sich dann die Seele des Menschen? Gibt es eine Zwischenstation, in der sie sich bis zum Tag des großen Gerichts aufhält?

Deutlich spricht die Bibel vom Ort der Verdammnis und vom Ort der Seligkeit. Oder ist das nur als ein Zustand zu werten? Viele berufen sich auf den Ausspruch Jesu, der am Kreuz zum Schächer sagte: „Heute wirst du mit mir im Paradiese sein." Demnach, so meinen sie, wird die Seele des Menschen gleich nach dem Tod an den Ort ihrer Bestimmung gelangen.

Gleiche Schlüsse ziehen sie aus der bereits erwähnten Geschichte von dem reichen Mann und dem armen Lazarus: „Der Arme starb und ward getragen von den Engeln in Abrahams Schoß", also an den Ort der Seligkeit. Der Reiche starb auch. Von ihm heißt es, daß er an den Ort der Qual kam. Demnach meinen viele Bibelgläubige, daß sich für alle Verstorbenen gleich nach dem Tod die Türen zu der Stätte öffnen, für die sie nach dem Willen Gottes bestimmt sind.

Ich erlaube mir darüber kein Urteil und halte es auch nicht für das Wesentliche, es zu wissen. Wichtig scheint mir, daß Jesus seinen Jüngern kurz vor seinem Weggang in die andere Welt gesagt hat: „Euer Herz erschrecke nicht! Glaubet an Gott und glaubet an mich! In meines Vaters Hause sind viele Wohnungen. Wenn's nicht so wäre, würde ich dann zu euch gesagt haben: Ich gehe hin, euch die Stätte zu bereiten. Und wenn ich hingehe, euch die Stätte zu bereiten, so will ich wieder kommen und euch zu mir nehmen, damit ihr seid, wo ich bin" (Johannes 14).

Nicht wann, wie und wo es sein wird, sondern daß es so kommt ist ein Grund höchster Freude und das Ziel unserer Hoffnung. Im hohepriesterlichen Gebet Jesu lesen wir in Johannes 17: „Vater, ich will, daß, wo ich bin, auch die bei mir seien, die du mir gegeben hast, auf daß sie meine Herrlichkeit sehen."

Solche Erörterungen sind den Kindern dieser Welt — wie sie die Bibel nennt — unbekannt. Daher begriff auch der Reporter nicht, was gemeint war, als ich ihm sagte, daß ich es für äußerst wichtig halte, sich täglich mit dem Sterben zu beschäftigen, um von daher die rechte Art des Lebens zu erlernen. Der Unglaube hindert die Menschen daran, sich mit solchen Gedanken auseinanderzusetzen. Der bewußte Christ erkennt hierin jedoch die Beantwortung wesentlicher Zukunftsfragen und stellt dankbaren Herzens fest, daß Gott in ihm lebendige Hoffnung wirkt, wo der Ungläubige am Ende seines Lebens ohne Hoffnung steht.

Eine wunderbare Erkenntnis, die mich mit tiefer Freude erfüllt hat und die alle Todesfurcht überwinden sollte, wurde mir geschenkt, als ich erstmalig bewußt die Worte Jesu las: „Wahrlich, wahrlich, ich sage euch: Wer mein Wort hört und glaubet dem, der mich gesandt hat, der hat das ewige Leben und kommt nicht in das Gericht, sondern er ist vom Tode zum Leben hindurchgedrungen" (Johannes 5, 24). Ewiges Leben beginnt schon hier und nicht erst im Jenseits. Wer an Christus als an seinen Erlöser glaubt, der kommt überhaupt nicht ins Gericht. Das meint auch das Wort in Johannes 8, 51: „Wahrlich, wahrlich, ich sage euch: So jemand mein Wort wird halten, der wird den Tod nicht sehen ewiglich." Wer diesen Worten glaubt, der kann frei werden von der Todesfurcht, wie ja überhaupt die Rätsel des Lebens und des Sterbens sich in Jesus Christus lösen.

Es gibt Beispiele, an denen deutlich wird, wie ein Sterbender noch in seinen letzten Augenblicken von tiefem Erschrecken befallen wird und nicht mehr die Fähigkeit noch die Gelegenheit hat, Versäumtes nachzuholen. Deshalb ist es sehr gewagt, notwendige Entscheidungen aufzuschieben. Schon für manchen ist daraus ein erschütterndes Zuspät geworden.

Unvergeßlich sind mir zwei Begebenheiten, die ich in meiner Kindheit hörte und die mich damals stark beeindruckt haben. Da war von einem Forscher die Rede, der auf seinen vielen Reisen stets von seinem treuen Diener, einem Neger, begleitet wurde. Eines Tages erkrankte dieser Mann schwer, und ihm wurde bald klar, daß seine letzte Stunde nahte. Er rief seinen Diener zu sich, um ihm seine Erkenntnis schonend beizubringen. „Tom", sagte er, „ich werde in nächster Zeit eine weite Reise machen!"

„Wann werdet Ihr verreisen?" fragte der schwarze Diener.

„Das kann ich dir nicht genau sagen. Vielleicht schon morgen oder übermorgen, unter Umständen auch erst nächste Woche, vielleicht aber noch heute."

„Herr", verwunderte sich Tom, „das ist aber eine unsichere Angelegenheit, zumal Ihr mir noch keinen Auftrag gegeben habt, Reisevorbereitungen zu treffen. Und wie lange werden wir fort sein?"

„Dieses Mal kannst du mich nicht begleiten. Ich muß alleine gehen."

Fassungslos blickte der treue Diener ihn an: „Herr, woran habe ich es fehlen lassen, daß Ihr meine Dienste verschmäht? Habe ich nicht in all den Jahren getan, was ich konnte, um Euch zufriedenzustellen?"

„Doch, Tom, du hast mir treu gedient. Ich war immer zufrieden mit dir, und dennoch kann ich dich dieses Mal nicht mitnehmen. Es ist eine ganz andere Reise als die, auf denen du mich bisher begleitet hast. Ich weiß nicht einmal, wohin die Reise geht, und ich werde nie mehr zurückkehren."

Da schlug Tom die Hände entsetzt zusammen: „Irgend etwas stimmt da nicht. Ihr sagt, Ihr wißt nicht, wohin die Reise geht, auch nicht genau, wann Ihr abfahrt. Ihr nehmt mich nicht mit und habt mir keinen Auftrag gegeben, Vorbereitungen zu treffen. Noch nie vorher war das der Fall. Stets hattet Ihr einen reiflich überlegten Plan. Rechtzeitig mußte ich alles Notwendige besorgen und die Koffer packen. Und nun, mein Herr? Da ist etwas nicht in Ordnung."

Lange dachte der Forscher über diese Worte nach. Die Fragen seines schwarzen Dieners ließen ihn nicht mehr los. Wohin geht die Reise? Welche Vorbereitungen hätte ich treffen müssen?

Es entzieht sich meiner Kenntnis, ob ihm noch Zeit geschenkt wurde, Versäumtes nachzuholen und die rechten Vorbereitungen zu treffen für die Reise in ein Land, aus dem kein Mensch jemals zurückgekehrt ist. Wohl dem, der noch Möglichkeiten hat, Versäumtes nachzuholen, sein falsch gesteuertes Leben auf den rechten Kurs zu bringen.

Die andere Geschichte handelt von einem sehr reichen Mann, der sich ebenfalls nie um Gott und Ewigkeit gekümmert hat. Sein ganzer Reichtum genügte nicht, sein Leben auch nur um einen Tag zu verlängern. Als er deutlich spürte, daß es mit ihm zu Ende ging, bot er dem behandelnden Arzt die Hälfte seines Vermögens an, wenn dieser sein Leben noch um einige Wochen verlängern würde. Der Arzt zuckte nur mit den Schultern. Als der Patient erkannte, daß ihm nicht mehr zu helfen sei, versuchte er mühsam sich in seinem Bett aufzurichten. „Ich brauche Zeit, um noch etwas Wichtiges zu erledigen."

Der Arzt antwortete nicht und bestätigte damit nur die Hoffnungslosigkeit dieses Falles.

„Auch nicht, wenn ich Ihnen mein ganzes Vermögen vermache?" stöhnte der Todkranke. Als der Arzt in Erkenntnis seiner eigenen Hilflosigkeit nur stumm den Kopf schüttelte, fegte der Kranke mit einer Handbewegung sämtliche Arzneiflaschen von seinem Nachttisch und rief mit letzter Kraft aus: „Dann bin ich auf ewig verloren!" Wenige Augenblicke später war er tot.

Das ist eine der berühmten „Schreckschuß-Traktatgeschichten" wird man sagen. Die haben doch heute keine Wirkung mehr! Wer läßt sich damit schon ins Bockshorn jagen? Mich jedenfalls haben diese beiden Begebenheiten sehr stark beeindruckt, und ich sehe nach all den Jahren gesammelter Erfahrungen keinen Grund, warum sie nicht auch heute Menschen zum Nachdenken anregen können.

Man kann diese Begebenheiten lächelnd übersehen. Man kann aber auch darüber nachdenken und täte gut daran. Glück ist eben nicht alles, Segen ist weitaus mehr.

Was ist überhaupt der Unterschied zwischen Glück und Segen? Glück kommt aus dieser Welt. Unter Umständen kann es erworben werden oder fällt einem — wie manche sagen — in den Schoß. Immer aber ist es vergänglich. Das Sprichwort sagt: Glück und Glas, wie schnell bricht das.

Segen aber kommt aus der anderen Welt, ist immer

Gabe Gottes. Segen muß nach menschlicher Auffassung nicht immer Glück bedeuten. Es kann sogar das vermeintliche Gegenteil sein. So erlebt man zum Beispiel immer wieder, daß Notzeiten zu Segenszeiten werden. Wenn wir zurückschauen in unser Leben, müssen wir dann nicht zugeben, daß gerade die Zeiten, in denen nicht alles nach unseren Wünschen ging, die segensreichsten waren?

Das beste Beispiel hierfür ist wohl die Geschichte Jakobs. Er war von jeher eine berechnende Natur. Seinem Bruder Esau kaufte er das Erstgeburtsrecht mit einem Teller Linsensuppe ab, als dieser heißhungrig vom Felde kam. Esau allerdings muß ein ziemlich materiell ausgerichteter Mensch gewesen sein, wenn er das Vorrecht des Erstgeborenen so wenig zu würdigen wußte. Eines Tages schickte der halbblinde Isaak seinen ältesten Sohn in den Wald, wo er für eine festliche Mahlzeit ein Wildbret erjagen sollte, ehe er ihm in einer feierlichen Stunde den Erstgeburtssegen vermitteln wollte. Rebekka aber verleitete ihren zweiten Sohn, der ihrem Herzen näher stand, zum Betrug gegenüber dem Vater. Mit List traf sie die verschiedenen Vorbereitungen, um Isaak zu täuschen. Wäre es ihr und Jakob, den sie verführte, wirklich um den Segen gegangen, sie hätten nie so handeln können. Ihnen ging es vielmehr um den Reichtum, der mit dem Erstgeburtssegen verbunden war. Bedenken Jakobs wußte sie mit ihrer geradezu frivolen Antwort zu zerstreuen: „Der Fluch komme auf mich, mein Sohn!"

Als der Vater, erstaunt über die rasche Rückkehr des vermeintlichen Esau, fragte, wie es nur möglich sei, daß er so schnell von der Jagd zurück ist, antwortete Jakob in unfaßlicher Dreistigkeit: „Der Herr, dein Gott, bescherte es mir." So verlief scheinbar alles planmäßig.

Noch einmal log Jakob dem Vater dreist ins Gesicht, als dieser ihn fragte: „Bist du wirklich mein Sohn Esau?" Es ist fast unvorstellbar, daß man in Erwartung des Segens vor den Augen des Herrn so handeln kann.

In unseren öffentlichen und stillen Gebeten kommt die Bitte um den Segen sehr oft vor. Ob der Betende sich auch immer darüber im klaren ist, daß dem Segen unbedingt Wahrhaftigkeit und rückhaltlose Bereitschaft zum Gehorsam vorausgehen muß?

Jakob wurde von seinem Vater gesegnet. Er hatte durch Betrug sein Ziel erreicht. Aber ob er dabei wirklich froh war?

Erschütternd sind die Augenblicke, als Esau mit dem erbeuteten Wildbret zu seinem Vater kommt und erkennt, daß er betrogen worden ist. Laut weint er auf. „Hast du nur einen Segen? Segne mich auch, mein Vater, o segne mich auch!" Das ist die furchtbare Erkenntnis versäumter Gelegenheiten eines verfehlten Lebens.

Jakob war zwar gesegnet worden, doch weil es ihm nur um das Glück und in Wirklichkeit gar nicht um den Segen ging, war er seines Lebens nicht froh. Er mußte fliehen. Sein Bruder trachtete ihm nach dem Leben. Nun konnte ihm selbst seine Mutter nicht mehr helfen, die ihn zum Betrug verführt hatte.

Vor Esau konnte Jakob fliehen, aber nicht vor Gott. Gott erschien ihm auf der Himmelsleiter, die er im Traum sah. Weil er seine Pläne mit Jakob hatte, verwarf er ihn nicht. Gott stellte ihn. Jetzt bekam Jakob es mit der Angst zu tun und sprach: „Wie heilig ist diese Stätte. Fürwahr, der Herr ist an diesem Ort, und ich wußte es nicht!“ Hätte Jakob nur in dem Augenblick Gottesfurcht empfunden, als er im Namen des Höchsten seinen Vater betrog. Nun mußte er den schweren Weg gehen, den Gott ihn führte.

Nach langer Wanderung kam er zu Laban, seinem Onkel. Dort begegneten ihm auch seine beiden Kusinen, und er wurde hingerissen von der Lieblichkeit Rahels. Er wollte sie heiraten.

„Du sollst sie haben, wenn du sieben Jahre um sie dienst“, war die Antwort ihres Vaters. Jakob ging darauf ein. Seine Liebe zu ihr war so groß, daß ihm die sieben Jahre wie sieben Tage vorkamen.

Und dann kam der Hochzeitstag. Am Abend dieses Tages führte Laban ihm die tiefverschleierte Lea, Rahels ältere Schwester ins Zelt. Erst am Morgen entdeckte Jakob, daß er betrogen worden war. Er hatte betrogen, nun wurde er betrogen. Gottes Mühlen mahlen langsam, aber trefflich fein. Gottes Gerechtigkeit machte sich auch im Leben Jakobs geltend. Um Rahel mußte er noch weitere sieben Jahre dienen.

In dieser Zeit und in den darauffolgenden Jahren wurde er ein reicher Mann. Fast unübersehbar waren seine Herden, er besaß Frauen und Kinder, er verfügte über nie geahnte Reichtümer. Ging der Segen nun doch in Erfüllung?

War Jakob nun glücklich? Nein. Er wurde hin- und hergerissen zwischen zermürbendem Heimweh und grauenvoller Todesangst. Er fürchtete die Rache seines

Bruders. Dennoch machte er sich eines Tages mit seinen Frauen und Kindern, Knechten und Mägden und seinen großen Viehherden auf den Weg. Er wollte heim, ihn zog es nach Hause. Seinen Bruder wollte er um Vergebung bitten und sich mit ihm versöhnen. Einige seiner Leute schickte er mit kostbaren Geschenken voraus, um Esau günstig für sich zu stimmen.

Und dann kam die ergreifende Szene, von der es in 1. Mose 32 heißt: „Und er blieb allein zurück." Seine Frauen und Kinder, seine Herden, Knechte und Mägde hatte er an der Furt des Jabbok über das Wasser geführt. Er selbst aber blieb auf der anderen Seite allein zurück. Und nun begegnete ihm der Herr.

Jakob, der erkannte, daß sein ganzer Besitz, das gesuchte und durch Betrug an sich gerissene Glück sein Herz leer gelassen hatte, schrie es hinein in diese bedeutsame Nacht: „Ich lasse dich nicht, du segnest mich denn!" Nun war es ihm wirklich um den Segen zu tun. Von allem hatte er sich freigemacht, seine Hände waren leer. Er streckte sie wie ein Verzweifelter nach dem Unbekannten aus, der ihm in den Weg getreten war. „Ich lasse dich nicht, du segnest mich denn!" Ja, jetzt ging es ihm wahrhaftig um den Segen. Glück hatte er genossen, Besitz durfte er sich genug aneignen. Aber was bedeutete das alles schon! Jetzt wollte er gesegnet werden, nur gesegnet. Alles andere war unwesentlich geworden.

Da fragte der Unbekannte nach seinem Namen. Hatte er ihn nicht erkannt? Oh, Gott weiß, worauf es jetzt ankommt. Was würde Jakob antworten? Ob er wieder einen falschen Namen angeben würde wie damals?

Nein, Jakob hatte in schwersten Nöten umgelernt. Er versuchte nicht mehr, Gott zu täuschen.
„Ich bin Jakob", sagte er und bekannte damit: Ich bin ein Sünder, ein Betrüger. Da gab Gott ihm einen neuen Namen: „Du sollst nicht mehr Jakob heißen. Ich nehme deinen schuldbefleckten Namen von dir und nenne dich von jetzt ab Israel, Gottesstreiter." Und dann segnete er ihn.

Das war die Stunde, in der Jakob erkannte, was es hieß, in Wahrheit gesegnet zu werden. Glücklich rief er aus: „Ich habe Gott von Angesicht gesehen, und doch wurde mein Leben gerettet."

Vom vermeintlichen Glück sind wir ausgegangen, vom Besitz, vom Reichtum, der von Gott trennen und das Sterben oft so schwer machen kann. Segen ist aber etwas anderes als Glück. Wohl dem Menschen, dessen Hände leer sind, so daß Gott sie füllen kann. Liegt nicht in uns allen das Verlangen nach Glück? Der Engel mit dem Schwert und der Waage will uns die Augen öffnen für den wahren Reichtum und für die Tatsache, daß gesegnet sein weit mehr ist als glücklich sein.

Wie leicht Reichtum für das Reich Gottes ein Hindernis sein kann, sehen wir an der Geschichte von dem jungen Mann, der zu Jesus kam und ihn fragte, was er tun solle, um das ewige Leben zu ererben. Jesus gab ihm zur Antwort „Halte die Gebote."

Der junge Mann, der gewiß aus einer frommen jüdischen Familie kam, war der Meinung: „Die habe ich alle gehalten von Jugend auf." Ich bin überzeugt, daß er es nach bestem Willen versucht hatte. „Was fehlt mir noch?" fügte er fragend hinzu, enttäuscht darüber, daß Jesus ihn wegen seiner Frömmigkeit nicht lobte. Doch der Herr ließ sich nicht täuschen. Wahrscheinlich wollte es der reiche Jüngling auch gar nicht. Er war ja von seiner Rechtlichkeit überzeugt.

Jesus traf ihn mit seinen Worten genau an der Stelle, die ihm zum Verhängnis werden sollte: „Verkaufe alles, was du hast, und gib's den Armen; dann komm und folge mir nach!" Das war eine harte Forderung. Aber Jesus wußte, warum er sie stellte.

Der junge Mann war sich gar nicht klar darüber, daß sein Besitz ihm der Gott war, dem er huldigte. Wem wir den ersten Platz in unserem Leben einräumen, der ist nämlich unser Gott. Hier war es der Reichtum.

Vielfach begreifen es die Menschen gar nicht, was sie mit dem zweiten Gebot anfangen sollen: „Du sollst keine anderen Götter haben neben mir." Wir sind doch schließlich keine Heiden, keine Götzenanbeter, sagen viele. Die Sache sieht anders aus, wenn einem klar wird, daß der mein Gott ist, der in meinem Leben den ersten Platz einnimmt. Das kann unter Umständen ein Mensch sein, aber auch Besitz, Beruf oder irgendeine Liebhaberei. Alles, was zwischen mir und Gott steht, kann zum Götzen werden.

Bei dem reichen Jüngling war es der Besitz. Als er die Forderung Jesu hörte, ging er — wie die Schrift sagt — traurig hinweg, denn er hatte viele Güter. Er war nicht bereit, sie für Christus hinzugeben.

Noch ein letztes möchte ich in diesem Zusammenhang anführen. Da ist der Zöllner Zachäus, von dem ebenfalls die Bibel spricht. Es war allgemein bekannt, daß er sein Vermögen nicht auf rechtschaffene Weise erworben hatte. War es nun Sensation, diesen vielbesprochenen Wundermann auch zu erleben, oder hoffte er wirklich, in Jesus den Messias zu erkennen? Jedenfalls heißt es von Zachäus: „Er begehrte Jesum zu sehen."

Würde man doch heute mehr dieses Begehren finden, statt der spürbaren Interessenlosigkeit oder der bewußten Ablehnung.

Zachäus bedeutete es nichts, daß er sich vor dem Volk lächerlich machte, indem er auf einen Maulbeerbaum stieg. Er war eben klein von Gestalt und schlug deshalb einen ungewöhnlichen Weg ein, um diesen Jesus zu sehen. Doch damit hatte er sicher nicht gerechnet, daß Jesus ihn sehen und ihn mit seinem Namen ansprechen würde. „Um alles in der Welt! Woher kennt er mich?" mag sich Zachäus gefragt haben. Aber jetzt gab es keine Zeit zum Überlegen. Jesus hatte klar und deutlich eine Aufforderung ausgesprochen. „Zachäus, steig eilend hernieder, denn ich muß heute in deinem Hause einkehren!"

Wie der Blitz war er unten und ging an der Seite Jesu seinem Hause zu. Eigenartig, dieser Jesus stellte keine Bedingungen, bevor er sein Haus betrat, obgleich er wisen mußte, daß manches im Leben des Zachäus nicht in Ordnung war. Und dann genügte schon die Gegenwart Jesu, um dem Zöllner klarzumachen, daß sich bei ihm manches ändern mußte, wenn ihm die Freundschaft Jesu erhalten bleiben sollte. Unaufgefordert sagte er: „Herr, die Hälfte meiner Güter gebe ich den Armen! Und so ich jemand betrogen habe, so will ich es ihm vierfältig zurückerstatten." Das entsprach dem jüdischen Gesetz bei Diebstahl oder Betrug. Wahrhaftig, es war kein Geringes, was sich Zachäus vorgenommen hatte. Erst die Hälfte seines Besitzes an die Armen zu verteilen, und dann noch auf finanziellem Gebiet Ordnung zu schaffen. Was blieb ihm da von seinem Geld noch übrig?

Aber so ist es, wenn ein Mensch von Gott ergriffen wird und in seinem Leben Ordnung macht. Das tut er dann nicht gezwungenermaßen, sondern mit Freuden. Es ist ihm ein Bedürfnis. Ein Christ ist ein in Ordnung gebrachter Mensch. Mit Recht konnte Jesus deshalb zu Zachäus sagen: „Heute ist diesem Hause Heil widerfahren!"

Wo ein Mensch ein neues Leben beginnt, da bleibt es nicht verborgen, es wirkt sich auf die ganze Familie aus. Alles verändert sich. Er findet ein neues Verhältnis zu seinen Angehörigen, zu seiner Arbeit, zu seinem Besitz. Er lernt die rechte Wertung aller Dinge in seinem Leben. Wesentliches, das er bisher vielleicht vernachlässigt hat, wird an die entsprechende Stelle gerückt, und Unwesentliches tritt in den Hintergrund. Dabei vollziehen sich oft recht tiefgreifende Veränderungen.

Man denke nur an die Frau am Jakobsbrunnen, die von einer Dirne zur Missionarin wurde, weil sie Jesus begegnete. Daß diese Frau, die in wilder Ehe lebte, also einen zweifelhaften Ruf besaß, in sich eine geheime Sehnsucht nach dem Heiland der Welt trug, das hatte niemand bei ihr gesucht. „Wenn aber der kommen wird", sagte sie, „auf den wir warten . . .?"

Jesus erkannte diese Sehnsucht, und er antwortete ganz schlicht: „Ich bin's, der mit dir redet."

Und dann lief sie davon, ließ ihren Wasserkrug stehen, stellte sich auf die Straße und rief mit lauter Stimme: „Kommt und seht, ob dieser nicht Christus ist. Er hat mir alles gesagt, was ich getan habe."

Mit keinem Wort hatte Jesus ihr Vorhaltungen gemacht. Genausowenig wie dem Zachäus. Wieviel können wir auch darin von ihm lernen, die wir in unserer Selbstsicherheit so rasch dabei sind, den anderen ihre Fehler vorzuhalten. Die Atmosphäre, die von Jesus ausging, hatte so überzeugend auf diese Frau gewirkt, daß sie sich in einem ganz anderen Licht sah. Wie oft mag sie sich vor Menschen über ihr Tun höhnisch hinweggesetzt haben. Aber an Jesus kam sie nicht vorbei.

Auf ihr Zeugnis eilten die Samariter aus der Stadt zu Jesus. Er redete mit ihnen, sie wurden überzeugt und baten ihn, bei ihnen zu bleiben. Viele Menschen lernten dadurch an Jesus Christus glauben. Eine Dirne war ihnen zur Missionarin geworden. Sie hatte als erste auf Jesus hingewiesen.

Das geht dem heutigen Menschen schwer ein. Solche „Demütigungen" sind seinem Wesen fremd, er verneint sie. Es fällt ihm nicht leicht, die Gesinnung Christi anzunehmen. Und dabei besitzt der Gütige mehr Macht als der Gewalttätige, ist der Sanftmütige stärker als der Brutale. Das klingt paradox, aber es kann erfahren werden. Wie ganz anders sähe unsere Welt aus, wenn die Menschen danach handeln würden. Doch Satan, der Durcheinanderbringer, tritt als fanatischer Gegner von Güte, Sanftmut, Versöhnung und Liebe auf. Jesus aber hat das Gebot der Liebe das Zentrum eines christlichen Lebens genannt.

Als einmal ein Schriftgelehrter zu ihm kam und fragte, welches das wichtigste Gebot sei, glaubte er, Jesus damit eine Falle stellen zu können. Die Juden kannten nämlich 613 Gesetze. Jesus mußte sich keinen Augenblick besinnen. Er antwortete: „Du sollst Gott, deinen Herrn, lieben von ganzem Herzen und von ganzer Seele und deinen Nächsten wie dich selbst." Hier liegt der Schlüssel zu vielen ungelösten Problemen.

Die Seiten dieses Buches neigen sich dem Ende zu. Ich denke jetzt an einen mir nahestehenden Pfarrer, dem die Gemeinde das Wort vom Munde abliest. Wenn er nach seinen Predigten von der Kanzel herabsteigt und in die Sakristei geht, fragt er sich jedesmal: Habe ich nun auch das Wesentliche gesagt? Habe ich wirklich den verkündet, in dessen Namen ich auf der Kanzel stehe, oder habe ich mich selbst gebracht?

Mir geht es jetzt ähnlich. Wieder habe ich ein Buch geschrieben. Es wird hinausgehen zu den Menschen wie die 50 anderen Bücher, die ich geschrieben habe. Natürlich hoffe ich, daß auch dieses Buch sich seinen Weg bahnt. Und doch ist es diesmal anders. Bis auf meine Autobiographie, die unter dem Titel „Als flögen wir davon" erschienen ist, waren die anderen Werke Erdachtes. Gewiß, den Stoff habe ich immer dem Leben entnommen, aber er war meist nicht mehr als das Gerippe, das ich dann mit Fleisch und Blut umgab. Dabei konnte ich nach Belieben formen und gestalten, Menschen hinzufügen oder herausnehmen — wie das eben ein Schriftsteller tut, auch wenn es sich um christliche Erzählungen handelt.

Bei diesem Buch ist es völlig anders. Hier geht es nur um wirklich Erlebtes. Natürlich habe ich Orte und Namen verändert. Aber das Leben selbst sollte unverändert zu uns sprechen in den verschiedensten, mehr oder weniger erschütternden Geschehnissen, die ich entweder selbst oder aus der Ferne miterlebt habe. Doch das Wichtigste war ja der Engel mit dem Schwert und der Waage, der mir beim Schreiben immer wieder über die Schultern sah und dessen ernster, hoheitsvoller Blick mich daran erinnerte, daß dieses Buch einen besonderen Auftrag hat: Zeugnis, Bekenntnis und Aufruf soll es sein.

Ich blättere in den Seiten des Manuskripts. Im Vergleich zu meiner Autobiographie ist viel Ernstes darin zu lesen. Manches wird hoffentlich ein wenig nachdenklich stimmen.

An sich bin ich eine heitere Natur. Von meinem Vater habe ich das frohgemute Herz geerbt. In meiner Lebensbeschreibung steht manches, worüber viele herzhaft gelacht haben. Für dieses Buch hatte ich aber einen anderen Auftrag. Sollte es darum manchem Leser zu ernst erscheinen, so bitte ich: Lege es nicht unwillig zur Seite. Hier spricht das Leben zu uns. Allen diesen Menschen, die ich zu beschreiben versuchte, kann man wirklich begegnen. Ich habe nicht nur von ihren Sorgen und Nöten, von Schwierigkeiten und notvollen Veranlagungen geschrieben, sondern auch versucht, einen Weg der Hilfe aufzuzeigen. Diese Wegweisung konnte ich nicht aus mir selbst geben. Ich ließ sie mir schenken aus dem Buch, das von dem spricht, der als einziger von sich selbst sagen kann: „Ich bin der Weg, die Wahrheit und das Leben."

Ich hoffe, daß meine Leser nicht nur das Schwere und Belastende, sondern auch das Helle und Frohe zwischen den Zeilen erkennen: daß es einen Weg aus aller Not gibt. Vor allem aber wünsche ich, daß es mir gelungen ist, gerade die anzusprechen, die unter der Last ihres Lebens seufzen und manchmal glauben zusammenbrechen zu müssen: die Einsamen und die Alten, die unglücklich Verheirateten und jene, deren Lebenswünsche durchkreuzt wurden. Und wenn jemand ein neues Verhältnis zu seinen Kindern findet, die ihm aus den Händen zu gleiten scheinen, oder zu solchen, die ohne liebevolle Umsorgung durchs Leben gehen müssen, dann ist meine Arbeit nicht vergeblich gewesen.

Ich bin mir bewußt, daß vieles unausgesprochen blieb, und es geht mir nun wirklich wie jenem Pfarrer: Ich verlasse die Kanzel meiner schriftstellerischen Tätigkeit in diesem Buch mit der Frage: Ist es mir gelungen, das zu sagen, worauf es ankommt? Konnte ich mit meinen Worten Hilfe geben.

Ich erhalte viele Zuschriften aus meinem Leserkreis. Keines meiner Bücher hat mir allerdings so viele zugeführt wie meine Lebensbeschreibung „Als flögen wir davon". Ich hatte nie gedacht, daß dieses Buch in verhältnismäßig kurzer Zeit eine so hohe Auflagenziffer erreichen würde. Es hat mich geradezu beschämt, wenn Menschen schrieben: „Sie haben mir durch Ihr Buch geholfen. Sie haben mich erfreut und ermutigt."

Wenn nun mein neues Buch hinausgeht, dann ist es mein innerstes Anliegen, daß es nicht so werde, wie ich es im Traum erlebt habe, als ich die Menschen, denen ich die gewaltige Erscheinung am Himmel zu zeigen versuchte, davon überhaupt keine Notiz nahmen und sich gleichgültig über meine Hinweise und Bitten hinwegsetzten. Ich hoffe, daß der Engel mit dem Schwert und der Waage in den Seiten meines Buches nicht zu übersehen ist.

Fertig bin ich nicht geworden. Man wird überhaupt nie fertig mit diesen Themen. Immer wieder begegnen mir neue Schicksale, und doch ist jedes anders als das vorherige. Würde man hundert Jahre im Dienst am Menschen stehen, man könnte letztlich doch keine Norm darüber aufstellen, denn jeder Mensch ist ein eigener Gedanke Gottes. Aber das ist das Wunderbare: für jeden Menschen ist Christus ausreichend. Und das will mein Buch sagen. Aus den Zeilen einer jeden Seite soll es herausklingen: Jesus Christus ist die wirkliche Hilfe in allen Lebenslagen.

„Aber wie kommt es zu einer Verbindung mit ihm?" fragte ein fünfzehnjähriges Mädchen, das mit seinen Angehörigen in unserem Hause die Ferien verlebte und in großer Aufmerksamkeit an den täglichen Andachten teilnahm. Die Art unserer Wortverkündigung war ihr völlig neu.

Ich gab ihr zur Antwort, was ich kürzlich in unserem Kindergottesdienst gesagt habe: „Jeder von uns hat in seinem Inneren eine Sende- und eine Aufnahmestation. Wir setzen unseren Sender durch Anwendung unseres Willens in Tätigkeit."

Ich fragte die Kinder: „Sagt, was senden wir?"

„Worte, Gedanken, Gebete", antworteten sie lebhaft.

„Ja, Gott hat uns große Möglichkeiten gegeben. Durch das Aufnahmegerät nehmen wir Mitteilungen aller Art in uns auf, sowohl gute als auch böse. Auch Gott sendet uns Nachrichten, Ermahnungen und Aufforderungen durch den Heiligen Geist. Er wirbt um uns und tut uns seinen Willen kund in seinem Wort. Wir können nun aber unser Aufnahmegerät auf Hören einstellen und sogar die Lautstärke selbst bestimmen. Wir können es auch leise einstellen oder ganz ausschalten. Das alles hat Gott in den Bereich unserer Möglichkeiten, unseres Willens gelegt.

Eine wunderbare Sache ist es, wenn wir unseren Sender durch das Gebet einschalten und alle unsere Anliegen, Sorgen, Bitten und Ängste ihm sagen. Wir dürfen überzeugt sein, daß sie Gottes Ohr und Herz erreichen."

Welch großes Vorrecht ist überhaupt das Gebet. Worte sind Macht, Gedanken sind Kräfte, stärker als beides ist das Gebet. Nehmen wir uns doch einmal Zeit, uns mit dem zu befassen, was die Bibel über das Gebet sagt. Da heißt es: „Das Gebet des Gerechten vermag viel, wenn es ernstlich ist." Hier ist nicht von dem gewohnheitsmäßigen, oft so gedankenlosen Gebet die Rede, aber ebenso auch nicht von unserer Gerechtigkeit, sondern allein von derjenigen, die uns durch Christus zuteil wurde. „Denn Gott hat den, der von keiner Sünde wußte, für uns zur Sünde gemacht, auf daß wir würden in ihm die Gerechtigkeit, die vor Gott gilt."

Wohl wir alle kennen das Wort: „Betet ohne Unterlaß!" Ist das nicht eine Überforderung? Wie kann man überhaupt unaufhörlich beten? Durch seine Lebenshaltung, bei aller Schwachheit und Unvollkommenheit kann man vor Gott stehen bleiben und ihn mit hineinbeziehen in sein ganzes Tun und Denken, erfüllt von der einen Frage: Was willst du, Gott, das ich tun soll? So werden Gedanken und Seufzer zum Gebet, und man bleibt im Umgang mit Gott.

„Haltet an am Gebet!" Das bedeutet: nicht nachlassen, auch wenn es sinnlos erscheint und man schon lange auf Erhörung wartet. Das Gebet ist die stärkste Macht, die uns gegeben ist. Es bewegt den Arm Gottes. Gewarnt werden muß allerdings vor der falschen Anwendung des Gebetes. Gott tut nicht, was wir selbst tun können. Er will aber, daß wir ganz kindlich und selbstverständlich mit ihm über alle unsere Anliegen sprechen. Wir sollten nie übersehen: Gebet ohne Arbeit ist Bettelei, Arbeit ohne Gebet ist Sklaverei. Darum heißt es: Bete und arbeite!

Was wären wir Christen ohne die Fürbitte? Daß wir die uns anvertrauten Menschen, besonders auch jene, mit denen wir nicht fertig werden oder deren Handlungsweise wir nicht verstehen, Gott bringen dürfen, ist uns oft Trost, Kraft und Ansporn zugleich. Wenn ein Mensch uns sagt: „Ich bete für dich", dann tut er das Größte, was ein Mensch für den anderen tun kann.

Aus dem Umgang mit Gott erwächst eine unendliche Fülle von Einsichten, Erfahrungen und Bestätigungen. Ein Leben ohne ihn scheint mir das Sinnloseste vom Sinnlosen zu sein. Doch will Gott ernst genommen sein. Er gibt sich nicht mit einem Herrgottswinkel in unserem Leben zufrieden. Er hat Anspruch auf den ersten Platz. Er ist auch nicht unser Gepäckträger, den wir herbeirufen können, damit er uns eine Last abnimmt, und den wir wieder fortschicken, wenn wir ihn nicht mehr benötigen. Ebensowenig ist Gott mit einem Automaten zu vergleichen, in den man oben seine Gebete hineinwirft und unten die Erhörung herauszieht.

Von solchen, die meine Autobiographie gelesen haben, bin ich schon gefragt worden: „Was erwarten Sie eigentlich noch von Ihrem Leben? Sie haben doch schon so viel Interessantes erlebt. Glauben Sie nicht, damit das Ziel Ihres Lebens erreicht zu haben? Oder wollen Sie noch einmal etwas Neues beginnen?"

Gewöhnlich antworte ich: „Würde ich nicht in einer so schönen und vielseitigen, wenn auch nicht immer ganz leichten Arbeit stehen, die mich ganz und gar ausfüllt, dann könnte es schon sein, daß ich noch einmal etwas Neues unternehmen würde. Aber Gott hat mir ein so weites Arbeitsfeld abgesteckt, daß es ein Fortlaufen aus seiner Schule wäre, wollte ich jetzt noch etwas anderes unternehmen. Außerdem vergrößert sich unser Pflichtenkreis dauernd ohne unser Zutun."

„Also sind Sie am Ziel Ihres Lebens angelangt?"

„Am Ziel? Ist diese Fragestellung richtig? Das Ziel sehe ich nicht im Diesseitigen. Alles Erleben scheint mir nur Vorbereitung für die Ewigkeit zu sein."

Das wird mir gewiß mancher Leser bestätigen: Je reifer man wird, desto mehr erkennt man, wie wenig man weiß und kann und ist. Das hat nichts mit falscher Bescheidenheit zu tun, sondern ist ein Beweis zunehmender Erkenntnis. Je unreifer ein Mensch ist, desto mehr protzt er mit seinem Können und Wissen und ist von sich selbst überzeugt.

Auf die Frage: „Was erwarten Sie noch von Ihrem Leben?“ antworte ich: „Mein ganzes Dasein ist eigentlich nur ein einziges Warten, und ich wünschte, es würde immer mehr dazu.“

Warten? Worauf? Die Beantwortung dieser Frage soll den Abschluß meines Buches bilden.

Wer als Seelsorger die Menschen aufmerksam beobachtet, blickt in unseren Tagen in die Augen vieler, in denen jedes Warten erloschen scheint. Während des Krieges und noch etliche Jahre danach war es anders. Nun geht man vielfach am Sattsein zugrunde. Gewiß gibt es noch Menschen, die mit ihrem Einkommen, mit der Rente, sparsam umgehen müssen. Aber im großen und ganzen leidet niemand mehr Not. Viele leben sogar im Überfluß. Sie führen ein üppiges Leben. Wie lange wir noch vom Wirtschaftswunder und seinen Folgen zehren können, sei dahingestellt. Wie kommt es aber, daß man gerade heute in so viele freudlose Augen blickt? Ich meine, es liegt daran, daß die Menschen nichts mehr haben, auf das sie warten, auf das sie sich freuen.

Wie ist es im allgemeinen? Schon früh regt sich die Sehnsucht. Als Kind wartet man darauf, daß man groß wird und die Schule hinter sich bringt. Der Jugendliche möchte schnell mit seiner Berufsausbildung fertig werden. Das Ziel wird erreicht, aber die Sehnsucht bleibt. Jetzt fehlt ihm sein Gegenüber, das Du seines Lebens. Man sucht sich einen Lebenspartner und glaubt, jetzt sei alles geheimnisvolle Sehnen gestillt. Doch bald erkennt man, daß es nicht so ist. Man braucht die Bestätigung seiner Liebe. Groß ist deshalb die Freude, wenn sich ein Kind einstellt. Worauf wartet man dann noch?

Ich hörte eine junge Frau sagen, nachdem sie ihr drittes Kind zur Welt gebracht hatte: „Jetzt habe ich von meinem Leben nichts mehr zu erwarten als nur Arbeit, Sorge und Plage."

Wie oft seufzt eine Mutter: „Wenn meine Kinder nur erst aus dem Gröbsten heraus wären." Meist bedenkt sie nicht, daß oft noch Gröberes folgt.

Und so geht das Warten und Sehnen weiter: eine gesicherte Existenz, ein eigenes Haus. Und wenn auch das erreicht wird, spürt der Mensch, daß er innerlich nicht ruhig und zufrieden geworden ist. Wer hätte noch nicht überlastete Männer und Frauen klagen gehört: „Ich habe genug. Wenn ich doch endlich pensioniert würde oder meine Rente bekäme."

Ist auch dieses Ziel erreicht, frage man den Menschen: „Hast du nun, wonach du dich sehntest? Bist du jetzt am Ziel?" Ach, für viele beginnt nun erst der Jammer ihres Lebens. Sie stehen vor dem Ende und werden das Gefühl nicht los, noch gar nicht richtig gelebt zu haben.

Worauf warten wir? „Ich habe nichts, auf das zu warten sich lohnen würde", sagen viele, „und doch ist diese seltsame, ungestillte Sehnsucht in mir." Müde, abgekämpfte Frauen; nervöse, gereizte Männer; unglückliche Eheleute; ledige, ältere Mädchen; junge Menschen, die sich von einem Abenteuer ins andere gestürzt haben und schon aus leeren Augen in den Alltag blicken — sie alle stehen da und haben nichts, worauf sie warten können. Was ist das nur für eine seltsame Sehnsucht, die uns durch unser ganzes Leben begleitet und uns nicht zur Ruhe kommen läßt?

Vor Jahren hatte ich einmal die Tochter eines Bahnwärters, ein liebes, prächtiges Mädchen von 29 Jahren zu mir in den Schwarzwald eingeladen. Durch ein schweres Herzleiden war sie innerlich gereift wie man es sonst bei einem Menschen dieses Alters in dem Maße nicht erlebt. Ich werde nie vergessen, wie sie an einem milden Sommertag unter den Bäumen ruhte, die unser Schwarzwaldhaus umgaben. Ihre langen, blonden Zöpfe fielen über das Kissen und berührten den Waldboden. Ich trug ihr eine Erfrischung hinaus. Als ich das Glas auf den kleinen Tisch neben ihrem Ruhebett stellte und mich zu ihr herniederbeugte, sah ich in ein tränenüberströmtes Gesicht. Erschrocken fragte ich nach der Ursache ihres Kummers und vernahm erstaunt ihre Antwort: „Ich habe Heimweh."

War denn so etwas möglich? Ich kannte ihr sauberes, aber doch schlichtes Zuhause, das kleine Bahnwärterhäuschen an einer Haupteisenbahnstrecke. Tag und Nacht fuhren daran fast pausenlos die Züge vorüber. Hier erlebte sie in der Stille eines wunderschönen Schwarzwaldhauses unbeschwert ihre Ferien. Und nun sprach dieses Mädchen von Heimweh.

Es schien meine Gedanken lesen zu können. „Verstehen Sie mich bitte nicht falsch", sagte sie. „Ich habe es hier so gut wie noch nie in meinem Leben. Alle geben sich so viel Mühe und tun mir zuliebe, was sie nur können. Und doch habe ich Heimweh. Aber nicht nach unserem kleinen Bahnwärterhäuschen." Sie blickte aus ihren großen, tränennassen Augen zu mir empor. „Können Sie mich verstehen, wenn ich sage, ich habe Heimweh nach dem Himmel?"

Ja, nun begriff ich. Sie sehnte sich heim.

Ob jetzt einige Leser überlegen lächeln und sagen werden: Das ist doch fromme Schwärmerei! Heimweh kann man nur nach einem Ort haben, an dem man schon einmal war.

Wie soll man das Wort aus dem 90. Psalm verstehen? Dort lesen wir: „Der du die Menschen lässest sterben und sprichst: Kommt wieder, Menschenkinder!" Wiederkommen kann ich doch nur dahin, wo ich schon einmal war. Die Bibel spricht von dem Ort, an den wir hingehören, der unsere eigentliche Heimat ist. Sie kennt die Sehnsucht, das Heimweh, von dem die Herzkranke kurz vor ihrem Sterben sprach. Kennen wir solche Regungen unseres Herzens nicht mehr oder unterdrücken wir sie? Vielleicht ist es dem Satan bereits gelungen, die Stimme in uns zum Schweigen zu bringen, die an das ewige Zuhause, an die himmlische Heimat erinnert.

Viele Menschen unserer Tage sind von einer wahnsinnigen Angst befallen. In Amerika sollen die Nervenkliniken nicht mehr ausreichen. Jeder fühlt sich durch jeden bedroht. Der Waffenhandel blüht, weil die Menschen in dem Land der unbegrenzten Möglichkeiten sich ihres Lebens nicht mehr sicher fühlen. Schrekken und Angst nehmen in nie dagewesener Form zu.

Einer meiner Pflegesöhne, der seit Jahren in Amerika lebt und dem es finanziell sehr gut geht, schrieb mir:

„Wir alle fürchten die Zukunft, blutige Aufstände der Neger und anderes mehr.“

Aus der Schweiz bekam ich die Nachricht, daß eine Selbstmordwelle das Land heimsucht. In der Hauptsache sollen es junge Menschen sein, die das Leben von sich werfen, weil sie mit ihm nicht mehr fertig werden. Und das in einem Land geordneter Verhältnisse und eines langsam gewachsenen Wohlstandes, das seit langer Zeit keinen Krieg mehr erlebt hat. Vielleicht ist es übertrieben, von einer Selbstmordwelle zu sprechen. Aber ich weiß von konkreten Fällen, wo junge Menschen sich gegenseitig fragen, auch in der Schweiz: Lohnt es sich noch, weiterzuleben?

Müssen wir uns darüber nicht Gedanken machen? Oder setzen wir uns achselzuckend über solche Tatsachen hinweg? Was geht es mich an? Wir sind in großer Gefahr, gegen Schreckensnachrichten immun zu werden. Wir haben uns an sie gewöhnt. Spricht die Zeitung nicht täglich von grauenvollen Katastrophen, von Auto-, Flugzeug- und Zugunfällen, von Hochwasser und Erdbeben? Uns streift vielleicht noch ein flüchtiger Gedanke des Mitgefühls, aber mehr doch nicht!

Ich teile nicht die Meinung derer, die behaupten, es sei schon immer so gewesen. Nein, in diesem Ausmaß gab es Katastrophen früher nicht. Natürlich spielt die fortgeschrittene Technik dabei eine Rolle, aber die Zunahme des Verbrechertums, der Ehescheidungen, der sittlich-skandalösen Entgleisungen, der Selbstmorde — das alles steht auf einem anderen Blatt und wird von der Bibel so vorausgesagt: „Die Ungerechtigkeit wird überhand nehmen, und die Liebe wird in vielen erkalten. Und wenn die Tage nicht verkürzt würden, könnte kein Mensch selig werden."

Diejenigen, die in all diesem Geschehen ein deutliches Zeichen der Zeit sehen, haben nach meiner Auffassung recht. Wir werden es nicht hindern können, daß es noch schlimmer wird, bis die Zeit erfüllt ist. Ist es da ein Wunder, wenn die Sehnsucht nach dem Wiederkommen Christi die Herzen der wahren Christen erfüllt? Sie warten auf den, der allein imstande ist, das Chaos zu entwirren.

„Warum sehen Sie das irdische Dasein offensichtlich durch eine dunkle Brille?" hat mich einmal ein junger Mann gefragt und dann fast vorwurfsvoll hinzugefügt: „Ihr Christen mit eurer Weltuntergangsstimmung!"

Ich versuchte ihm klarzumachen, daß es uns bei unserer Auffassung darum geht, die Tatsachen zu erkennen, die uns die Bibel voraussagt. Es wäre töricht, davor die Augen zu verschließen. Das bedeutet aber nicht, daß man als Pessimist und mit Scheuklappen versehen durch die Tage schleichen muß und sich nicht mehr am Leben freuen darf. Im Gegenteil, man wird viel dankbarer für alles Schöne, Edle und Reine. Vielleicht lernt man besser als mancher andere, das Echte vom Unechten zu unterscheiden.

„Das kommt mir alles sehr mysteriös vor", erwiderte der junge Mann. „Ich habe genug mit meinen diesseitigen Problemen zu tun als Familienvater von drei Kindern. Und außerdem habe ich auch kein Verständnis für übersinnliche Dinge."

„Ist es nicht zu billig, sich auf solche Weise herauszureden? Aber ändern wird Ihre Unkenntnis oder Ihr-nicht-wissen-Wollen an diesen Wirklichkeiten nichts, und Sie werden einmal nicht sagen können, Sie hätten von alledem nichts gehört oder keine Gelegenheit gehabt, sich damit zu befassen", antwortete ich ihm.

Allerdings, der natürliche Mensch kann vieles von sich aus nicht begreifen. Gottes Geist muß es ihm klarmachen. In 1. Kor. 2 lesen wir: „Was kein Auge gesehen hat und kein Ohr gehört hat und in keines Menschen Herz gekommen ist, was Gott bereitet hat denen, die ihn lieben. Uns aber hat es Gott offenbart durch seinen Geist."

Es ist keineswegs so, daß ein Christ sich nicht freuen dürfte an all dem Großen und Überwältigenden der Schöpfung Gottes und dem Schönen in der Kunst und in der Musik. Allerdings, für manches, was man heute Kunst nennt, fehlt mir das Verständnis. Doch darüber möchte ich hier nicht schreiben. Die Kunst unserer Tage scheint mir ein Abbild unserer zerissenen Zeit zu sein, die von Lärm und Hetze gezeichnet ist. Daher gibt es auch so viele nervlich angeschlagene Menschen.

Zu den Aufgaben unseres Hauses gehört es deshalb, unseren Gästen den Segen und die Notwendigkeit der Stille nahezubringen. Ich lasse hier ein Gedicht von Martl Lang-Sommer folgen, das in ihrem Büchlein „Kleinod der Stille" erschienen ist:

Gottes Atem

Auch die Stille ist nicht still.
Du hörst in ihr tausend Stimmen,
wortlos voll Unendlichkeit,

die durch Raum und Zeit sich schwingen.
Jede kündet andre Lust,
jede kündet andres Wehe,
und du fühlst in deiner Brust,
daß der Mensch es nie verstehe,
was bewegt den Raum, die Zeit;
kannst nur Gottes Atem ahnen,
der durch Zeit und Ewigkeit,
sich den Weg zu dir will bahnen.

Während ich auf meinem Platz am Waldrand sitze, wo schon manches meiner Bücher geschrieben wurde, empfinde ich es aufs neue, wie schön und wie still es hier ist. Morgen und übermorgen erwarten wir wieder Frauenkreise, die ihren Jahresausflug ins Berghaus machen. Uns ist es immer wichtig, ihnen den Aufenthalt wertvoll zu gestalten. Ich denke auch an die vielen Menschen, die schon durch unser Haus gegangen sind. Vielen von ihnen wurde es klar, wie notwendig es ist, wieder zur Stille zu finden, um die Stimme Gottes zu vernehmen. Unser Haus soll offen sein für alle, die diese Stille suchen.

Heute erhielt ich einen Brief von einer Missionarsfrau aus Afrika. Ihr Mann und sie werden mit ihren kleinen Kindern in diesem Sommer auf Heimaturlaub kommen. Sie hat mein Buch „Als flögen wir davon" gelesen und möchte nun mit ihrer Familie einen Teil ihres Urlaubs in unserem Hause zubringen. Wie schön, daß auf diese Art auch ein Stück Missionserleben zu uns kommt.

Letzte Woche verabschiedeten wir eine Lehrerin, eine weißhaarige alte Dame aus dem Osten, die durch eine befreundete Frau aus dem Westen Deutschlands zu uns gekommen war. Wir nehmen jedes Jahr einige Rentner von drüben auf, denen wir unsere Anteilnahme an ihrem Geschick dadurch zeigen wollen, daß wir ihnen unentgeltlich einige Tage der Stille und Erholung bei uns ermöglichen. Als diese Lehrerin sich verabschiedete, sagte sie in feiner, besinnlicher Art: „Was mir am wichtigsten wurde ist, daß man hier wahre Bruder- und Schwesternschaft in Christo erleben kann."

Hier stehen wir vor einem Geheimnis. Seelenverwandtschaft ist mehr als Blutsverwandtschaft. Man muß erst eine Weile still werden vor dem Wort, um es ganz zu verstehen: „Er — der Sohn des Allerhöchsten — schämt sich nicht, sie — die ihm angehören — Brüder zu heißen." In der Bergpredigt nennt Jesus die seine Brüder und Schwestern, die den Willen seines Vaters im Himmel tun.

Auf seine Wiederkunft zu warten, ist der höchste Lebensinhalt und das Ziel derer, die an ihn glauben. Dieses Warten erfüllt mich mehr als alles andere. Ich glaube daran, daß Jesus wiederkommt und möchte dabei sein, wenn er seine Gemeinde in einem Augenblick verwandelt, und sie ihm so entgegengerückt wird.

Wer gehört zu dieser Gemeinde? Sind es die evangelischen oder die katholischen Christen, sind es die Gemeinschaftsleute oder die Heilsarmee, die Baptisten, Methodisten oder noch andere? Gemeinde Jesu ist überall dort, wo sich Menschen bewußt für Jesus Christus entschieden und ihn als ihren Erlöser angenommen haben. Sie warten auf ihn, der gesagt hat, daß er wiederkommen wird. Wer auf Christus wartet, lebt anders. Er handelt und wandelt behutsam, er ist vorsichtig in seinem Urteil und hütet sich vor liebloser Kritik. Ein solcher bemüht sich, an keinem Menschen schuldig zu werden, vor allem möchte er es nicht an der Liebe fehlen lassen. Dieses Warten formt den Menschen, gibt seinem Leben einen bestimmten Inhalt und ein klares Ziel, es erfüllt sein Herz mit Trost und großer Freude.

Paulus beschließt das Kapitel, in dem er den Thessalonichern in sehr eindrücklicher Weise von der Wiederkunft Jesu schreibt: „So tröstet euch nun mit diesen Worten untereinander."

Ich sah den Engel mit dem Schwert und der Waage aus den Wolken des Himmels treten. Mich verpflichtete diese Erscheinung zu einem Bekenntnis, zu einer Mahnung.

In menschlicher Schwachheit habe ich es versucht, meine Gedanken zum Ausdruck zu bringen. Unser Reden von Gott und zu Gott ist ja immer nur ein klägliches Stammeln. Und doch habe ich es mit großer innerer Freudigkeit getan, im Hoffen darauf, daß in dem einen oder anderen meiner Leser aufbreche

das große Warten!

Früher erschienen im Christlichen Verlagshaus GmbH Stuttgart aus der Feder von Elisabeth Dreisbach unter anderem:

## . . . und haschen nach Wind

*267 Seiten.*

*Taschenbuch Nr. 15*

Junge Leute, verschieden in ihrem Denken und in ihrer Lebensführung, werden während ihrer Ferien inmitten der herrlichen Bergwelt in die echte Auseinandersetzung mit dem wirklichen Leben geführt.

Ihre Probleme erkennen sie am Schicksal einer geheimnisumwitterten Frau, die sie in ihre Vergangenheit schauen läßt. Dabei werden sie nicht nur nach Wien, Budapest und Paris geführt, sondern auch in die Abgründe des nächtlichen Lebens der Großstädte.

Diese Lebensbeichte wird der Anstoß dazu, daß die meisten jungen Menschen sich nach bleibenden Werten ausstrecken und nicht zu denen gehören wollen, die nach Wind haschen. Eine Erzählung, die keinesfalls nur junge Leute anspricht, sondern darüber hinaus auch ältere zum Nachdenken bringen kann.

## Was dein Herz wünscht

*Fortsetzung von „... und haschen nach Wind".*
*240 Seiten.*

*Taschenbuch Nr. 16*

Auf wundersame Weise greift Gott in das Leben eines jungen Mädchens ein. Für Lilo eröffnet sich eine neue Welt: die des christlichen Glaubens mit seinen anderen Lebensformen. Sie erlebt eine innere Umwandlung, stellt sich bewußt in die Christus-Nachfolge und wird so anderen zur entscheidenden Hilfe. Dabei lernt Lilo, der Führung Gottes nicht davonzulaufen und ihre Wünsche seinem Willen unterzuordnen.

Daß nach mancherlei Verwicklungen schließlich doch ihr Herzenswunsch sich erfüllt, und sie mit Benno einen gemeinsamen Weg beginnen darf, bedeutet beiden geschenktes Glück.

Elisabeth Dreisbach zeigt in diesem Buch, wie das Leben in der Christus-Nachfolge auch heute noch allen menschlichen Widerständen, Schwachheiten und Sünden zum Trotz frei wird für das, wozu es bestimmt wurde.